閨蜜的七個謊言

Seven Lies

Elizabeth Kay

伊莉莎白・凱伊 ——著 周倩如 ——譯

媒體名人盛讚

迷人有趣、文字慧黠優美，充滿想像力！

——《*The Confession*》第一名暢銷作家，喬．史潘（Jo Spain）

《閨蜜的七個謊言》是完美的心理懸疑小說——慧黠、神秘，遊走在道德邊緣。我愛死了！

——暢銷作家，塔米．寇恩（Tammy Cohen）

故事曲折離奇，對人性有深刻的洞察力：這是對一段著魔關係的恐怖描寫。

——《*The Girlfriend*》電子書暢銷作家，作者蜜雪兒．法蘭絲（Michelle Frances）

在凱伊這本令人愛不釋卷的驚悚小說裡，講述了童年好友珍和瑪妮走上一條到處充滿秘密、謀殺，當然還有謊言的曲折道路。

——i Paper

在伊莉莎白・凱伊的處女作中，所謂『一輩子的好朋友』這個承諾成了致命的毀滅性武器。這本驚悚小說透過七個謊言巧妙鋪陳，鎮定自若的主角珍在你讀完後，仍會久久繚繞心頭。原來，真相能比任何謊言還要危險……這將是下一本精采的驚悚大作！

——iTunes排行第一的熱門博客節目主持人，潘朵拉・塞克斯（Pandora Sykes）

伊莉莎白・凱伊的初試啼聲之作敘事優美，生動描寫了對友誼過度執迷的駭人故事。你將忍不住一頁接一頁看下去！

——《*Vox*》作者，克莉絲汀娜・戴爾切（Christina Dalcher）

第一個謊言

1

「我就是那樣贏得了她的芳心。」他微笑說著，往椅背一靠，雙手抱住後腦勺，挺起胸膛。他總是如此狂妄自大。

他看著我，再看看坐在我旁邊的笨蛋，最後目光放回我身上。他在等我們回應。他想看見我們展開笑容，想感受我們的欽佩，我們的讚嘆。

我恨他，彷彿有不共戴天之仇一般恨之入骨。我恨我每次過來吃晚餐時，他就把故事重複一次，每個週五的晚上。無論我帶誰一起來用餐，無論我當時和哪個爛人交往。

他總是把這個故事說給他們聽。

因為你要知道，這個故事，是他的終極戰利品。對查爾斯這樣事業有成、家財萬貫、英俊迷人的男人而言，最後的收藏品就是像瑪妮這樣美麗奪目的女人。因為他仰賴他人的崇拜和欽羨而活，也可能因為從我身上得不到的關係，他只好拚了命地向其他客人索取。

我想回答他卻從未說出口的是，瑪妮的心從來不是他能贏來的。如果我們能誠實面對自己，就知道心永遠都贏不來，我也是最後才如實以對。心只能付出，只能接受。你無法強求、引誘、改變、竊取。也肯定無法贏來。

「加點鮮奶油嗎？」瑪妮問道。

她拿著純白瓷壺站在餐桌旁，秀髮整齊固定在頸背上方，幾縷捲髮落在兩頰。她的項鍊歪了，扣環就在墜飾旁邊一起掛在胸骨上。

我搖搖頭。「不用了，謝謝。」我說。

「我不是問妳。」她回答，接著微微一笑。「我知道妳不加鮮奶油。」

故事開始前，我想先告訴你，瑪妮．格雷利是我所認識最不可思議、最了不起的女人。從國中相識以來，這十八年間，她一直是我最好的朋友。

那是開學的第一天，一群十一歲的新生排成一列擠在狹長的走廊上，朝走廊盡頭的一張桌子艱難前行。每隔一段距離聚集了許多小團體，彷彿一隻隻被蛇吞進身體裡的老鼠，從一條筆直的隊伍之間凸出來。

我很焦慮，一個人也不認識，心中已經準備好在未來的十年內註定要孤單一人。我凝視那些小團體，說服自己反正我也不想成為他們的一分子。

我一個箭步跨得太快，步伐又太大，踩到前面女孩的腳後跟。她一下子轉身。我慌了；我很肯定自己就要在同儕面前被羞辱、痛罵、鄙視一番。但恐懼在我見到她的那一刻煙消雲散。這聽起來很荒謬，我知道，但瑪妮．格雷利就像太陽。我當時這麼想；現在仍經常這麼想。她的皮膚非常白皙，瓷器般的奶油白。只有偶爾在比方說運動過後，或她特別高興的時候，臉頰會染上一抹淡淡的紅潤。她的頭髮是紅棕色的，紅中帶黃的波浪捲髮，眼睛是近乎白色的淡藍色。

「對不起。」我說著，退後一步，低頭看著我閃亮的新鞋。

「我叫瑪妮。」她說。「妳呢？」

這初次相遇的過程象徵了我們兩人的關係。瑪妮有種率真，散發溫暖和關愛的語調。她自信又謙遜，對於別人可能帶進談話中的各種臆測和偏見毫不畏懼也不在乎。我則是過度敏感，害怕任何潛在敵意，總是等著最終必不可免的事情發生，等著遭人譏笑。我害怕別人的批評，無論是我額頭上的痘痘、灰褐色的頭髮、過大的制服。現在則是我說話時發抖的嗓音、我那舒適但算不上體面的穿著，還有我的頭髮、我的運動鞋、我咬過的指甲。

我們就像明暗的兩面。

我當時就知道了。現在你也即將發現這個事實。

「什麼名字？」隊伍最前面穿著藍上衣的老師站在一張桌子後方厲聲問道。

「瑪妮．格雷利。」她說，語氣堅定又自信。

「ㄋ……ㄌ……ㄍ……格雷利。瑪妮。妳的教室在那邊，門上寫著C的那一間。妳呢？」她繼續說。「妳是誰？」

「珍。」我回答。

老師把目光移開面前的文件，抬頭翻了個白眼。

「喔。」我說。「抱歉，是巴克斯特。珍．巴克斯特。」

她查看清單。「跟她一起到那邊去。C號門。」

有些人可能覺得這段友誼只是巧合，我會接受任何人的善意和關愛。或許這是事實。若是如此，我會反駁我們是註定要在一起的，我們的友誼以星辰為證，因為在接下來的人生道路，她也需要我。

聽起來像胡說八道，我知道。可能是吧。但有時候，我發誓我真的這麼想。

❖

「麻煩了。」史丹利說。「我想加點鮮奶油。」

史丹利小我兩歲，是一個擁有多學位的律師。他有一頭遮住眼睛的淺金髮，動不動就咧嘴笑，通常沒有特別的原因。他有辦法和女人交談，不像他身邊同齡的人：我猜是童年圍繞許多姊妹的結果。但他無聊得要命。

不意外，查爾斯似乎很喜歡他的客人，這又讓我更討厭史丹利了。

瑪妮壓住上衣，把奶油壺遞過桌面。她不想讓衣服——我想是絲質布料——碰到水果盤。

「還需要什麼嗎？」她看著史丹利問道，接著看向我，再看向查爾斯。查爾斯穿著一件藍白相間的條紋襯衫，最上面的幾顆釦子沒扣，領口的三角地帶冒出黑色胸毛。她的目光在那裡游移片刻。他搖搖頭，把已經解開、隨意掛在頸邊的領帶往左邊一拉。

「很好。」瑪妮說完坐下，拾起她的甜點匙。

一如既往，查爾斯主導了席間的對話。史丹利跟得上話題，有機會便插入自己的成功故事，但我無聊透頂，我想瑪妮也是。我們雙雙靠在椅背上，啜飲剩下的紅酒，沉浸在腦海中上演的想像對話。

到了十點半，瑪妮起身，她每到十點半總是會起身，然後說：「好。」

「好。」我重複，跟著起身。

她收起桌上的四個碗，疊在左手臂上。殘留在碗中的一滴粉色覆盆子汁滲進她潔白的上衣。我拿起已經空了的水果盤——她幾年前在陶藝課上親手做的——和奶油壺，隨她一起走進公寓後方的廚房。

這間公寓——他們的公寓——是兩人感情的證據。查爾斯已經支付一大筆訂金，查爾斯向來負責支付大部分的東西，不過是在瑪妮的堅持之下。她立刻知道這間公寓是屬於他們的。你大概也猜得到，瑪妮天生就非常善於說服他人。

他們剛搬進來的時候，這裡簡直不是人住的：整整兩層樓的狹窄、陰暗、骯髒、潮濕，極度不討喜。但瑪妮一向富有遠見；她看得見別人看不見的東西，能在最黑暗的地方找到希望——像我，真可笑——並相信自己能給予某些很棒的東西。我總是妒忌那樣的自信心。對瑪妮來說，這種自信心來自她固執的一面。她不怕失敗，但不是因為她從未失敗過，而是因為失敗只是最終通往成功旅程中的一段小岔路。

她孜孜不倦，利用傍晚、週末，以及所有的年假，努力打造美好事物。她用那雙纖細的小手拆壁紙、打磨門板、替櫥櫃上漆、撫平地毯、鋪木地板、縫窗簾：凡事親力親為，直到房間散發出和她一樣的溫暖；低調的自信，一種難以定義卻又看得出是家的感覺。

瑪妮把碗放進洗碗機，在碗和碗之間留一段距離。

「這樣洗得比較乾淨。」她說。

「我知道。」我回答。她每個禮拜都說同樣的話，我每個禮拜都發出同樣的聲音——細微的嗯哼聲——因為依我看，這實在浪費水。

「我和查爾斯過得挺順利的。」她說。

我的背脊頓時一陣不寒而慄，逼得我挺起胸膛，把空氣吸入肺腑。

對於他們的感情，我們從過去至今僅僅談論過一次。像我們這樣擁有複雜又漫長過去的老朋友而言，這向來是尷尬的話題。在那之後，我們只聊些實際的事情：他們週末的計畫；有一天他們可能在倫敦郊外買下的房子；他母親全身佈滿癌細胞，住在蘇格蘭，以緩慢、痛苦又寂寞的方式死去。

我們不聊，比方說，他們已經在一起三年的事實，就在幾個月前我不經意發現了查爾斯藏在床頭櫃深處的訂婚鑽戒——我知道我不該偷看。即使沒有那枚鑽戒，我們也不聊他們正快速往許下一輩子承諾的方向前進，最終將緊緊聯繫在一起。那是——即是過了將近二十年——我和瑪妮也從未有過的緊密相連。

我們從未聊過我對他恨之入骨。

「嗯。」我回答。我害怕說出完整句子，甚至是多說一個字，都會讓我們的友誼陷入萬劫不復的深淵。

「妳怎麼想？」她說。「妳不覺得我們過得挺順利的嗎？」

我點點頭，把壺裡剩下的鮮奶油倒回超市的塑膠盒中。

「我們是天生一對，對吧？」她問道。

我打開冰箱，躲在冰箱門後，慢慢地、非常緩慢地，把鮮奶油放回最上方的架子。

「珍？」她問道。

「嗯。」我回答。「你們是天生一對。」

這是我對瑪妮說的第一個謊。

如今我好奇——其實是大多數的日子——如果我沒說出那第一個謊，我還會說出其他的謊言嗎？我總喜歡告訴自己第一個謊是所有的謊言當中最無關緊要的。但諷刺的是，那也是謊言。如果那個星期五的晚上我誠實以對，一切就會——說不定就會——大不相同。

我希望你知道這一點。我認為我在做對的事。老朋友就像打結的繩索，有些地方磨損破舊，有些地方粗大圓胖。我怕我們這條友情的繩索太細太薄弱，承受不起事實的重量。因為事實——他是我這輩子最痛恨的人——絕對會摧毀我們的友誼。

如果當初我誠實以對——如果我願意犧牲我們的愛換取他們的愛——那麼查爾斯如今大概仍活在世上。

第二個謊言

2

這，就是我的真相。我無意聽起來誇張造作，但我認為你應該知道這個故事。我認為你必須知道這個故事。因為這不只是我的、也是你的故事。

沒錯，查爾斯死了，但這從來不是我的本意。事實上，我始終以為他將永遠是令人痛苦的存在。他是那種強勢得讓人受不了的典型人物：嗓門最宏亮，動作最誇張，在任何場合都比其他人更高大、更強壯、更優秀。你可能會說他彷彿有非比尋常的金剛不壞之身，當然現在聽起來挺諷刺的。即便如此，光是他的存在似乎就足以證明他永遠不會消失。

❖

在我出生的頭幾年——我猜多數人出生的頭幾年也差不多——我的家人建立了一套原則。那些定義我每一天的重大決定——我住在哪裡、和誰待在一起，甚至是自己的名字——壓根兒不是我的選擇。我的父母是控制我人生形貌的幕後操盤手。

後來，他們開始期待我自己做決定：玩什麼、和誰玩，以及玩的時間和地點。我的家人一直是我的天和地，我的唯一，後來便成為我建立自我認同的基石。老實說，發現自己是獨立的個體一方面讓人精神一振，一方面也有點不知所措。

但我很幸運。我找到了同伴。

我和瑪妮很快變得形影不離。我們長得一點也不像，但老師經常搞混我們的名字。因為我們總是待在彼此身邊。我們每堂課並肩而坐，一起換教室，放學後搭同一班公車回家。

我希望你有一天能經歷到類似的友誼，投入一種彷彿天長地久的青春之愛，享受全新體驗和前所未有的自由感。十二歲結交到的第一個摯友特別動人。這樣被人需要、深深渴望另一個人，以及二十四小時生活在一起的感覺令人心醉神迷。但這些年輕的羈絆難以持續。有一天，你會為了追求戀愛，而選擇抽離這份友誼，四肢、骨髓、回憶，一樣接一樣抽離，直到你能獨自存在，直到曾是兩個人的你再次成為一個人。

大學畢業後，我和瑪妮搬進倫敦南區沃克斯豪爾的公寓，但依然形影不離。公寓很時髦，不到十年前才新建的，四周圍繞著相似的建築物，建築物裡有著相似的公寓，走廊上鋪著同樣的藍地毯，躲在同樣的木門後方。我們的公寓有仿木紋的塑膠地板、閃亮潔白的廚房和乏味的白牆。每個房間都裝有投射燈——臥室也不例外——浴室地板鋪著粉紅色磁磚。不知怎地讓人有種冷冰冰的蕭瑟感，實際上卻總是太熱。但這裡是我們遠離大城市的安樂窩，當時的我們都不太習慣城裡那永無止境的噪音和五光十色的燈光。

那時候很不一樣。我們會一邊吃早餐一邊討論報章雜誌，分配當天的代辦事項：買新的洗髮精、遙控器得換電池、晚餐要吃什麼。我們並行至地鐵站，坐上同一節車廂。其實我應該上最後一節車廂才合理，下車時出口就在正前方，但我們的生活是如此複雜交織，分開行動總顯得荒唐。

我們下班後會立刻趕回家，與對方分享一整天下來發生的事。我們煮熱水，轉開烤箱，嘲笑那些舉止荒謬的同事，哭訴那些出師不利的會議。我們關係親密，互信互愛地同住在一起：共享冰箱裡的牛奶、鞋子堆滿大門後方、書架上的書混在一起、窗台上擺著相框。我們徹底融入彼此的生活，那滴水不漏的程度彷彿沒有一絲裂痕。

我們既沒錢，也沒什麼時間，但每隔幾週我們會外出到這個新世界的各個角落冒險，造訪新的餐廳或酒吧，探索這座陌生城市不同的區域。瑪妮除了有正職外，同時也是自由作家，總是在找題材撰寫。她夢想成為第一個看出某間餐廳有潛力冠上米其林殊榮的美食家。她大學畢業後在一間連鎖酒吧的行銷部門上班，但進公司短短幾個月後，她就決定做一些更有創意、更有成就感，也更深入的工作。她開始經營一個美食部落格：整理情報和餐廳評價，最後也寫起自己的食譜。

那是一切的開端，大概是最令人興奮的環節。不久，她的讀者開始快速成長。在支持者的要求下，她開始錄製她自己的烹飪影片。她接受高級廚具公司的贊助，我們的公寓塞滿了鑄鐵平底鍋和粉嫩色系的小烤盅，以及遠遠超出兩個人所需要的刀叉器皿。一間報社請她在報紙上發表固定專欄。但一開始就只有我們，翻遍所有免費雜誌尋找最新的地方拜訪。

我認為從兩個人一起在公共場合用餐的模樣可以看出很多訊息。我和瑪妮喜歡看著情侶手牽手走進來；看著一群穿著訂製西裝的男人說話越來越大聲，佔滿所有可用的空間；外遇偷情；紀念日大餐；第一次的約會。我們喜歡解讀餐廳裡的客人，猜想他們的過去和預測他們的未來，講述他們的人生故事，並暗自希望自己猜得沒錯。

如果你曾是其中一位客人，坐在其中一張餐桌旁，玩著相同的遊戲，觀察我們的話，你會看見兩個年輕女人，一個高挑美麗，一個瘦小抑鬱，輕鬆自在陪伴在彼此身邊。我想你可能知道我們擁有一份堅固深厚的友誼。你可能見過瑪妮不加思索、未經詢問也無須詢問地伸手拿走我盤裡的蕃茄。你可能見過我拿走她盤裡的酸黃瓜或小黃瓜作為回應。

但我和瑪妮已經整整三年沒有一對一用餐，自從她搬去和查爾斯同居之後就沒有了。如今我們再也沒能像過去那樣自在相處。我們的世界不再彼此交織。現在的我只是她人生篇章的過客。我們的友誼不再是獨立的東西，而是皮膚上的小息肉，在另一份愛裡勉強存在的瘤。

我當時不認為——現在也不認為——瑪妮和查爾斯之間的愛比我們的偉大。不過我完全理解我們的愛勢必會被他們的愛——所謂的浪漫愛——納入。然而我們的愛似乎更值得一輩子在一起，那是從肩並肩走在校園走廊上、坐長途客運一日遊和無數次到對方家過夜聊天所孕育茁壯的愛。

每週五晚上十一點左右離開他們的公寓時，我發現自己正在對一份形塑了我、定義了我、決定了我是誰的愛道別。最殘忍的是自己身在其中卻又不在其中的那種感覺。

但我很清楚，儘管事實殘忍，卻完全是我自己造成的。我得肩負起所有的責任，為了那第一個分離的四肢、第一塊破裂的骨髓、第一筆遺忘的回憶。

3

我遇見強納生的三個月後，便搬進他位於伊斯林頓自治市的兩層樓公寓。沒錯，我們很年輕，但我們完完全全、徹徹底底地墜入了愛河。事情出乎意料地簡單，新鮮事物很少這麼簡單。日子過得充滿樂趣、刺激興奮，以我的普通生活來說極其罕見。我喜歡和瑪妮一起住，我很開心。但最終，我開始渴望更多，渴望其他的東西。

我的童年大多待在一個表面看似相親相愛、卻始終沒能傳達出這份情感的家中。我的父母在結婚二十五年後離異。他們當初應該早點分開才對，因為成天爭吵不休的他們讓整個家無法忍受。

簡單來說就是我父親是個花心大蘿蔔。他跟他的秘書外遇了二十年。在這段婚姻的前前後後也多次周旋在其他女人之間。我妹妹小我四歲，因此我盡我所能保護她不受到那些爭吵的聲音、難堪的場面和緊張的氣氛影響。我帶她出去，打開音樂，一再向她保證這附近有其他好玩的東西，以分散她的注意力。但這又是另一個故事了。我想說的是——我憧憬一段完美的浪漫愛情。我喜歡瑪妮，但這份全新的愛完全吞噬了我。

我和強納生是在牛津街上認識的，當時我們二十二歲。那是傍晚六點，我們準備返回各自位於城市兩端的家。為了避免月台過度擁擠，地鐵入口一如往常被鬧門封住。天色陰暗，就快下雨的樣子，陣陣烏雲快速飄過我們的頭頂。

我和強納生互不相識，雙雙困在排隊進入售票口的隊伍之中。人群彷彿是獨立的個體，擁有自己的意識，我感覺到其他人的身體侵犯到我的空間，大家彼此摩肩擦踵，有人的胸膛硬是抵著我的後腦勺。所有人擠作一團，除了排在我前方那個男子的背以外，其他什麼也看不見。

終於，大門從內部打開，前方某處傳來金屬相接的鏗鏘聲。人群開始蠢蠢欲動，做好準備。正前方擋住我視線的那個男子傾身向前，接著，就在我走進他空出的位置時，他又跌跌撞撞退了回來。他撞上我，我撞上後面那個人。左右兩側的隊伍拖著腳步穩定前進，而處在中心的我們突然掀起一陣浪潮，把中間隊伍往反方向推。

「搞什……？」我說著，重新站穩腳步。

「妳……」他轉身面向我說。

當下我就知道了，就像遇見瑪妮時那樣。那一瞬間，我就知道了。聽起來很愚蠢，很天真，我懂。大家已經數落了不下百次，在我搬去與他同居的時候，在我答應嫁給他的時候，甚至是在我們的新婚之夜。當時我能告訴他們的，正如現在我能告訴你的，只是希望有一天你也能知道那種感覺。

我想和瑪妮在一起的時候不太一樣。我們都在尋找某個人。那間學校接下來七年的歲月在我們面前攤開，而我們都不希望獨自一人度過。如釋重負的安心感加深了我們找到彼此的喜悅。

至於和強納生……我不知道。我從不覺得自己是那種會一見鍾情的女人，所以當下沒有渴望，沒有需要填補的空白，沒有什麼需要驗證的。我只是一眼見到他就下意識知道我需要進一步了解他。我可以引述從古至今用來形容偉大愛情的那些詞彙來告訴你我的感覺，但那些陳腔濫調從沒發生在我身上。世界沒有在我腳下崩塌；反而湧上一股前所未有的踏實感。我的雙手沒有顫抖、心跳沒有加快、臉頰沒有漲紅。內心也沒有小鹿亂撞。我只是感覺到他彷彿就是那個我不可或缺卻從未真正了解的家。

「你……」我說著，整了整外套的領子。他有一雙橄欖綠的眼睛。他不知所措凝視著我時，我有股不妥的衝動想伸手摸他的臉。「你——」

「我的圍巾。」他指向地板。「妳踩到我的圍巾。」

「我才沒——」我低頭一看，仍踩在他那條深藍圍巾的流蘇上。「喔。」我連忙站到一邊。「抱歉。」

「他媽的可以往前嗎？」一個聲音從我們後方傳來，刺耳且暴躁，是人群的聲音。

「喔，對。」他說著轉過身。「抱歉。」

他開始拖著腳步往前走，我跟了上去，一邊掛著莫名的傻笑，臉仍緊緊貼在他的肩胛骨之間。我們就這樣被迫黏在一起，穿過售票大廳，走下電梯、朝月台前進。不知從何時開始，我們聊了起來。現在我無法告訴你我們聊了什麼，但就在準備分道揚鑣、各奔南北的時候，我們為了圍巾和一間他堅稱並不存在的酒吧拌起嘴來。

「你根本不曉得你在說什麼。」我說。「我去那裡好多次了。我現在就可以帶你去。」

「好啊。」他回答。

趕車的人匆匆而過，在我們兩側分成兩條人流，分散在月台上。

「什麼？」我問道。

「走啊。」他回答。

如我所言，酒吧確實存在；一家鑲滿木板條的傳統酒吧，低矮的天花板加上露天篝火，彷彿置身中古世紀的世外桃源。酒吧名叫溫莎古堡，儘管我已經多年不曾造訪，至今仍屹立不搖。從牛津圓環站到那裡大約十分鐘的路程。

我們待在那裡好幾個鐘頭，直到老闆娘搖鈴宣布最後點餐時間，我們才慢慢走回人去樓空的售票處，與彼此吻別——完全出乎預料——相約下一次的見面。他移開放在我腰間的雙手時，我感覺到內心的某種悸動。我目送他離開，看著深綠色外套拍打他的大腿，那一刻我就知道我已經愛上了他。

那份愛原本是我可以用來建構人生的基石。這個世界有個我和強納生仍在一起，仍對彼此神魂顛倒的版本。我們答應給對方堅定不移的愛、充滿歡笑的生活，和一刻都不動搖的羈絆。有時候很難相信我們沒能實現這曾經看起來如此斬釘截鐵的承諾。

一年後，他在同一家酒吧向我求婚。他彆扭地單膝跪下，告訴我他準備了一套台詞，本來已經倒背如流，但現在想說的話一個字也記不起來。可是他愛我，至死不渝，他說這樣是否足夠。

我想對我而言已經綽綽有餘。

我們在那年秋季登記結婚，沒有宴客，只是去了附近的酒類專賣店買下最貴的香檳慶祝。我們到溫莎古堡酒吧用餐充當婚宴。我們交往時的所有重要里程碑都該以此作為大本營感覺才對。我把訂單放上吧檯，字句清晰地表示「我丈夫」想來一份漢堡。酒保翻了個白眼，但見到面前這位穿著淡藍洋裝的年輕新娘和她打著綠領帶的新郎仍不禁莞爾一笑。我們的餐後甜點——布朗尼佐香草冰淇淋——上桌時，盤緣用巧克力寫下了「恭喜」兩個字。

我們拉著行李箱來到滑鐵盧站，趕上前往南岸的火車，在一座叫畢爾的濱海小鎮的小旅館過夜。我們於傍晚抵達入住，用一種新婚夫妻才有的口吻告知櫃檯布萊克夫婦在這裡訂了一個房間。

「珍．布萊克嗎？」掌管櫃檯的老婦人說。時間接近十點，她顯然很期盼我們能意識到我們帶來的不便。

「沒錯。」我回答。「珍．布萊克。」她愛怎麼說想怎麼做都行，我的快樂絲毫不會受影響。

「房間在樓上，走廊盡頭的右手邊。」她遞出一把金鑰匙，用金鍊繫著刻有「四」這個數字的厚木板。「還需要什麼嗎？」

我們搖頭。

強納生帶著行李箱上樓，沿著走廊往裡走，進入房間。地板是深色木地板，床罩繡著碎花。赤褐色的窗簾緊閉，粉紅色的燈罩在角落散發柔光。老式的紅木書桌上擺著放在冰桶裡的迷你香檳酒。強納生砰一聲拔開軟木塞，往兩只玻璃杯斟酒，我們第二次舉杯慶祝婚姻。

❖

隔天早晨醒來時，剛升起的太陽把床罩染得一點黃一點橘。我記得他環抱我時胸膛貼在我背上的體溫，手掌輕撫我肚子時的柔軟肌膚，以及親吻我鎖骨的雙唇。我記得被他環抱的感覺，如此安心地靠在某人的懷裡。他想更進一步的時候，親吻會開始游移，變得堅定。

後來傳來敲門聲，一個女人帶著歉意遞上忘記放在浴室的毛巾，我們才總算爬下床，盤算這一天的計畫。我拉開窗簾，往海邊望去。只見海天一線，兩側環繞佈滿青草的白色懸崖。雖然已是十月，但天空萬里無雲，明亮愜意。

我們穿上健走鞋和厚重的套頭毛衣。

外頭是鵝卵石海灘。我沿著小徑走向海灘，走向大海，走向往內翻騰、碎在岸邊的浪花。

「這邊。」強納生叫道，指著懸崖頂端。「我們應該往這邊走。」

於是我們沿著柏油路往上爬，經過停在路邊的車輛和緊閉的門戶，最後來到路邊的一處草地，地上佇立著寫有營業時間和國定假日的招牌，以及一台小小的自動售票機。

「繼續走吧。」強納生說著，穿梭幾輛停放在此的小貨車，越過草地。

從那時起，我們沉默地走著，有時手牽手，有時他在前頭，而我因為某樣東西分心了落在後頭，後來又匆匆趕上。

他總是專注一志，尤其是在戶外。他總是隨身帶著相機，想一睹前方的景色，想看看轉彎處是什麼在等著他。對我而言，光是這樣與世隔絕就叫人愉悅，萬籟俱寂，只有下方打著礁岩的海浪聲和頭頂海鷗的叫聲。

過了一個鐘頭左右，我們來到另一座濱海小鎮，乍看之下規模比畢爾小，但有一座停車場、一棟內有公共廁所的小樓房和一間茅草屋頂的咖啡廳。

「說不定有營業。」強納生說。由於強納生和我在一起，咖啡廳果然有開。

他替自己點了一杯咖啡，替我點了一杯柳橙汁。我們坐在戶外的野餐長椅上，邊等著培根三明治邊欣賞大海。漁民們群聚一堂，為彼此擋風。我想像他們討論著出海的收穫、鱈魚的價錢、這天接下來的計畫。

吃完早餐，我們沿著海灘散步，海浪時起時落，滲進每顆鵝卵石的縫隙，拍打我們的鞋底。強納生在懸崖底部發現一塊裸露的山壁，於是堅持我們過去進一步探索。我們穿過濃密的灌木叢，離海岸越來越遠，在一條佈滿荊棘和蕁麻的泥濘小徑上蜿蜒前行。我們越爬越高，但懸崖仍高聳頭頂。

十至十五分鐘過後，我們來到小徑的岔路口；左邊是一條上坡石階路，右邊是懸崖邊的一條羊腸小道。

「我們走這一條吧。」強納生說著，往上指著我們的右手邊。

「我不要。」我回答。

他從小在鄉間長大，但我對那樣的世界不熟悉。我對美景和空曠的回音很著迷，但仍覺得自己像個外人，不受歡迎且焦慮不安。

「這條看起來比較安全。」我指向左邊說。

「走啦。」他說著，露出微笑。「不會有事的。」

我猶豫了，但很心動，受到他對我的信任和堅定的態度鼓舞。我發現我很難拒絕他想要的東西。說實話，我幾乎沒拒絕過他要求的事。

我打開拳頭，伸展十指，朝他往前一踏，站上從岩石邊突出的狹小立足點。

他一步步倒退前進，步伐輕鬆又靈活，就像走鋼索的人。

「這就對了。」他說。「妳做得很好。」

突出的岩石很狹窄，不足三十公分寬，兩腳併攏站立是不可能的。

「再走一步。」他說。那一刻，我聽見了我們的未來：他對著一個小孩說話，也這樣鼓勵他。那尚未發生的記憶深植在我內心，讓我有了勇氣。

「妳在等什麼？繼續啊。」他堅持道。「我抓著妳呢。」

我抬起後面那隻腳，越過腳下的大海，慢慢往前跨。最後，我的腳終於找到突出的岩石。站穩後，我鬆了一口氣。

「現在怎麼辦？」我問道。我已經轉身面向懸崖，胸口緊貼岩壁，腳後跟懸在半空。「你是怎麼辦到的？」

「妳可以正常往前走。」他說。「或是乾脆拖著腳慢慢前進。盡量不要想太多。」

我抬頭看向幾步之外的他。他對我咧嘴一笑，眼角皺起細紋，臉頰露出兩個酒窩。他朝我伸長了手鼓勵我，手上的戒指在陽光下閃閃發亮。他的另一隻手抓著我們頭頂突出的山脊，我隱約看見他的臀部在T恤被拉出褲頭的地方露出來。

我向他傾身前進，但就在這時我的後腳滑了一下，我記得重心掉到一邊的下沉感。我記得我一口氣把空氣吸進肺腑，手指擦過岩壁，突然湧遍全身的慌張感。我感覺到他往我的背用力一拍，把我穩穩地推回懸崖，我的下巴被粗糙的岩壁刮傷。

「沒事的。」他說。「妳可以的。」

「我不行。」我說。「這裡太危險了，我們不應該在這裡。」

我的臉頰隱隱作痛，膝蓋因為撞擊而發疼。

「沒事、沒事。」他說。「我保證，妳可以的。」

我拚命搖頭。

「好了，好了。」他說。「別氣餒，慢慢往另一邊回去吧。」

我拖著腳往左走了幾公尺，回到長滿草的小徑上。

「很好。」他說。「這樣可以了嗎？」

我點頭，伸手摸下巴；我以為下巴流血了，但手指抽回時很乾淨。

「嗯。」他說。「我們上面見。」

我點頭，他拔腿往上衝。

我知道，我說過我願意跟隨強納生到天涯海角，我沒說謊。但他的膽大妄為與我天生膽怯的性格實在大相逕庭。儘管我一再努力嘗試，但有時仍戰勝不了恐懼。我選擇了比較安全的路線，幾分鐘過後，我們的路徑再次交會，一塊兒抵達懸崖頂。

要是知道我們僅剩幾個月的相處時光，我一定會鼓起勇氣多花那幾分鐘和他在一起。事後看來，我和強納生的感情深植著悲劇性的諷刺情節。我們在城市的一角相遇，那裡成了我們生活、相愛、共同存在的重要地帶，後來也成了我們感情終結的地方。我和強納生在牛津街的一處街角墜入愛河，而有如宿命一般，他也在那裡死去。

比起我們相遇的那一天，我能告訴你更多有關事故那天的細節。我播放著那部陰鬱的幻燈片，一張接著一張邁向他的死亡，不間斷地播了好幾個星期。到現在有時候我仍這麼做。

❖

這是強納生第一次參加倫敦路跑。儘管雨雪紛飛，強風不斷，但他非常興奮。他從初秋就開始練習；他已經習慣在雨中跑步，所以對此不以為意。

那天早晨，他難以壓抑興奮的情緒，整個人坐立不安，叨叨絮絮。那份期待的心也感染了我。我們的生活再平凡不過，早晨大多以背景的鬧鐘聲展開，接著是咖啡、早餐、梳洗、找鑰匙，差點遲到卻又及時趕上，正如我們日復一日、穩定又可靠的步調。

我想分享他的勝利，於是直接前往林蔭大道。我站在鐵柵欄旁等了好幾個小時，但幾乎察覺不到時間的流逝。周遭氣氛熱烈；群眾瀰漫著興奮、緊張、鼓舞之情。頂尖跑者率先奔馳而過，看起來毫不費力，緊接而來的是幾個男的，然後是幾個女的，然後是一對滿頭大汗、身著恐龍裝的情侶。

強納生決心在三小時以內完成比賽，我也相信他一定辦得到。我在兩小時五十一分鐘後看見他奔馳而過，並在三分鐘後抵達終點線。

我向來與巨大成功無緣。我工作認真，但從未特別亮眼。我積極參與，但從未贏得任何勝利。但強納生辦到了；強納生贏得勝利，甚至超越了自己設下的困難目標。

大會宣布他是倫敦馬拉松從一九八一年成立以來的第一百萬個跑者。他受到BBC的訪問時，我就在現場，一點兒都不訝異。每逢體育賽事，他總是在相機後面替新聞台或體育播報員拍照，但那天他回答問題的模樣是如此謙虛又迷人。我記得我當時在想，他是否應該考慮選擇在幕前而非幕後的職業。

受訪完畢，我們前往溫莎古堡酒吧很快地喝一杯，慶祝他的成功。

我們自始至終沒能抵達酒吧。

我們出了牛津圓環站，朝狹窄的鋪石路走去時，一名喝醉的駕駛橫越斑馬線衝了過來，硬生生撞上我的丈夫。

我記得他仰躺在人行道上，膝蓋扭曲，雙眼緊閉，看起來近乎安詳，下巴緊緊貼著胸膛。他仍穿著緊身黃T恤和黑短褲，後背包掉在一兩公尺外，大會提供的救生毯在拉鍊的縫隙間若隱若現，水壺有如瀝青一般緩緩滾到路邊。

群眾逐漸聚集，單車騎士和路上行人紛紛駐足，但計程車司機仍一動也不動坐在座位上。強納生同樣一動也不動，出奇地平靜，卻過度僵硬，過度安詳，不像是睡著了。他的臉下開始形成一灘血泊，一路擴散到身體。

我記得鳴聲大作的救護車來到我們旁邊停下，但很快便安靜下來；我記得本來震耳欲聾的警報聲突然消失，但閃光燈依舊一紅一藍、一紅一藍地持續閃爍。兩名穿著一身綠的醫護人員跳下車，邊朝我們邁步走來，邊朝救護車的車頭咆哮。一切發生得好快：她啪地戴上白色橡膠手套，先是右手，然後是左手，再一一調整指尖。另一名醫護人員肩上的包包在晃動。我看見一個戴帽子的女警，示意群眾退後，請他們離開，這裡沒什麼好看的。

醫護人員在我們四周忙成一團，測量強納生的脈搏，摸索他的身體，剪開他的衣服，用強光照他的雙眼。

「麻煩妳……」女人說，於是我起身讓路。他們在我四周手忙腳亂，制服的反光條把車頭燈反射在我的眼睛上。我瞇眼一看，才發現車燈是濕的。

他們把強納生滑上擔架，一片奇怪的塑膠板，然後把他扛進救護車的後方。我們穿梭在倫敦街頭，往南來到聖喬治醫院。警車隨後跟上，仍戴著帽子的那名女警在我從救護車後方下車時，伸手扶住我的手肘，陪我一起坐在候診室。她提醒我繼續呼吸：用嘴吸氣六秒，憋住六秒，再吐氣六秒。後來她離開了，剩我獨自一人，繼續等待。等醫生出現時天色已黑，他請我到隔壁房間說出我早已知道的噩耗，證實強納生已經回天乏術。

他詢問是否需要幫我打電話給誰，我不記得我有沒有回答他的問題。我離開醫院，攔了一輛計程車，說出在沃克斯豪爾的公寓地址。抵達後，我看見河岸邊一間酒吧外的野餐桌，坐著三個身穿T恤和短褲的年輕男子，脖子掛著馬拉松金牌。我感覺到心口出現一道裂痕，我想像強納生穿著T恤和短褲，掛著他的獎牌和他們坐在一起慶祝勝利。我感覺喉頭湧上膽汁，隨即用力嚥下，因為現在還不是時候，這一切都不是真的。但那一刻，我無所適從，忘了該如何做自己。

我靠著公寓大門坐下，想像他站起來，揉揉手肘，拍掉胸前的碎石子。我想像他受到驚嚇，有點生氣，右眼正下方因為摔倒而有道小傷，但除此之外一切安好：能走、能說、能動，活得好好的。我閉上眼睛，看見他那頭過長的頭髮，習慣在胸前交疊的雙手，微尖的下巴，鼻梁上的雀斑，全是午後在陽光底下慢跑好幾個小時的模樣。

我反胃乾嘔，因為這不是事實，沒有所謂眼睛下方的小傷、沒有過長的頭髮、沒有雀斑，再也沒有數小時的慢跑練習。我再也見不到他，他再也不被人看見，這件事簡直沉重得不該存在。

4

有一陣子，我一直處於贏家的姿態。我想表達的就是字面上的意思。如果說人生是一場競賽，有所謂的輸家——這我很肯定——那麼也表示有所謂的贏家。

瑪妮永無止境地與成堆不適合的男人約會。他們不是酗酒，就是週末時在公園的兒童遊樂場嗑藥，不然就是在廁所洗手台上吸毒，而我則與一個優秀好男人墜入愛河。每週五晚上，當她和大學同學泡在糟糕的酒吧，周圍盡是吵鬧音樂、霓虹燈和黏乎乎的地板時，我則在規劃蜜月行程。她們因為又一次無疾而終的戀情而意志消沉、悲痛欲絕，用酒精和外食麻痺破碎的心時，我已經結婚了。我有一個丈夫。更棒的是，我真的、真的很愛他。她們成天為了房間大小、分攤帳單和牛奶等小事爭吵，忙著處理排水孔日益積累的毛髮，解決淋浴間淹水的問題，為了洗碗機正上方堆滿的髒碗盤焦頭爛額，而我則住在有著挑高天花板和偌大窗戶的兩層樓公寓裡，牆壁漆上一塊塊試色的油漆，壁爐邊倚著等待掛上的相框。

瑪妮已經遞上辭呈好一陣子。其他人有些被解雇，被開除，有些對老闆不滿，抱怨自己日復一日的卑微工作：倒咖啡、幫忙叫車、訂購印表機的紙。我獲得升遷。我本來在一間線上零售商擔任行政職——他們什麼都賣：書、玩具、電子產品。後來公司提供我在採購傢俱的新部門一個職位。我待在一間成長中的公司，做著有前景的工作，而且我很喜歡我的職位。錢雖然賺得不多，但還付得起帳單。

我比她們所有人都優秀。我比她們所有人都開心。

我想我很高興我是第一次找到真愛的人。雖然如今這樣說有點難為情，因為聽起來是如此愚蠢、如此天真，但這是事實，我向你保證。

瑪妮是我倆第一個交男朋友的人。那時我們十三歲，理查大我們一歲。他的雙親離異——在當時感覺特別有魅力——而他和媽媽同住。他有一頭亮橘色的頭髮，兩頰佈滿雀斑。他和瑪妮看電影看到一半時，彼此的指尖在爆米花桶內觸碰，後來便牽手看完剩下的電影。第二次約會，她去了他家，他母親為他們做了雞塊。但理查在隔天就和瑪妮分手。他發現他對另一個與我們同年級的女孩有感覺——我記得她的名字叫潔西卡——秀髮是相似的橘色，推測可能比較合得來吧。

我決定我也要交個初戀男友，於是，在瑪妮仍在療傷的期間，我和一個名叫提姆的男孩出門約會。我們沒去電影院，而是在路邊散步，他買了冰淇淋給我，我很確定自己找到了靈魂伴侶。他比班上多數與我約會過的男孩都要迷人，這點幫助很大。他大幅提升了我的人氣，突然間，我成了大家遇到約會難題時求助的對象。可惜，我對他的名聲沒有太正面的影響，過了十天左右，他提出分手。

我和瑪妮互相安慰，決心再也不要談戀愛，改當同性戀算了。

這件事本身就挺奇妙的，你不覺得嗎？我們早已非常清楚，成年後光是一段簡單的友誼是不夠的，絕對無法滿足我們。從十幾歲起，我們就知道浪漫的愛情永遠會是最重要的。

我無法確切告訴你這一切是何時開始改變的。多年來——超過十年——我們身處彼此生活的中心。我們無話不談，包括男孩、約會過程和戀愛，以及往後的男人、性和愛情。但是不知從何時起，我們之間裂開一道鴻溝，愛情生活變成我們友誼之外的存在，是聊天時避重就輕的話題，沒有一起經歷過程中有趣的部分或分享最新進展，反倒絕口不提。

我想這個情況大概也是我造成的。我有沒有告訴她與強納生墜入愛河是什麼感覺？我有沒有告訴她那次初嘗禁果是什麼感覺？我想我沒說。

反之，我遺棄了她。我總是在下班後去見他，他會替我煮晚餐，提到那間公寓的收納空間太多，架子空蕩蕩的，抽屜也裝不滿，問我能不能填滿那些空間。一想到可能擁有像那樣的一個家——與他在一起的家——實在難以抗拒。

「我要搬出去了。」那晚回家時，我對瑪妮說。

「喔，是嗎？」她心不在焉地說。她坐在我們的藍白沙發上，穿著拖鞋的雙腳擱在茶几上，手指敲打著剛買的新筆電。她前幾晚剛錄好第一支影片：培根蛋麵的作法，那道菜向來是我的最愛。「不會吧。我是怎麼……？」她說著，拿起手機開始用拇指瘋狂敲打螢幕。

「我要搬去和強納生住。」我說。

「什麼時候？」她回答。

「明天。」我說。

她抬起頭。「什麼？」她困惑地皺起眉頭。「明天？可是你們才剛認識。」

「我們已經認識三個月了。」我回答。

「那根本算不了什麼！」

我聳聳肩。「對我來說有什麼。」

「喔。」她靜靜地說。「妳確定嗎？」她蓋起筆電。「一定要急著明天搬嗎？」

我點點頭。

如今回頭看，很容易就能責備自己搬得太快，太著急了。但如果再來一次，我也不會改變分毫。

她幫我打包行李，給了我一組刀具、一個大砂鍋和一套紅色餐具。「妳得學煮菜才行。」她說。「總不能一天到晚吃豆子和吐司。」

「我會在吃飯時間回來。」我開玩笑道。

「能回來最好。」她說。「這裡少了妳，我就沒煮飯的對象了。」

當時的我好奇她是不是在遷就我，是不是以為幾個星期後我就會回來。但現在我已經不知道了。我想她明白這是我的下一步，人生新篇章的起始點。

我看著她用過期的倫敦晚報包裹著我知道我不曾用過的一組紅色小烤盤，把它們依序放到一旁後嘆了口氣。「妳真的打定主意了嗎？」她問道。「妳知道我覺得他是個好男人，我也向妳保證我這樣問是為了妳，不是為了我，因為這實在太快了，妳真的真的確定了嗎？」

「我確定。」我說。我是真心的。

「我會想妳的。」她說。

「我知道。」我回答。「我也會想妳。」

我想起那些我會想念的事物，喉頭不禁湧上一陣想哭的情緒：她曬在暖氣片上的各色繽紛襪子、替我留在冰箱的剩菜、出現在浴室霧氣瀰漫的鏡子前的笑臉。我嚥下情緒，露出微笑。她牽起我的手，緊緊握在手中。

頭幾個禮拜，我為了兼顧雙方，過得有些混亂。我不希望瑪妮覺得我對她的愛有所減少——因為我沒有——但我又希望強納生知道我完完全全是屬於他的人。幾個禮拜後，當瑪妮的祖母過世時，她在半夜哭哭啼啼地打電話給我。我換了衣服，摸黑走到街上攔住一輛計程車，不到三十分鐘就抵達舊公寓。我心想，經過那次的事，她知道她只要開口，我就會到她身邊支持她，正如過往一樣。

瑪妮和強納生成了好朋友。她還是孩子的時候，沒人教過她怎麼騎單車，於是他接下任務要教會她。他送她一輛他自己的舊單車，她很喜歡那是為男人而打造的車種。她教他培根蛋麵的作法。她說她想教我，但這任務吃力不討好，所以她要把她的烹飪秘訣改而傳授給他。

我們一行三人配合得天衣無縫。強納生有無數嗜好——騎單車、露營、爬山——而我只有瑪妮。所以週末他到鄉間露營，待在遭狂風吹襲的帳篷，躺在睡袋裡與蜘蛛共枕的時候，我與我最好的朋友留在舊公寓裡，舒適又溫暖。那幾年是我人生中最棒的時光。我真的很高興發現自己值得——而且有能力——擁有兩份摯愛。

強納生死後，我以為我們的友誼會在彈指間回到過去的時光，卻是事與願違。我不知道是不是因為少了他的緣故，但生活中的一切總覺得空虛許多。

我想念與他在一起的諸多時光。我已經超過兩年沒見過一朵雲；我總是被憂鬱蒙蔽了視線。我從一些莫名的地方找到喜悅：蹣跚學步的孩子、在公園吠叫的狗和半夜透進窗簾的月光。我覺得他的眼睛是橄欖般的綠色，卻再也找不到如此美麗的橄欖。每次開懷大笑都得來不易，每次淺淺微笑都稍縱即逝，每次心痛都宛如永恆。我已經完全失去平衡這個世界喜怒無常的能力，失去校準的能力。

我以為我會重新回到與瑪妮一起過日子的時光。我以為我能把自己重新歸零。然而當我在別處觀望之際，世事早已變化萬千。

5

我和史丹利搭電梯抵達大廳時安靜無聲，離開瑪妮和查爾斯的大樓時不發一語，沿著鋪石小徑走到戶外的人行道時依舊沉默。雖然我們肩並肩走在一起，我卻覺得非常孤單。

「那頓飯挺好的，不是嗎？」史丹利終於開口。他扣上外套的釦子，豎起衣領。「妳開心嗎？」

我第二次用圍巾包裹脖子。時值九月，我總覺得九月仍是夏天，卻從來不是這麼回事。儘管天色明媚，但風勢總是有點強，天氣總是有點冷。

我沒有回答他的問題。「你覺得查爾斯怎麼樣？」我問道。

查爾斯用他和瑪妮初次相遇的故事取悅桌上賓客。那是在市區的一間酒吧，他為瑪妮和她的同事送上一瓶又一瓶香檳，直到她總算默然接受，來到他的桌邊。他認為這番舉動顯示他堅定的愛。她認為這代表魅力和承諾。我覺得這讓他看起來很可悲。

「很棒的傢伙，對吧？」史丹利回答，轉頭對我咧嘴一笑。「很棒的傢伙。」

我沒看他，只是凝視著前方的道路。我總希望有一天我問起這個問題的時候，有人會轉向我，揚起微笑說：「真是個王八蛋，對吧？」

因為那就是我所認識的真正的他。他簡直叫人難以忍受。

「可是妳真的這麼想嗎，珍？」每當我與查爾斯意見相左的時候，他總會這樣對我說。「因為我覺得我們其實看法一致。」他會繼續說。「妳本來的意思是……」

接著，他會開始長篇大論講起住宅危機，或醫院人力短缺的問題，或遺產稅的經濟體制，彷彿是那個主題的專家。之後，等我們差不多忘記那個話題了，他便會說：「我真的很高興我們有了共識，珍。」儘管我的立場從未改變，純粹是因為他說話的音量、他的虛偽姿態和他的傲慢自負而默不作聲罷了。

他想添酒時會在杯緣接連輕敲兩下，但唯獨酒瓶在我附近的時候，因為看樣子我不值得他開口說話。有時候他會牽起我的手，攤開我的手說：「妳真的不該再咬指甲了，珍。」接著，等聚餐接近尾聲，所有人因為酒精而雙眼充血，睡眼惺忪之際，他會說出一些俗不可耐的話——總是對著我說——例如：「我看你該是時候送珍回家了，是吧？」然後他會眨眨眼說：「如果你懂我意思的話。你懂我的意思嗎？」我們都懂，於是我們放聲大笑。然而每一次我都感覺到心底一沉，因為自從強納生死後，我已經三年沒和任何人上床了。想到有另一個男人碰我的身體就讓我毛骨悚然。

要知道，那個與其他人談笑風生、充滿魅力、對所有人笑話都很捧場的查爾斯？那個查爾斯不過是偽裝，是穿戴在身上用來遮掩真相的戲服。他把所有人騙得團團轉：尤其是男人，但大多數的女人也一樣，以為他帥氣、自在又迷人。

「那？」我們抵達公車站時，史丹利說。我離開他身邊，假裝看著印在水泥柱上的公車時刻表。「那，」他又說了一遍。「有計畫嗎？」

我刻意看了一眼手錶——那是瑪妮給我的禮物——始終不發一語。

「這裡大概離妳家比較近，妳覺得呢？」他說。

「是嗎？」我回答，手指劃過夾在兩片塑膠板之間的時刻表、白紙黑字印在上面的數字。我企圖表現得輕鬆自然，彷彿查詢時刻表這件事稀鬆平常，不是上世代的人才會做的過時舉止。

「應該是。」他說。「沒差太多，但離妳家近一些。」

我繼續假裝看著時刻表。

我聽見他踩在水泥地上的腳步聲，那越來越接近的壓迫感。他在我後方呼吸沉重，散發著濃濃的酒味。我知道他準備要碰我了。

「珍？」他說著，又朝我走近一步，直到他來到我的正後方，伸出雙手摟住我的腰。他親吻我的後腦勺，濕潤又響亮。我整個人僵住了，站在原地，一邊調整氣息，一邊保持身體不動，免得下意識閃開。他捏捏我——不是特別用力——但我仍感覺自己彷彿全身被勒住了，就快要窒息。

「妳家……？」他清清喉嚨。「是什麼樣子？」他用右手上下輕撫我的腹部，位置一次比一次高，直到我感覺到他的手滑過我內衣底下的鋼圈，往上碰到柔順的布料。「珍，我們……」他靠著我的耳畔低聲說，內容含糊、溫暖又濕潤。

「史丹利。」我說著，挪到一旁，離開他的身邊，離開水泥柱。「史丹利，我不確定有所謂的我們。」

「喔。」他回答，輕微受辱，但更多的是困惑。「可是我——」

「不是你的問題。」我說。

他嚴肅地點點頭。「是因為妳過世的老公嗎？」他問道。他再次恢復自信，確定自己找到一些懸而未決的答案，確定自己是撫平傷痛的靈藥。「瑪妮說——」

她想必警告過他要體貼，要小心。

「不，史丹利。」我說。「不是強納生的問題。」這是實話。「也不是你的問題。」我想這應該也是實話。「其實只是我自己的問題。」

一輛紅色雙層公車轉過街角，明亮的車燈襯著夜空，這一次難得準時抵達。

「妳有沒有想過或許妳的感覺是——」

「今天過得很愉快。」我插嘴道，雖然我不知道我為什麼要說這種客套話，因為很顯然是謊言。「如果你想繼續和查爾斯聯絡的話，千萬別客氣。但我想我們之間大概僅止於此了，抱歉。」我說。「再見。」

我舉起左手，公車慢下來，在我旁邊停住。我走上車，趁車門關上前，很沒必要地對史丹利熱情揮手道別。公車駛離前他仍眉頭緊皺。

強納生死後這些年來我與太多男人約會。我整整一年沒跟男人說話。但大家開始焦慮，擔心我悲傷過度，於是向他們保證我仍在積極過日子似乎很重要。因為誰都知道，一個單身女子如果連追求愛情的一絲跡象都沒有，幾乎都不會有好下場——這是我們遲早都會學到的一件事。

那是笑話。你可以笑。

事實是，我沒想過找新的愛情；想在一事無成的生活裡找到另一份偉大的愛簡直太過苛求。我有過強納生的愛，我無法想像另一份愛能與其匹敵。我也有過瑪妮的愛。而讓她以為我仍在尋找愛情、仍懷有信念、仍相信世間的美好能夠帶給她快樂。

但我盡量不跟一個男人交往太久，這就是我分手分得乾脆的原因。一部分是因為我發現他們全都狂妄自大，令人完全無法忍受——這是真的；一個都不例外。

另一部分是因為我有那麼一丁點擔心他們真的會不小心喜歡上我。

聽起來很虛偽嗎？我沒這個意思。認識強納生之前，我沒想過有人會喜歡上我。我不相信有人會對一個沉悶又缺乏自信的人找到愛的感覺。但強納生找到了愛我的特質。他欣賞我好強的天性，佩服我從未輸過一場酒吧競賽。他猜我從不遲到這點可是猜對了。他很訝異我一天能讀完一本小說。他愛我的細心、愛我的完美主義、愛我想靠自己掛上我們的照片。後來，我也慢慢開始愛上那些特質。

我之所以不希望這些男人愛上我，是因為我知道我絕對不會愛上他們。那時我就知道——如今仍然肯定——拒絕別人就像皮膚底下的水泡，小小的傷口可以腫成一發不可收拾的傷勢。

太誇張了嗎？

我不認為。

但現在還不是時候向你解釋。

我恨不得告訴你這是一個可以輕鬆聆聽的故事，但我想這是不可能的。這個晚上會有很多的死亡事件，我恨不得有別的辦法，但我已經承諾說實話，而我，總算可以達成這項承諾。

我仍不確定這個故事真正的起點在哪裡——我也不知道會在哪裡結束——但我很確定是怎麼開始的。

幾年前，瑪妮和查爾斯一起住在他們的公寓。我則正在與一個不是我丈夫的男人交往，同時我的家庭生活很複雜但勉強過得去。這個故事就是根據這些基礎所展開的，這就是他怎麼死去的故事。

6

大多數三十出頭的女人喜歡變化、隨興、認識新朋友和做新鮮事的機會。我從來不是這樣。我一直是躲在學校走廊、等著受人拒絕的那個十一歲女孩。我從未主動尋找友誼，所以朋友少之又少，但我確實擁有的那些朋友對我至關重要。

因為，你要知道，我曾經擁有一個朋友。沒有人比得上她，不管是穿著牛仔短褲短到露屁股蛋的金髮美女、穿著牛仔垮褲和連帽毛衣湊在一起抽大麻的男生、穿著成套運動服和運動鞋的體育明星、戴眼鏡穿襯衫的圖書館女孩、穿休閒褲和夾克外套的時髦男孩，統統沒有例外。我不需要他們，也不想追逐他們。

我知道我喜歡什麼。我喜歡習慣和規律。至今仍是如此。

於是在甩掉史丹利的隔天早晨，我去拜訪我的母親。她住在郊區的安養院，每次至少要花一小時的車程。由於我喜歡在九點前抵達，這樣就能在探視時間一開始就進去，所以我在睡前設好鬧鐘，早點出門趕上當天的早班火車。

週六早晨的車廂內總是寧靜。通常有一名西裝筆挺的男士，帶著前一晚的宿醉，時間就意外來到了週六早晨。有時候有一名推著嬰兒車的新手媽媽，時睡時醒，企圖補回幾個月前尚未失去的睡眠。偶爾有些值完夜班準備返家的警衛、清潔工和護理師。另外，向來有我。

每週五夜晚，我與瑪妮見面，接著在每週六早晨去探望母親。

❖

休息室位於安養院前廳，我在前往母親房間的路上經過休息室時，盡量不往裡頭看，僅專注在她位於走廊盡頭的房門，但目光總是被吸引過去。那裡有一種詭譎神秘的來世感，充斥坐在扶手椅上的老人家，有些坐在輪椅上，腿上蓋著毛毯。地毯色彩繽紛，圖騰大膽且華麗，讓我想起高級飯店的地毯，飯店經理戰戰兢兢擔心食物殘渣、泥土和化妝品沾在上面的那種。

在這裡，圖騰也有類似效果，用來掩飾泥土和嘔吐物，當然了，還有食物殘渣，但不是來自笑鬧閒聊之間搭配美酒的套餐佳餚，而是老人家氣得故意扔在地上的黏稠馬鈴薯泥。

相較於色彩繽紛的地毯，休息室本身倒是挺單調：沒有照片或相框，沒有畫作或海報，只有空蕩蕩的白牆和容易清潔的深色皮製扶手椅。不過裝潢其實真的不重要，這裡之所以引人入勝不是因為裝潢細節，而是因為裡面的住戶。休息室只是一幅描繪生死及遊走在生死之間的情景背景。那些老人家已經一腳踏進棺材內。他們的心在跳、血在流，但意識正一點一滴消失，身體也殘破不堪。這個地方怪誕可怕，充滿說活著不算活著、說死又不算死了的一群人。母親打死也不願意來這裡消磨時間，護理師也老早放棄說服她了。

我抵達時，她在房間裡，直挺挺坐在床上。

我暫時在門口駐足，看著她不停擺弄著那些縫在藍色毛毯上的小絨球。她把棉被拉到下巴，雙手十指交扣，在棉被底下凸了出來。窗戶沒關，一陣冷風吹得窗簾飄啊飄，在牆壁上投下一道影子。

母親在六十二歲那年罹患了早發性失智症。安養院的醫生——他們一週來訪一次，但我們鮮少碰面——說過她是屬於早發性的末期，彷彿這種說法能提供某些安慰似的。當然，他們的意思是其他人的症狀嚴重得多。我明白。但仍於事無補。

我敲敲門，踏進房內。她抬起頭時，我微微一笑，但願她能記起我。她的表情木然，額頭佈滿皺紋，嘴唇總是蒼白。我看見她的手在棉被底下動來動去，我知道她正在用一隻手的食指摳著另一隻手指四周的死皮。

有時候，她得花上幾分鐘的時間認出我。她會目不轉睛地凝視，我就知道她正在埋在腦海深處的檔案箱裡翻找，努力分析我的登場，辨識我的臉蛋、我的穿著，急著解讀這位新來的陌生人。

如今回想起來，很難相信她住了十八個月。我總覺得住在那裡是暫時的，是一種不確定的狀態。儘管如今聽起來不可思議，但當時我並沒有意識到，安養院當然是暫時的。安養院是中繼站，但不是夾在人生的兩個時期之間，比較像走到人生盡頭的半路上。

她在六十歲的時候診斷出來，但那時她已經獨居一年，離婚手續終於辦妥，父親早就遠去。幾個月前我就知道有事不對勁；當時我以為她可能是躁鬱症，她整個人脾氣暴躁，完全不像過去的她，為了一點小事就批評我——抱怨茶裡放太多牛奶，抱怨我鞋底的泥巴。

她開始口出穢言。在我二十五歲以前的人生，她從來不曾說「靠」或「幹」，當然也不曾在我面前說。她選擇用「可惡」或「看」作為代替，非常小聲地喃喃低語。然而，突然間，髒話連篇成了她日常對話的一部分。我只想要他媽的一點點牛奶。妳他媽的把泥巴弄得到處都是。

有時候，她會忘記我何時前來拜訪，儘管我的時間一直很固定。我會在週六一早按門鈴，聽見她接近大門時拖鞋踩在地毯上的腳步聲，聽見她解開鎖鏈時的叮噹聲。她會把門拉開幾公分，湊到門縫前，從頭到腳上下打量我，然後說：「喔，是今天嗎？」

我納悶她是不是喝了太多酒。我帶她去看醫生。我解釋情況的時候他點了點頭，我很慶幸他明白我的意思，很慶幸他清楚知道母親性情大變的原因，知道我在網路上、在藥房、在診間或各方意見中沒能找到的答案，讓一切畫上句點的答案。

「更年期到了。」我說完母親的症狀後他說。他嚴肅點頭。「肯定是更年期。」

隔天早晨，母親從樓梯上摔下來。我接到她鄰居打來的電話，說他聽見奇怪的聲音，便用備用鑰匙讓自己進去。謝天謝地。父親在幾年前把備用鑰匙給了他，請他在我們全家前往康瓦爾郡的時候，幫忙替植物澆水和餵魚。

我抵達之際，母親正坐在沙發上，睡袍緊緊繫在腰間，手裡抓著一杯茶，跟鄰居爭吵中。他極度熱心勸她去醫院一趟——為了安全起見，快速做個檢查。

「喔，妳別跟著起鬨。」她一看到我便說。「我只是一下子沒注意，少踩了一階。本來再過一兩分鐘我就會自己站起來了，但這傢伙非得多管閒事，大刺刺堂皇而入，一副住在這裡似的，實在不要臉。」

他是個大好人——尤其在母親這個無禮又不知感恩的鄰居面前，簡直太善良，太有耐心——答應會幫忙多加留意。他說他在家工作，所以總是在附近，又說牆壁很薄，所以他會把音樂開小聲一點，以防下次她需要幫忙。

我好奇這些年來他聽見了多少爭執。

兩星期後，意外又發生了。他聽見一聲巨響，連忙叫了救護車。她額頭撞上樓梯扶手的地方有一道小傷。她說沒事，傷口不深，只是擦傷而已，但他堅持要她去醫院。將近兩小時後，我在醫院與她碰面時，傷口仍在流血。

一位與我年齡相仿的女醫師接見我們。我瞭然於心地點點頭，肯定地說出「更年期」的時候，她皺起眉頭。

「妳認為是更年期嗎，巴克斯特太太？」醫師問道，母親沉下臉。「我沒說不是更年期，」醫師繼續說。「但妳是這麼想的嗎？」

母親揚起沒受傷的那道眉毛作為回應，接著搖搖頭，嘆了口氣。

「這樣的話，我希望多做一些檢查可以嗎？」

母親點點頭。

那天下午，她被診斷出疑似失智症的前兆。她又獨居了一陣子，情況日益惡化。等六個月後確診了，她搬進安養院，在那裡接受我沒有能力提供的照顧和幫助，甚至是與她同住。

❖

我在扶手椅坐下來，外套擱在大腿上，開口準備說話時，母親搖搖頭。她想找到正確的檔案盒；她不希望我幫忙。

「妳遲到了。」最後她說。

「幾分鐘而已。」我回答，轉頭看向掛在頭頂上方的時鐘。

「搭火車嗎？」她問道。

我點點頭。

她回來了，眼神專注又溫暖。有時候我害怕她放棄，害怕她願意讓失智症如黴菌般在腦中蔓延，滲透，摧毀她最後一絲人性。然而，像今天這樣的日子，我很確定她仍在奮戰，用她自己的方法抗爭，拒絕變得無知空洞，即使那天終將到來。

「妳和那個男孩提分手了嗎？」她問道。我和史丹利約會過兩次，其中一次不是太糟。上星期過來探訪時，我把那次約會告訴了她——在公園野餐、去酒吧喝酒。但我也告訴她史丹利是一名律師，整個人無聊透頂，唯一可取之處只有他柔軟的頭髮。

我看得出來她很自豪自己記得我們上次的對話。她通常能記得一場對話的氣氛——她對我是生氣還是滿意，或單純是她喜不喜歡那次的陪伴——但有時候，她能記得一些小細節。我記得當時我曾好奇，她是不是趁我離開後把事情一一寫下，好為隔週做準備，總之是一些保持清醒的方法，因為她的神智仍用盡氣力想脫離大腦。

「史丹利？」我問道。

「可能吧。」她聳聳肩。「我這裡沒有太多空間，」——她敲敲額頭——「去記住所有的名字。」

「那就是了。」我說。「我昨晚提了。」

「很好。」她說。「就我聽起來，他和強納生差得遠了。」

母親的失智症——說來挺省事的——清除了我和強納生是夫妻的記憶。她只記得我和他墜入愛河，然後他就死了。這並非事實的全貌。

我父母並不討厭強納生。事實上，我覺得他們挺喜歡他的：他迷人風趣，彬彬有禮。但我想他們喜歡他是以父母看待第一個男朋友的方式去喜歡。他人不錯，過得去，但不會想像他是我的結婚對象。

我宣布我們已經訂婚的時候，他們大發雷霆。過去從沒對任何事情有共識的他們，都堅持我犯下不可挽回的大錯。他們認為我們是南轅北轍的兩個人。他熱愛自由和新鮮空氣；我喜歡舒服窩在家。他熱愛人群和吵雜聲；我喜歡安靜和親密感。我認為他們只是覺得他不夠好，不夠聰明，做攝影師賺得不夠多。我不在乎。

我們訂婚後的幾週以來，母親不斷打電話給我，有時一天好幾次，堅稱我正在摧毀我的人生。她喋喋不休地抱怨，告訴我愛沒那麼簡單，其複雜費解的程度不是我能明白的，婚姻對我而言是十年後的事。她說我們太年輕，太天真，對一件我們不了解的事物過於頑固。她在家裡的玄關來回踱步時、在走廊盡頭兩端匆忙轉身時，以及在兩句話之間重重嘆氣時，我都能聽見話筒傳來的風聲。她沒有確切說出那些話，但我覺得她是想保護我，避免我犯下她犯過的錯，避免我投入一段讓她失去自我的婚姻，化作幾個凋零的詞彙：成為「妻子」，成為「母親」，最後「肝腸寸斷」。

她對我說我必須做出選擇；我選了強納生。

或許這應該要是困難的決定。但並不是。

我和強納生獨處時，我們能夠完全做自己。找到能自在相處的另一半，他也能以最真實的自己面對我，是我這生最大的喜悅。我們和其他人在一起時，都表現得比較好，尤其是在我的父母面前——多了點風趣，多了點禮貌，多了點濃情蜜意。為了成為讓別人覺得自在的那種情侶，我們把自己放大。他會逗弄我，開我的玩笑，把我父親惹得哈哈大笑。我也變得彬彬有禮，端飲料給他，問他還需不需要什麼，鼓勵他需要廚房裡的東西時只管叫一聲。我們的肢體接觸偶爾會覺得很不自然，例如他摟著我的腰或我靠在他胸膛的時候。但我們獨處時幾乎融為一體，四肢交纏，肌膚相親。

那是再簡單不過的選擇。

我可能天真地以為母親會隨時間屈服，以為她終究會接受我的婚姻。到了這個節骨眼她才重新燃起母愛似乎不太公平。

我四歲左右的時候，妹妹艾瑪在一陣混亂中提早七週出生。她被匆匆送往加護病房，安置在保溫箱裡，母親則被推入手術室止住大量的失血。兩人同時在幾週後返家，但就在那一個月內，一切風雲變色。從那時起——母親變得越來越偏激，對小女兒的擔心有增無減：終日問她冷不冷，渴不渴，還有沒有呼吸。結果，我變得跟父親比較親近——最初幾個月他什麼也做不好——但母親出現在我身邊時，純粹是為了我的生理需要。睡前故事、第一天上學的照片或孩子一天發生的大小事都提不起她的興趣。在那之後，她一直不太關心我，所以我不敢相信我成年後值得她如此在乎。

我結婚後不久，父親就向母親提離婚，搬出家門。他的秘書兼情婦茱蒂在一年前成了寡婦。她威脅父親如果不能完全成為她的人就要離開他。母親的威脅向來沒什麼說服力，顯然茱蒂的話另當別論。我們都不驚訝父親選擇了她。

我以為母親經歷失婚的創傷後或許會比較需要我。我想我還不夠了解她。

我們曾經有整整一年完全沒有與對方說話。我記得有一年生日期待接到她的來電——因為還有什麼比生日更能代表母女之間的羈絆呢？——但她始終沒有打來。強納生過世時，我沒有聽到她的慰問。我好奇她會不會出席葬禮，她沒有。我沒有對她說過太多細節，不過我想——甚至是希望——她可能會向其他人打聽事情的經過。

但就在大約一個月後，她竟然開始寄電子郵件給我，一週一兩次左右，沒什麼重要的內容，只是分享她的近況，一些讓她想起我的東西：例如商店街上一家新開的傢俱店、雜誌上的一篇文章、一部她覺得我可能會喜歡的電影預告片。

我拖了很久終於回覆她——我看了那部電影，難看死了——然後不知怎地，彼此的對話變得越來越尷尬。我那時很生她的氣，真的很生氣，因為還有好多該說的話沒說。我發現自己把過去那些發生的事，那些輕微的怒火放進我的郵件，滲透進我們的對話當中，然後再突然離題或生硬結束話題作為掩飾，有時候是在回覆之間停頓良久。比起面對內心洶湧的巨大悲傷，挑起過去那些舊傷要輕鬆多了。

我恨她。我真的恨過她。然後有一天，恨意就這樣消失。她同樣失去了她所愛的男人，後來又失去了更多：她的理智、她的記憶。我們的生活大不相同，但我們都心碎過，在彼此殘破的銳角找到相似之處。二十多年來，我們一直無法理解對方，但如今終於有了共同點。

所以，我發現我也能清除我腦中的一些荒唐回憶；那些回憶不是眼前這個女人、這位母親的作為，而是另一個人的，如今已消失在歷史的洪流之中。

「是啊。」最後我說。「史丹利和強納生一點也不像。」

「那妳分得好。」她說。「妳不覺得嗎？」

「嗯，我也這麼覺得。」我回答。

我轉身面向電視機，陪她一起看新聞。一名青少年遭到刺殺；監視器擷取了一個靜止畫面，畫面上的兇手打上馬賽克。一名不要臉的政客在對媒體說話，毫無歉意地為自己的行為辯護。一位年輕媽媽泣不成聲；她的救濟金遭到撤銷，負擔不起幼稚園的費用導致無法工作，又因為無法工作導致送不了孩子去幼稚園。我們一下子震驚、一下子表示不意外，接著又覺得難過，表情同步變來變去。

新聞主播最終向我們道別。我收拾外套和手提包，悄悄溜回走廊，留下睡著的母親和開始播放益智節目片頭字幕的電視。

❖

我之所以談及我的母親，是因為你必須明白她的角色在這個故事裡的重要性。我確實恨她，但我也原諒了她。記住這一點。

7

隔週五，我沒有帶約會對象去瑪妮和查爾斯的家，但我照例獨自前往，而且非常期待。結果中午瑪妮打電話給我，說晚上不能來吃晚餐了，因為查爾斯偷偷安排了在科茲窩度週末。她從車上打來，我能聽見其他車輛在高速公路上呼嘯而過的聲音。我好奇她多久以前就知道自己要出城。查爾斯起碼在幾個鐘頭前就跟她說了。因為她有時間打包，穿過擁擠的大街小巷，繞過停在路邊的車輛，每隔幾百公尺就遇到一次紅燈，最後才離開城市。她大可早一點打來。

「你們要去哪裡？」我問道，雖然我不曉得我為什麼問；我不是很有興趣知道答案。

「哪裡的旅館吧。」她說。我聽見貼在她臉頰上的手機發出劈啪聲，想像她轉向查爾斯，照例坐在隔壁的副駕駛座上，支配他們要去的地方。「旅館叫什麼？」她問道。

我聽見他在說話，但不是清楚的一字一句，頂多是模糊的低語，車子的金屬內裝讓他的聲音發出迴盪。

「他不記得了。」瑪妮說。「不過……」——又傳來劈啪聲——「導航說我們會在兩小時內抵達。」

我想像他們並肩而坐：瑪妮的鞋子隨意扔在座位底下，雙腳抬起來縮在座位上；對沁涼的秋意向來機警的查爾斯，穿著俐落的襯衫和溫暖的毛衣，降下車窗，把手肘擱在窗沿上開車，他就是那種男人。

「珍。」我聽見他大吼著說，接著安靜許多，甚至有點溫柔。「她聽得見我嗎？」

「我聽得見。」我說。

「繼續。」瑪妮答道，但不是對我說。「她說她聽得見。」

「珍。」他再次大吼。「可以請妳幫個忙嗎？這週末我想把這位美女佔為己有。妳怎麼說？」

他繼續說。我用拇指壓住聽筒讓聲音小一點。「妳能答應我嗎？就四十八小時。妳會沒事的。」

瑪妮放聲大笑，少女般的傻笑，於是我也跟著大笑，接著大聲說：「當然，她是你的了。」

不然怎麼辦？我還能說什麼？我很清楚他的意思。

「不過下禮拜我們會見到妳吧？」瑪妮說。「時間老樣子？」

「當然。」我說。「老樣子。」

「再告訴我史丹利會不會過來。」她說。

「他不會。」我回答。

「喔。」她說。「真的嗎？太可惜了。」她很訝異，就像現實背叛幻想時，樂觀主義者常有的模樣。她永遠充滿希望，永遠往好處想，永遠相信下一個男人會是那個對的人，即使證據總是與此相反，實在愚蠢。我的每一個追求者——她喜歡這樣稱呼他們——她都只見過幾次罷了。

「好吧，如果妳想帶其他人過來再讓我知道。」她說。

瑪妮結束通話，我聽見她掛斷前幾秒的沉默。我知道接下來會發生什麼事，我也知道我很害怕。我用力深吸一口氣，因為覺得胸口鬱悶，肋骨顫抖，因為空氣頻頻嗆到喉嚨。

你已經知道訂婚戒指的存在。我本來猜測戒指仍放在查爾斯的床頭櫃裡；我沒有理由懷疑。但那一刻，我很肯定戒指已經帶上路，藏在外套口袋或行李箱的前袋或那輛亮白色車子位於前座的置物櫃裡。

那天夜裡，我躺在床上想像在旅館房間裡的那枚戒指，靜靜躺在另一個床頭櫃的抽屜裡，等待那完美的時機。我能看見戒指放在紅色天鵝絨的盒子裡，金邊底座加上三顆閃亮的鑽石。

我一想到那個畫面就討厭，一想到她可能嫁給他就恨得牙癢癢。

瑪妮童年與父母的關係很緊張：與其說是血親，倒更像同事。她的父母皆為醫生，在他們所屬領域非常成功。他們成天旅行，所以瑪妮和她哥哥艾瑞克從他們年紀大得足以自己上學和煮飯後，就經常被留在家中好幾個禮拜。她父母會在好日子的時候出現，例如家長會、學校戲劇表演，但不會特別出席。而在不好的日子、普通的日子、構成日常生活的每一天，都沒人陪在她身邊。

直到我的出現。這就是我的角色。我全心全意愛她，不問原因，不求回報。

查爾斯以為他也能彌補那個空缺，但他錯了。因為送香檳到吧檯不是無私、而是愛現的舉動。昂貴的公寓不是大方，是猴急和鋪張。一枚奢華的戒指不是忠貞的象徵，而是盲目的自信。只有像查爾斯這樣的男人才會認同這種自負的行為。

❖

我是在幾個月前發現那枚戒指的。

當時瑪妮和查爾斯準備外出度假一個星期。他們打算去塞席爾，我想是吧——也可能是模里西斯——而倫敦預期會迎來一波熱浪。瑪妮一直擔心陽台上的植物活不過七天的烈陽和乾旱。查爾斯說她太小題大作，因為不過是植物，她隨時可以再買更多。

我邊吃晚餐，邊聽著他們刻意壓低音量的爭執。若說我不享受他們之間的衝突是騙人的——我喜歡看見查爾斯無法理解瑪妮的樣子——但我知道插手排解對我沒有好處。即便如此，我想告訴查爾斯別那麼混蛋，告訴他如果那些植物對瑪妮很重要，也應該對他重要。但我沒這麼說。

隔天早晨，查爾斯打電話給我，問我介不介意在他們離開時替植物澆水。

我沒車，也不會開車，從我的公寓到他們家搭地鐵大約要半小時，所以我當下就知道這不是特別方便。

我好奇他們有沒有其他住在附近的朋友：查爾斯的同事之類的，有財力買下以舊宅邸改建成奢華公寓的人。

他們有；肯定有的，然而查爾斯卻問了我。

我心想，或許我是他們最親的朋友。

當然，我知道這不是真的。

他們選擇問我，純粹是因為他們知道我一定會答應。瑪妮不缺其他朋友——查爾斯也是——但我能幹可靠。

查爾斯解釋他會留一把備用鑰匙給門房，如果我能在一到五的下班後過來一趟那就太棒了——老實說，星期六來一趟也很好。

星期一，我在傍晚六點半下班，一整天坐在辦公桌前盯著螢幕，努力對失去耐心的顧客解釋為什麼包裹沒有在他們指定時間送達而精疲力盡。強納生死後，我請了十週的假。回到工作崗位時，才發現我們已經不再販售傢俱，我也被調到客服部門接電話。他們堅稱我對公司有機會做出顯著的貢獻，對我而言卻像貶職。

客服電話在週末關閉，所以新的一週剛開始總是最慘烈。到了星期一，包裹沒能在上星期六送達的顧客是如此怒不可遏，歇斯底里——烤肉派對沒有戶外傢俱、兒子的生日沒有禮物、化裝舞會沒有衣服——導致他們完全無法控制脾氣。他們會花上整整一個小時對著話筒咆哮咒罵、口出穢言。我則花了整整一小時安撫擔保，承諾會修正錯誤，並為他們的會員帳戶提供小筆的賠償金。

我抵達瑪妮和查爾斯的公寓時剛過七點。

我和門房已經在幾次的場合見過面。他是個高傲又自命不凡的男人，把自己的工作看得太嚴肅的那種人。

「妳有證件嗎？」我向他索取鑰匙時他說。

「我沒帶證件。」我回答。「可是，傑若米，」我說——他佩戴著名牌——「這幾年來，你每個禮拜都在這裡見到我。你知道我是誰。還有，我能看見放了鑰匙的信封就放在你的桌上。珍．布萊克。你知道那是我的名字。」

「沒有證件？」他重複說。

「恐怕沒有。」我回答。

他神秘兮兮地把鑰匙滑過桌面時，我對他露出最甜美的微笑，坦白說也有點訝異。「別說妳是跟我拿的。」

我搭電梯來到他們的樓層。電梯門打開，我一踏出去，走廊燈就瞬間亮起。我和瑪妮有一年的時間，離開電梯時踏上的是藍色的地毯，跟我現在住的那棟樓差不多（地毯是灰褐色的，但同樣骯髒破舊）。然而這棟大樓明顯不一樣，我每次都有種自慚形穢的感覺。牆壁掛著一整排的藝術品，每幅畫的右下角都簽著名字，天花板懸著精美的燈飾。拼花木地板塗了一層厚厚的亮光漆，在燈光下閃閃發亮，走廊上唯一有人走過的證據正逐漸消逝，就在兩個電梯門邊的幾處輕微磨損。

我開門讓自己進入他們的公寓，發現屋內一片漆黑時嚇了一跳，真是傻得可以。每週五傍晚我按下門鈴時，瑪妮會匆匆前來應門。她會拉開門，微微一笑，然後衝回廚房，繼續攪拌或調味。攝影機通常會架在檯面上，拍攝她準備最新食譜的過程。她短暫的離去——我的到訪——也經常出現在她的文章、食譜和影片裡，已經成為特色之一。

我總希望能外出用餐。我希望晚餐時間能再次只有我們兩人。但她說她必須待在廚房，這樣她才付得出她那一半的房貸。查爾斯渴望一個小女人、一個小妻子；他能佔為己有的人。但我知道瑪妮不希望自己變成那樣的人；我也不希望她變成那樣的人。

我會在玄關無意間聽見她說：「珍來得正是時候。」

我會安靜關上身後的大門，停下腳步聆聽。

「因為我能暫時衝出廚房，知道不會有任何東西溢出或燒焦，回來時也不會有燒焦的平底鍋或難以下嚥的醬汁在等著我。」

我會聽著她在廚房裡敲敲打打一會兒——拿湯匙攪拌湯鍋、平底煎鍋裡劈啪作響的煎油聲、抽屜和櫥櫃齊聲開開關關的合奏曲——最後，她會說出我等待已久的那句台詞，聽起來大概像這樣：

「但你們記得我常說的吧？對我而言，珍基本上就是家人了，所以我知道她現在正在外面掛外套、脫鞋子之類的，她也不介意替自己拿飲料或開瓶酒——正所謂我家就是妳家。但如果你的客人比較難搞，我建議把他們的來訪時間安排在進入下一個階段前的尾聲。你可以好好休息一下，認真當個稱職的女主人。」

沒錯，那些時刻我通常獨自待在玄關，但感覺非常不一樣。公寓到處燈火通明，燈泡懸掛在天花板，檯燈在角落發光。茶几、壁爐檯、暖氣櫃上擺滿香氛蠟燭，在所有檯面上閃爍燭光。我總是能聽見瑪妮的聲音，聽見她對自己、對觀眾、對不斷成長的追蹤者喋喋不休。烤箱總是隆隆作響，通往陽台的落地窗總是敞開，傳來陣陣風聲和樓下大街車水馬龍的聲音，以及駕駛按個不停的喇叭聲。

但那天晚上，玄關漆黑無光，安靜無聲，沒有任何氣味。

我喜歡公寓沒有其他人干擾的感覺；彷彿沒有屋主，又有點空洞。

我花了一會兒才找到澆水壺（在浴室洗手台底下）和陽台的鑰匙（在小湯匙旁邊的抽屜裡）。我來到陽台時，天色漸漸變暗，不過我仍看得見纏繞在葉面之間的蜘蛛網，從葉柄一路延伸至鐵欄杆，映著餘暉閃閃發亮。蜘蛛網中間有一隻肉眼可見的褐色小蜘蛛。我拿起澆水壺來到蜘蛛上方，看著水柱把牠和牠的網一併沖到陽台上。

等我回到家時，時間已接近九點。

隔天早晨，我用小行李箱打包了足以撐到這個週末的衣物和盥洗用品。我甚至帶了自己的寢具。他們要的是每天現身半小時、替家中植物澆水的人，反之，我卻成了他們的房客。

我想他們不會太介意，但我不打算告訴他們。

那天晚上，我讓自己進入他們的公寓，再次站在漆黑的玄關前。現在這裡是我的家了，儘管只有一個禮拜，但仍是我的家。我打開所有的燈——正如瑪妮喜歡的那樣——把他們的床換上我自己的床單和枕頭套。我把帶來的食物放進他們的冰箱和櫥櫃，打開他們的收音機，瀏覽他們的書櫃。很容易就看得出哪些書屬於瑪妮，哪些書又是屬於查爾斯的；他的書大多有黑色書背和金色字體，她的書則有一種柔和色調，以粉色和黃色為主，配上華麗的手寫字體。

每天傍晚下班回來，我就會窩進他們的抱枕堆當中。他們的浴室磁磚漸漸覆蓋上一層薄薄的汙垢，玻璃杯抹上了唇膏印。

獨自住在別人家有一種非常奇怪卻又舒適的感覺。即使他們在世界的另一端，存在數小時的時差——甚至是數個大陸的距離——我卻記得我能清楚感覺到他們的存在，彷彿第一次看見他們身為情侶的真正樣貌。我發現自己在他們家翻箱倒櫃，渴望得知他們最喜歡的香草，以及那些尚未拆封的鋁箔裡裝了什麼。我打開他們的抽屜，驚訝發現瑪妮已經變成那種會費心穿上成套內衣褲的女人。我查看他們的藥櫃——裡頭排列著各式各樣的止痛藥、咳嗽藥水和OK繃，以及仍包著泡泡紙的溫度計——覺得自己比之前更了解他們一些。

瑪妮的床頭櫃裝著一堆不重要的小玩意兒：幾包面紙、美妝店送的試用品、幾支沒水的筆、以前的生日卡片、空藥盒、一副舊墨鏡、我們大學時期去希臘旅行帶回來的細繩手鍊。在查爾斯的床頭櫃，我找到三本雜誌、兩只書籤、四個隨身碟、幾張在朋友婚禮上的拍立得照片——其中一張瑪妮穿著我替她挑選的藍色絲綢洋裝。最後，塞在抽屜深處的咖啡色紙袋裡，放了一個紅色天鵝絨的戒指盒。

於是我知道即將發生什麼大事；我還有時間做心理準備。

❖

那是週日午後，仍躺在床上的我接到瑪妮打來的第二通電話。我把手機在面前拿高，看見她的名字以大寫字體在螢幕上顯示，來電圖片是兩年前我把手機升級為智慧型手機後，在她家廚房照的，她的腰間繫著圍裙，紅髮拂著臉頰。

我深吸一口氣，接起電話。

「珍？」她大叫。「珍？妳聽得見嗎？」她很激動，興奮得難以自制。

「我聽得見。」我說。「怎麼了？發生什麼事？」

我已經知道怎麼了，也知道發生什麼事，然而我們還是不厭其煩地把該演的戲碼演了一遍。

「查爾斯求婚了。」她尖叫著說。「他求我嫁給他。」她完全無法控制音量或說話的速度。

「我傳戒指的照片給妳。」她說。我聽見她的指尖在螢幕上敲打。她把手機放回耳邊。「收到了嗎？」她問道。

我的手機在耳邊抖動。當然，我已經知道戒指的模樣，然而我覺得我還沒準備好看見戒指戴在她的手指上，依偎在她雪白的皮膚旁，把她與清晰可見的未來綁在一起。

「還沒。」我回答。「應該很快就會收到了。」

我會去看那張照片，但不是現在。我打算把一瓶紅酒放進冰箱裡，把公寓稍做整理，出門散步，然後幾個鐘頭過後，外頭夜深人靜時，我再打開訊息看。

「妳會出席，對吧？」她問道。「妳當然會了。我的婚禮？我們可能會在海外辦，可能吧，再看看，我們還不確定。妳會幫我決定婚紗？」

「當然會。」我回答。我不確定我的語氣聽起來夠不夠熱情。「當然會。」我又說了一次，但願這樣盲目複誦能製造出興奮的假象，實際上我卻覺得有點想吐。

「妳願意做我的伴娘，對吧？」她說。「妳願意嗎？」

「當然。」我回答。「我當然願意。」

「那太好了。我得掛電話了，我們現在準備回家，我還有幾通電話要打。喔，珍，這真是太叫人興奮了。我簡直不敢相信，不敢相信。照片收到了一定要告訴我，或是我再傳一次好了。真的很棒，很特別。我想妳一定會喜歡，起碼妳嘴上會說喜歡。但我相信妳真的會喜歡。好了，我開始胡言亂語，查爾斯在翻白眼了——好、好，我來了——那我們晚點再聊，星期五見——好了、好了——愛妳！」

她掛上電話。

8

那晚，我早早上床睡覺。我靠著枕頭坐在床上，穿著法蘭絨睡衣滿身大汗，凝視手機螢幕上的照片。照片上是她的手，金邊底座完美套住她的無名指。那是一枚非常漂亮的戒指，但我忍不住想像那是繩子做成的，像絞刑用的繩索，足以讓人窒息，象徵人生的結束而非開始。儘管那明顯是瑪妮的手，手指纖長優雅，搽了指甲油的指甲乾淨整齊，但不知為什麼感覺好像別人的手，好像是獨立的個體，與她整個人分開。

凌晨一點五十分，我突然驚醒，整個人渾身是汗，不停顫抖，很肯定自己忘記做一件非常重要的事。就在這時，我發現瑪妮又在車內打了一次電話給我——不只第一通是在車上打的，第二通也是。同樣是那車水馬龍的聲音和高速行駛時輪胎隆隆的回音。她說他們正在回家的路上。

我非常肯定查爾斯不是——絕對不可能——在車裡求婚的。那完全不是他的作風。他需要花束、香檳、小提琴手，八成還要有月光。我有點訝異她沒有早點打電話給我。

❖

瑪妮十六歲那年，愛上一個名叫湯瑪士的男孩。當時的他十七歲，身高一百八十三公分。她喜歡他線條分明的下巴、結實的腹肌、寬闊的胸膛和強壯的臂膀。我總是忍不住盯著他那大得出奇的前額。但連我這種不容易被紳士態度、個人魅力和狡黠笑容所傾倒的人，都不得不承認他非常迷人。

我不恨他，但我應該要恨他。我沒有宰了他，但如今恨不得我有下手。

停，別這樣看我。

別對我品頭論足，先把故事聽下去。

我喜歡他們之間的關係和互動。他期望得到頂尖大學所提供的體育獎學金，所以大部分的時間都花在訓練或比賽上。準確地說，是大多數的傍晚，而且週末向來有比賽。他們鮮少見到對方，只得在走廊上遞紙條、互傳簡訊，以及在學生餐廳眉來眼去培養感情。

夏天來臨，清晨越來越早天亮，午後也變得濕熱又漫長。起初我沒發現瑪妮仍穿著運動衫，直到一次午餐時間，她心不在焉地捲起袖子，我才注意到她上臂四塊大小相同的瘀青。她發現我盯著她看，連忙胡謅幾句，說是不小心撞到床架。

我不曉得我是怎麼看走眼的。她對手機總是遮遮掩掩，不像過去會大聲唸出簡訊內容，我們再一起研究如何回覆。她變得易怒，容易發脾氣，情緒焦躁，反覆無常，我卻完全沒有注意到。

我知道是怎麼回事，我也知道我有辦法阻止。

她爸媽家的後院有一個爬滿紫藤的植物藤架直通她的房間窗戶。我爬進去，打開她的衣櫃，進去盤腿坐下，用一堆衣服當座墊。

我耐心等待。

我知道那天下午他有橄欖球比賽，而她也會到場觀看。我知道比賽後他們會回到她的房間，因為她父母去參加她哥哥的音樂獨奏會。那個年紀的我們，空無一人的房子實在誘人得無法忽視。

我聽見鑰匙開鎖的聲音，聽見前門傳來他們的說話聲，廚房水龍頭的流水聲，櫥櫃被打開了，玻璃杯放上大理石檯面發出鏗鏘一聲。我聽見他們踩著樓梯上樓，房門摩擦地毯打開，最後是彈簧床的聲音。

我拿出口袋的手機，開啟麥克風，拿到滲進光線的衣櫃門縫之間。至今我仍握有那份錄音檔：

「我們能不能……？」她說。「能不能不要今天？」

「喔，別這樣。」他回答。

「不，我是認真的。」她說。「你可不可以——」

「可是妳答應過的。」他說。「妳說了『今天』。然後呢？妳改變心意了嗎？」

「下次吧。」她說。「我保證。我爸媽隨時可能回來。」

「妳和別人做過了，對吧？」他沒來由地說。

「我沒有。」她回答。「我發誓。」

「妳就是他媽的蕩婦。」

「我不是！我發誓我沒有。」她說。「我們之間沒有別人。我發誓。」

「妳知道如果我想要就能得到，對吧？妳知道的吧？」

「拜託，湯姆士。我們不要——」

「我可以想幹嘛就幹嘛。妳知道的。」

「別說了。」她說。「拜託你，別威脅我。」

「妳覺得這是威脅？這是該死的承諾。」

她哭了起來。

「我爸媽下週末不在家。」他說著站起來，床墊發出嘎吱聲。接著他打開門——木門摩擦地毯發出刷刷聲——離開了。

我停止錄音，但仍蹲在衣櫃裡。

幾分鐘後，瑪妮走進浴室，於是我溜出窗戶，爬下植物藤架。我把錄音帶連同一封匿名的電子郵件寄給他的橄欖球教練，湯瑪士就悄悄從隊上消失了。他傳了一些惡毒的簡訊給瑪妮，但我們一起讀簡訊的內容，從此之後再也沒有見到他。她找我陪她一起上了一些自我防衛的課，某種武術的大雜燴。我很高興——至今仍是——見到我的作為讓我們變得更堅強、更勇敢，不再脆弱無助。

我想她知道錄下湯姆士的話並寄出那封電子郵件的人是我，但她絕口不提。我也想，如果她覺得我做得太過分，早就告訴我了。然而，接下來的幾個月內，她偶爾會轉向我，彷彿準備說些什麼，然後又改變心意，閉上嘴巴。

如今，我倒希望她真的知道。我希望在那一刻她能明白我們的根鬚交纏得有多牢固，完全是密不可分的兩個人。我希望她明白我們對這段關係是如此全心投入，赴湯蹈火都在所不惜，永永遠遠。

❖

婚禮預計在查爾斯求婚完的九個月後舉行，也就是八月的第一個星期六。我曾經好奇他們的婚約會不會改變一些事，但幸好我們穩定的日常節奏似乎不受影響。這幾個月就這樣安安穩穩過去了。我和瑪妮仍固定與彼此聯絡，有時候一週內好幾次。我們仍在每週五傍晚一起吃晚餐，儘管我們的話題確實經常轉到婚禮的花卉擺飾上，但已經比我預期好得多。發現我們仍和從前一樣沒有改變，讓我鬆了一口氣。

在瑪妮婚禮前夕的週五傍晚，我們正一塊兒坐在她家的地板上，替一盒又一盒的脆糖杏仁繫上銀色名牌。琳瑯滿目的待辦清單已經在前幾個禮拜逐一解決，現在只剩最後幾樣細節和跑腿活需要完成。

「查爾斯的媽媽什麼時候到？」我問道。「她要住在這裡嗎？」想辦法把銀色細線穿過紙上的小孔簡直是折磨。那種一絲不苟的細活兒向來不是我的強項。

「妳說艾琳？」瑪妮說。「喔，我不知道。我想不會吧。可是……我不曉得她還能住在哪裡。等一下。」她走進廚房，拿了筆電回來，在沙發上坐下，掀開螢幕。「我不曉得。」她又說了一次。「但願不是住在這裡。我還得整裡床鋪什麼的。」

「我可以幫忙。」我說。接著我們著手來到婚宴菜單，每一張菜單都要在上方打洞，再用緞帶穿過洞孔繫成蝴蝶結。

大約一個鐘頭過後，查爾斯回到家。時間肯定已經快要晚上九點。我們從他重重甩上身後大門，把公事包往木地板用力一放，邊掛外套邊碎碎唸的聲音就知道，他的心情很差。

「我去問問他。」瑪妮低聲說。

我聽見玄關傳來她的聲音；溫柔開朗的呢喃聲，帶著幾乎像是吟唱的語調。他的回應簡短，聲色俱厲。起初只是他在抱怨一天的辛勞，發洩怒氣，後來她的聲音也開始改變，起伏不定。她不但沒能安撫他，反倒被他激怒。

「我才剛進門耶。」他說，音量很大，帶著一種傲慢的語氣。「妳就在問我婚禮的東西。我不知道，瑪妮。婚禮相關的事情我一概不知。」

「我問的是你媽。」她說。「她是你的母親。」

「都處理好了。」

「我已經替她安排好座位了。」

「為什麼要替她安排座位？」他回答。

「因為她是你媽。」瑪妮語氣堅定，接著又用比較冷靜、溫柔的口吻說：「她不會來嗎？我們已經好久沒見到她了——」

「我要去沖個澡。」他說完，兀自邁步上樓。她呻吟一聲，走進廚房。

我聽見她轉開水龍頭，打開爐子，開始對攝影機說話，語氣再次變得甜美。我繼續又剪又串，繫上緞帶，把製作完成的菜單疊進盒子裡。

幾分鐘後，查爾斯頂著濕髮、穿著牛仔褲走進客廳，一屁股在我旁邊的沙發坐下。他身材實在高大，超過一百八十公分的身高，寬闊的肩膀，一副只有想讓自己看起來強壯的男人才有辦法鍛鍊出來的體格。

「你沒有邀請她。」我邊量著手中緞帶的長度邊說。

「什麼？」他說。

「你在說謊。」我說。「你根本沒有邀請她。」

我不認為他信任我——他有選擇的話肯定選擇不信——但他的欲言又止揭露了真相。「我不希望她在場，可以嗎？」他說。

「我懂。」我說，我真的懂。「我也沒有邀請我爸媽出席我的婚禮。」

「沒錯。」他說。

我想他誤會了。他以為我們的父母是同一種人，以為我們是同一種人，但完全不是這麼回事。

「她生病了。」他繼續說。「我不知道婚禮當天我能不能應付這件事，妳懂嗎？如果她在場，焦點就全到了她身上。妳絕對不敢相信大家碰到疾病的態度。我只要和她出門，每個人都想聊她的假髮、她持續的反胃症狀，還有抗癌飲食，沒有例外。太扯了。我覺得她喜歡那份關注。這給了她人生目的，給了癌症一個意義。總之，別邀請她比較簡單。」

「可是她是你的母親。」我回答。

「什麼？」他已經從口袋拿出手機，被另一個地方的另一個人轉移注意力。

「你不能邀請她是因為她生病了。」我說。「她知道你要結婚了嗎？」

「可能吧。」他說，看起來完全沒有愧疚之意。「我猜我妹妹可能在哪時候說過了吧。」

「可是難道她不傷心嗎？」

「我不知道。」他說。「我沒問。我們沒那麼親。」

「太殘忍了。」我說。

他把手機擱在一旁的茶几上，用手指梳理濕髮。「我認為妳沒有權利這麼說。」他說著，用坐墊抹乾他的手。「因為妳也沒邀請妳的父母。這是我的婚禮，一切我說了算。況且我不喜歡病人。」

「你不喜歡什麼？」瑪妮捧著藍白瓷盤和銀製餐具走進客廳時，恰巧聽見他說的最後幾個字。她把懷裡的東西放到餐桌上。

「我沒有邀請我媽。」他說。

「因為她生病了。」我說。

「什麼？」瑪妮一邊擺放刀叉一邊問道。「因為她生病了？這才是非邀請她不可的理由吧？」

「說得好。」我說。

「不行。」他說。他沒有生氣，不像之前在玄關時那樣，但很固執堅定。「這是我的決定。」他說。「我不希望她在場。我不喜歡病人。」

「萬一我生病了呢？」瑪妮把餐盤放上桌面時問道。

「那不一樣。」他說。

她看我一眼，挑起眉毛，兩人之間交流著不言自明的眼神，我們都清楚這其實並沒有哪裡不一樣。然而，雖說我對他的觀點感到震驚，但我想瑪妮主要是氣餒的成分居多。座位表得重新安排了。

「只要這句話是真的，我就只好假裝這段對話沒發生過。」她冷淡地說。「我想這樣八成最好。」說完，她走回廚房，查爾斯打開電視，我繼續把菜單弄一弄。接著三人坐下來一起吃晚餐，彷彿沒事發生過。

但這異常的眼神交流被我放在心上。因為這件事證明了他不夠好，配不上瑪妮，一輩子都配不上。

我整個人沾沾自喜。

這樣很糟嗎？

因為這證明了他真的很討厭，證明了我的恨意並不是毫無根據，莫名其妙，而是合情合理。除此之外，這也證明了我之前一直不敢大膽表達的想法：我確實比他好。我照顧那些需要我的人：我明白婚姻不只是愛情，也包括責任和家人。

那時我就看得出來他沒有全心投入——沒有赴湯蹈火，在所不惜；完全沒有。

9

這一天總算來臨了，八月的第一個星期六。儘管天氣預報不太樂觀，但氣候出奇暖和，天空也異常晴朗。現場出席了數百名在他們人生各階段所認識的賓客——中學、大學、出社會——還有一些是他們素未謀面的人：親戚的配偶、父母那邊的朋友、一下子嚎啕大哭一下子又沒來由咯咯笑的新生兒。大家從世界各地來到溫莎：查爾斯的妹妹和她的丈夫那天一大早自紐約抵達，他的叔叔阿姨中斷在南非為期一年的公休假前來參加，瑪妮的哥哥艾瑞克為了出席婚禮，暫時放下紐西蘭的成功事業飛奔回來。

我接下來要說的話，你可能會覺得我在說謊，但我保證全是事實，那就是：這天真的是我這輩子數一數二美好的一天。早上我和瑪妮一起待在她的父母家。我們穿著睡衣，吃著果醬吐司。她泡了個澡，我坐在她旁邊，在磁磚地上伸直雙腿。我們聊著我們是如何在那條長長的隊伍中相識，各種細繩在冥冥之中拉扯，最後把我們帶到那一刻。

我親眼看著她嫁給一個我痛恨至極、她卻深愛著的男人，而這沒有我想像的那麼糟。我全心全意看著她一個人——欣賞她的紅髮在後腦勺盤成圓髻的模樣；那條鑽石項鍊；那蓬鬆的白裙；那飄逸的蕾絲頭紗——享受她的快樂。我好驕傲能夠參與她生命中如此重要的時刻。我盡情大吃大喝，跳舞跳到雙腳痠痛起水泡，但感覺美妙極了。

他的誓言挺感人的，真的。我本來預期會很噁心。我以為他會說起他無與倫比的愛戀、忠貞不二的深情、這場婚姻將會增強他們的羈絆等等，但他沒有。他說他從未見過如此果決、有創造力且大膽無畏的女人。他說他見到她的第一眼就知道她很特別，和別人不一樣。他所形容的她我知道都是真的，我發現自己不自覺地跟著點頭。

直到午夜過後，多數的賓客紛紛離去，樂隊開始收拾樂器，兩名伴娘把酩酊大醉的賓客壓進計程車送他們回家，我才終於有時間坐下。酒席承辦商正在把剩下的紅酒和啤酒瓶擺回箱子，會場經理正在把餐椅疊放整齊。玻璃溫室的落地門敞開著，空氣仍舊溫暖，佈滿新鮮花粉。裝飾用的小燈串在頭頂閃爍，我知道我有點醉了，因為光線看起來一片模糊，彷彿在玻璃燈泡後方糊掉了，黃色光暈滲進黑暗中。

查爾斯在我旁邊坐下，謝謝我的付出——我引用他的原話——我差點覺得他是真心的。他的背心從肩膀滑落，釦子已經解開，深藍色領結也已經脫掉。我們看著瑪妮在舞池間穿梭，裙襬幾乎成了黑色，整天下來的塵土弄髒了白紗。她氣色紅潤，有些長捲髮的夾子已經鬆落，掛在她香汗淋漓的臉龐。

「了不起的女人，不是嗎？」查爾斯說。

我點頭。

如今，我不確定接下來發生的事是否真的發生過，那段時光在我的記憶中已然模糊。整件事有可能純粹是因為我的恨意所衍生而出的虛構事件，是幻覺，是太多香檳和怒氣的產物。但我不這麼認為。

查爾斯往後靠，倚在溫室的玻璃牆上，抬高雙手捧住後腦勺，接著嘆了口氣。

「真的了不起。」他又說一次。

他放下雙臂，其中一隻手來到我的後方，並順勢滑落我的頸背。他把我拉向他，吻了我的額頭。他的嘴唇濕潤，口水閃閃發亮，離開時殘留在額頭上的濕氣熾熱滾燙。

「我們是很幸運的一對。」他說。

他醉得口齒不清。我也喝得太多，無庸置疑，但他絕對喝過頭了，看起來不太一樣，我沒見過他那麼恍神。他把左手搭上我的肩膀，繞過我的鎖骨，摸了我腋下一把。我一下子屏住呼吸，動也不敢動。我不想吸氣，不想鼓起胸膛，逼迫胸部接近他的掌心。他的手懸在那裡擺動，與我的乳房只有幾公分的距離，害我無法離開長椅。我只要一動就會朝他挪近，讓他碰到我，間接被他騷擾。

他放聲大笑；嘶啞又難聽的咯咯笑。

他說：「喔，珍。」接著指尖隔著我的黃色絲綢伴娘服擦過我的乳頭。我低下頭，一方面又對自己忍不住低頭看胸部的衝動而氣惱。他用手心壓住我，抽手時很快用拇指和食指捏了一下我的乳頭。

我恨不得能告訴你我做了什麼或說了什麼。我恨不得當初有出聲斥責他。也許他會很驚訝——我應該認得出真正的驚訝之情——當下我也能知道自以為發生的事究竟有沒有發生。

但我什麼也沒做，所以現在也沒法得知。

「真不敢相信婚禮就快結束了。」瑪妮說著，在我們旁邊坐下，頭靠上他的肩膀。「今天真開心。」她說。「你們難道不覺得今天真是最棒的一天嗎？」

查爾斯緩緩把手抽走。我感覺到他的手撫過我的頸背、我的肩膀，小心翼翼地退開，直到我們不再肌膚相觸。我感覺到我們之間的距離，有如敵國之間裂開的斷層線，那一道新鮮空氣，沁涼又舒服。我的乳頭隱隱作痛。

「一切都還好嗎？」她微笑著問。「這裡發生什麼事？」

查爾斯看著我。如果你相信我沒有醉到讀錯表情的話就知道：那是一張要我閉嘴的表情。

「沒事。」我說著，往旁邊挪開幾吋，沿著長椅往後挪，稍稍遠離他們和他們的愛情。「什麼事都沒有。」

這是我對瑪妮說的第二個謊言。

你看得出來我別無選擇對吧？我能說什麼呢？要是我實話實說，她可能覺得必須選邊站。當時的我全心投入，赴湯蹈火，在所不惜。我以為這表示扭曲事實好讓她開心，好讓她一直快樂下去，好保護我們的根鬚。

❖

下述的話是鐵一般的事實。那一天並沒有改變我對查爾斯的觀感。我已經恨他好多年，那一天並未改變任何事。

如果我說他們的愛是我所見過最可憎、最討厭、最噁心的愛是不是太殘忍了？是很殘忍，我知道。但他們的愛令我倒胃口。我痛恨他的臉；嘴角老是揚起的那抹得意的笑；呼吸時過分鼓脹的胸膛；手指敲打桌面的模樣，好像在說「你有夠無聊」。我痛恨他的手隔著那輕薄的布料撫過我肌膚的感覺，但最深惡痛絕的還是他在各方面的存在感。

我很樂意把他從我的生活裡抹去。現在說這種話必須格外小心，我知道，因為聽起來別有用意。我的意思是我希望我們的人生沒有共享的篇章，他的人生印記沒有印在我的頁面上；意思是我們的生活同時存在，只是從未交疊。

但我對他的死感到遺憾嗎？不，我沒有。沒有一絲遺憾。

第三個謊言

10

我告訴瑪妮什麼事也沒有，什麼都沒有發生。

然而今天，這件事感覺比任何時候都來得重要，是整個故事的關鍵部分，也是你人生故事的關鍵部分。我說的不是動機——請別誤解我的話——而是當一件可怕的事無預警發生時，導致走上那一刻的每個過去都有了不同的意義。

知道那天晚上有事發生的，還有另一個人，現在又多了一個你。我在隔天把事情告訴她，避免時間拖得太久，久到我再也不敢確切說出我和查爾斯之間是否真的發生了「任何事」。

❖

婚禮隔天的早晨，我躺在床上，無視自己頭痛欲裂，渴得想喝杯水，假裝自己不急著進浴室，狀況好得很。但就在這時，門鈴響了。

我的窗簾緊閉，但陽光已經從邊緣透入，塵埃有如斑點漂浮在許多細小光束上。我心想我應該用吸塵器清掃地板，甚至拖個地，但我也知道我八成兩樣事都不會做。家裡亂七八糟，到處都是書和雜誌，但我宿醉得太厲害，累得不想管。我的衣櫃門半開，衣服從門縫一股腦兒掉到地上，數不清的短褲牛仔褲和毛衣。成堆的乾淨衣物和床單寢具高疊在窗邊一張快解體的木椅上，前一晚穿的裸色緊身胸衣就擺在最上面。伴娘服掛在房門後方，手臂底下髒了幾塊，還有幾塊比較淺的汗漬讓裙襬變了色，大概是香檳搞的鬼。房裡的空氣沉悶帶有霉味，充滿濃濃的汗臭和酣睡的氣味。我應該要覺得噁心難受才對，對我來說卻是熟悉的空間，熟悉的雜亂，熟悉的氣味。

門鈴再次響起。

我一動也不動，彷彿摩擦床單的沙沙聲會從房門沿著小小的玄關一直傳到公寓外的走道上。

接著是一陣敲門聲——共敲了三下——大門縮進門框，鉸鏈隨之震動。

「珍？」

我立刻認出那個聲音，是我妹妹艾瑪。她小我幾歲，個性與我南轅北轍的程度更勝瑪妮。如果說我是黑夜而瑪妮是白天，那麼艾瑪就是兩者兼具。她不僅有雪白的肌膚和烏黑的秀髮，同時也有最高漲和最低沉的情緒，最脆弱也最堅強的心靈，生性害怕卻仍勇敢無畏，千瘡百孔同時也不屈不撓。

門鈴響了第三次。她用力壓了好幾秒，讓鈴聲響遍整間公寓。

「我知道妳在家。」她大聲叫道。

我繼續躲在被窩裡，拒絕下床。

「我帶了早餐。」她叫道。

她說到最後揚起尾音，用唱的唱出「早餐」兩個字。她知道她打出了她的王牌，她的黑桃

A，而她也知道我很清楚她在搞什麼鬼。

一到五的上班日，我通常吃麥片粥當早餐。我習慣選外觀和味道都像回收紙板浮在全脂牛奶上的即食麥片，再加上厚厚的鮮奶油。怪的是，這樣吃所攝取的糖分比低脂牛奶來得低。我從幾年前開始嘗試無糖飲食，就在強納生死後不久，企圖變得非常瘦，瘦到人類所能的極限。後來證明這是一場錯誤，因為經歷過失去至親的創傷後，即使再小的決定都不會是好決定，所以其他折衷方案——改吃糙米和甜菜根做成的布朗尼，不喝果汁——也很快就被遺忘了。

現在到了週末，我總是想吃些甜的。

「聞到可頌麵包的味道了嗎？」艾瑪叫道。「不到十分鐘前從麵包店買來的喔。嗯，好香喔。」

她暫時閉口，聆聽我的腳步聲。我想像她站在刺眼的黃光底下，腳踩著破爛的灰地毯，挪動雙腳的重心，一如往常沒有耐心，因為受到忽視而沮喪。

「快點啦，珍。」她高聲大叫。「我沒那麼多時間。」

我坐起來，雙腳甩到床邊，伸進拖鞋裡。我愛她——我真的愛她——但她從來不懂分寸。她完全不覺得大清早一聲不響來到我家門前，又敲又拍又叫地騷擾我是一件不正常的事。因為我們的生活就像洪水般淹沒彼此：那些挑戰、掙扎、日常生活的小事。

雖然這麼說不盡然正確。更精確的說法應該是她的生活頻頻湧入我的生活。我是包容她焦慮的容器，傾聽她懺悔的耳朵，她需要支持時的肩膀，需要扶持時的那隻手。她把她的重擔分攤給我，直到她覺得好一點才作罷，接下來就由我帶著她的恐懼在心中滋養。情況向來都是如此。我受人疼愛太少，她又被愛得太多，你可能很訝異發現原來兩者同樣不好受。因為得寵而受盡束縛的她經常在尋找喘息的空間。我成了她的盟友，她的避風港。她需要我。但當時我不知道的是，我也需要她。

「動作快點好嗎？」她大叫，「我又不會吃了妳。」

我聽見她放聲大笑。她有種黑色幽默。儘管我的腦中早已充斥她的想法、她的機智、她的創傷，那種幽默感仍有能力讓我錯愕。

我套上睡袍，綁好腰帶。那是一件破舊的深紫色睡袍，袖子曾經裂開的地方結了一團毛線。這本來是強納生的睡袍，對我而言實在太大件。肩線落在我的上臂，衣襬長過膝蓋，幾乎要碰到我的腳。每個週末他早起準備早餐時，總是穿著這件睡袍。

我打開大門。她穿著一件厚重的深藍毛衣和寬鬆的九分牛仔褲。腳上的白襪看起來像小學生會穿的那種，腳踝一圈厚厚的鬆緊帶，白球鞋的流蘇讓襪子起了毛球。她把頭髮剪短了，襯托出她的側臉輪廓和尖下巴。

「總算開門了。」艾瑪說。「妳的氣色有夠差。」

我轉向釘在玄關牆上的小圓鏡，看著鏡中的自己。昨晚的妝還留在臉上，眼周繞著一圈黑色印子，口紅弄花了嘴巴。

我聳聳肩。「昨晚還不錯。」

「不錯？」她說。「那是妳最好的朋友結婚耶，妳只說得出不錯兩個字？就這樣？」

她遞給我裝了麵包的牛皮紙袋。我往裡一瞧：一個奶油可頌和一個巧克力麵包。

「給妳的。」她說。

她走到沙發前，整個人在坐墊上蜷成一團，盤腿窩進沙發，彷彿在自己家一樣自在。我替自己倒了一杯從冰箱拿出來的柳橙汁。

「很棒。」我改口說。「昨晚真的很棒。好多了嗎？」

「呃，這樣反而更糟。」她呻吟道。「妳超不會說假話的。跟我說些有趣的吧。有沒有人吵架？有人打起來嗎？有幸和伴娘上床了？」

「沒人和伴娘上床。」我回答。「也沒人打起來，就我所知。」

「這麼說，查爾斯表現良好嘍？」她問道。「沒那麼渣？」

「表現得還不錯。」我說。「不過婚禮快結束前倒是發生一件事。」

我的公寓和其他公寓三面相鄰，室內總是有些過熱。所以，不管何時有客人來訪——老實說，頻率不高——我總能看著他們隨著時間過去把衣服一件一件脫掉。剛開始是外套和毛衣，然後是鞋子和開襟衫，最後只剩下背心，光腳坐在那裡。

艾瑪也不例外。但那天，我被眼前所見嚇了一跳。

她把毛衣高舉過頭，肩膀骨頭豎得高高的，鎖骨貼著皮膚往前凸起，看起來骨瘦如柴，幾乎是半透明的。她的上臂像鳥的翅膀，全是皮包骨，沒有一絲脂肪。

我用力深呼吸，再舒了口氣。艾瑪睜大眼睛抬起頭，神情機警。

「不必了。」她說，從我緊皺的眉頭讀出我的擔憂。「我沒興趣。」

「呃……」我說。但她目光銳利地看著我，眨也不眨一下，於是我明白了多說無益。

艾瑪第一次在我們的眼皮底下跌落月台間隙時年值十二歲。我不記得她早期生病的那些日子。當時的我忙著溫書複習，專注在我從沒在乎過的事情上——二次方程式、呼吸作用的化學反應式、河流地形——卻沒注意到對我最重要的東西正在惡化。

我記得是七月的時候。我和艾瑪放學回家準備放暑假——沒記錯的話，瑪妮人在法國南部——爸媽還是老樣子，忙著用辱罵和翻白眼做掩飾，一刀一鋤劈砍他們的婚姻。天氣很熱，氣溫超過三十度，英格蘭不該那麼熱。我們前往露天的公共游泳池。我擠在幾百人之間擰乾我們的浴巾。那裡有帶著一堆孩子在泳池裡泡水跳水、全身濕淋淋跑過草坪的家庭，有身材豐滿的女人，有坐在折疊椅上看報紙的老夫妻。我穿著泳衣，在烈陽底下滿身是汗，汗水沿著乳溝往下流，人中冒著汗珠。艾瑪穿著及膝短褲和一件羊毛毛衣，但仍抖個不停。我希望她陪我一起來游泳，但她不肯：說什麼貴重物品沒人看管的話，但我們根本沒那種東西，只有浴巾、衣服和兩本書。想當然耳，我嘮叨個沒完，因為我是姊姊而這是我的權利，最後她妥協了。我記得她把毛衣高舉過頭的時候，肩膀和鎖骨的樣子比現在還糟，彷彿急著逃離她的身體，衝破她嫩白的皮膚。她把短褲脫到大腿的地方，兩條腿就只是兩根沒肉的骨頭，沒立體感，沒有曲線。她直勾勾盯著我，看我敢不敢對她慘不忍睹的虛弱身軀做出評論，但我什麼也沒說。

接下來的幾個月，我硬在她的盤子上添食物，有時候她吃，有時候不吃。後來，她暫時好轉，接著病況又急轉直下。往後幾年差不多是這個模式，不好也不壞，直到我離家去上大學，當時她才十四歲。後來，病情鮮少有所進步，而是更多的低潮。最後，連爸媽都無法否認有個問題坐在家中的餐桌上，於是她住院治療，然後出院，然後再次入院。

我知道這樣說似乎把她形容成一個非常獨特的故事裡的一個非常獨特的角色。但如果你認識艾瑪——我真希望你認識她；我想你一定會喜歡她——你就會知道她完全不是那種人。艾瑪從不是個受害者。沒錯，她是生病了，病了很長一段時間，但她的故事遠遠不止這樣。

她的病存在她體內的某個地方，像一場她無法控制的古怪瘟疫，在大腦、骨頭、每個細胞裡都找得到。這場病佔據了她人生很大的區塊，但試著想像那是一條她沒得選也不想要的道路，而她學會用自己的方法在那條路上遨遊。最後，她決定不再接受任何治療，我也盡我所能尊重這個決定。

「別這樣看我。」她蜷在我的沙發上說，充滿防備，躲在自己的毛衣後面。「妳好像看到鬼一樣。」

我揚起眉毛；我無法控制自己。

多年來——幾乎是整個大學生涯——我常作惡夢，夢見艾瑪變成一具屍體。我會夢著毫不相干的情境，作夢作到一半——在度假、在聽課、在瑪妮旁邊——然後突然發現艾瑪的屍體，四肢僵硬發青，眼神朦朧睜得老大。我會在濕冷的被窩裡驚醒，大口喘氣，渾身是汗，不停顫抖。

「老天。」最後她說，再次把毛衣高舉過頭。「沒事的，我好得很。」

我別無選擇，只好閉上嘴巴。爭吵沒有好處，只會導致兩敗俱傷。

「妳剛說到查爾斯。」她說著，拍拍沙發旁邊的空位。「請繼續。」

我坐下，回想前晚發生的大小事。我告訴她查爾斯醉得說話含糊不清，提到他喝了不計其數的香檳，永無止境地添酒。我提到他搭著我的肩膀，粗糙的白襯衫把我的頸背刺得癢癢的。我閉上雙眼；我知道我描述他掌心滑落我的胸前，指尖擦過我的乳頭時，我整張臉通紅不已。我解釋瑪妮穿著白紗來到旁邊坐下時，我們之間的空間開始擴張，彷彿有什麼東西被吸回盒子裡。

艾瑪整個人目瞪口呆。「那瑪妮怎麼說？」艾瑪低聲說。

「沒說什麼。」我回答。「她什麼也沒說。她什麼也沒看見。」

「她什麼也沒看見？」艾瑪低頭看著她緊緊抓在胸前的抱枕。

「妳確定嗎？」她問道。「百分之百確定？這件事很明確就是像這樣發生？他會不會只是醉了，四肢發軟，有點粗手粗腳，但不是有意的呢？」

我聳聳肩。「大概吧。」我回答。

「不過，言行不一聽起來不是查爾斯的作風對吧？那一點也不像他。」

我揚起微笑。艾瑪沒有跟查爾斯見過面，所以她所認識的他全來自我的說法。

話說回來，過去幾個月有件事讓我想了又想。艾瑪不認識查爾斯。她沒理由懷疑我的遭遇，沒理由不相信他的確是一個在自己的婚禮上、甚至是在自己美麗的妻子面前對伴娘上下其手的變態傢伙。然而艾瑪的直覺反應卻是質疑我對事件的說法，而非查爾斯的品性。這說明了我是怎麼樣的人？我理解真相的能力？正確解讀情勢的能力？

難道，這表示那天晚上查爾斯所有不道德的舉止都是無辜的？全是我一個人判斷錯誤？我不認為，但值得你去考慮。畢竟，這是我的真相，不等同於實際的真相。

「妳打算跟瑪妮說嗎？」她問道。「跟她說她的新婚丈夫吃妳豆腐？因為我真的覺得這不是個好主意。」

我搖搖頭。

「不過還是很詭異。」她繼續說。「非常奇怪。」她把抱枕拿到胸前，抓住抱枕的邊角，像車輪般轉動它。「妳害怕嗎？」她問道。

「怕查爾斯？」

「是啊。」她說。「妳有嚇到嗎？」

「沒有。」我出於本能地說。「我沒有嚇到。」

話才出口，我就明白這不是真的。我當時確實害怕，沒到嚇壞的程度，不是這樣。但非常緊張，非常不安，突然間發現渺小的自己受困在某個高大的人面前不知所措。這與平常我遇到意料之外的情況時所感覺到的微小恐懼不能相提並論。這不只是深夜從地鐵站走路回家時，身後傳來的男子腳步聲，不只是在過斑馬線時有人站得太近，也不只是看見前方的地道聚集了一群人。因為這是算計過的，是刻意的，是有目的性的——如果目的是讓我害怕，那麼他成功了。

「媽還好嗎？」我問。

艾瑪低頭看著地板，擺弄著毛衣鬆脫的一縷毛線。「我沒去。」她回答。「我……我就是沒辦法。」

我緩緩吸氣，竭盡所能不要嘆氣。我對媽解釋過好幾次——甚至寫在她的日曆上——告訴她因為婚禮的關係，那個星期六我不會過去，但艾瑪會去看她。

「不要罵我。」艾瑪說。「拜託不要罵我。我有打電話。我有跟櫃檯的人說。我就是辦不到，好嗎？就是不能。」

我們還是孩子的時候，她們母女倆親密得不得了。在我看來挺肉麻的，無時無刻與另一個人黏在一起。儘管有時候艾瑪覺得喘不過氣——她會暫時逃離母親身邊，到家中別處與我一起玩——但她在各方面都非常需要母親：在心靈上和實務上，尋求慰藉和陪伴。當時，她和母親一樣，個性杞人憂天，在陌生人身邊容易尷尬不自在。到了陌生環境，她都會躲在母親後面，從她的大腿縫隙向外偷看。在家，她會跟隨母親在各個房間走來走去，想在廚房幫忙洗碗，或幫忙母親正在做的其他事情。晚上，她喜歡依偎在母親懷裡，聽她說故事，給她洗澡。艾瑪需要母親，而母親也需要被人需要。

然而艾瑪真的需要母親的時候——真的需要支持、需要愛和力量的時候——卻什麼也沒得到。她的精神支柱就這樣不告而別，對她需要母愛的天性感到難為情。如今回頭一看，我知道母親只是害怕。她從不是樂觀的人，她想必知道有事不對勁，知道問題難以解決，甚至是不可能解決。所以她選擇視而不見，假裝她女兒沒有問題，二話不說把食物刮進垃圾桶，把沒動過的餐具清洗乾淨。

艾瑪的需要日益增長，母親卻越來越迴避她，最後艾瑪變得既生氣又孤單，母親則害怕她在未來真的沒有康復的可能。艾瑪從未真正打從心底原諒她。她一等到病情好了些就馬上搬出去。

我想她把自己的疾病怪罪到我們母親頭上：不是因為染上疾病的原因，而是抵抗病魔的過程。我以為她們的羈絆已經消散，到頭來把她們連繫在一起的不是愛，而是血緣，一條延伸在兩人之間永遠剪不斷的細絲。但我錯了。把母親和妹妹連繫在一起的，還有其他更粗壯的線繩，只是我看不見。

「珍，拜託。」艾瑪說。「別這樣，我真的努力試過了。」

我沒有回應。我想請她反省她的行為會影響到別人：解釋她的決定讓我因為沒有親自前往安養院而良心不安，因為母親很可能感到無比寂寞而內疚不已。但艾瑪擁有太多情緒，她發現要她從別人的角度觀看世界幾乎比登天還難。

反之，我詢問她的志工計畫、她的公寓、一本我推薦她關於失能家庭的書，後來發現她至今都還沒讀。我沖了澡，換上一套乾淨睡衣，接下來整天待在沙發上，觀看本來屬於父親的電影光碟——英勇男主角和無能可笑的女人所主演的動作片——他離家後我便佔為己有。我們曾經一起看著這些電影，他會把我抱到大腿上，讓我蜷成一團靠著他，最後倒在他的胸膛睡著，母親則在別的地方操心其他事。

那天晚上艾瑪回家前，拿走了幾張光碟。她說那些光碟一直都是她的東西，雖然我知道不是事實，卻不是很在意。我們有太多不能談論也從未談論的話題，所以這件事算不上太大的禁忌。我目送她離開，背包裡塞滿光碟。我盡量把視線放在背包上方的那頭俐落短髮，不去看底下那骨瘦如柴的雙腿。

11

婚禮過後的星期一，瑪妮和查爾斯花上為期兩週半的時間，前往義大利度蜜月。查爾斯安排了一切：勾勒出他們在義大利的路線，預訂班機、在昂貴飯店訂下最豪華的房間。他說他希望整趟旅程是個驚喜，所以在接下來的幾個月不斷拿各種細節煩我。他用她最喜歡的顏色租了一輛經典的敞篷車。他選了以精緻天鵝絨和華麗水晶燈為裝潢風格的飯店，而不是他個人偏好的單色簡約風。他透過愛下廚的人規劃了一條路線，一些他覺得她會喜歡的地方。

「她會喜歡烹飪課嗎？」今年年初他這樣問我。

「妳覺得這個如何？」他一邊瀏覽一間新開的時髦餐廳的網頁一邊說。「妳覺得她會喜歡這種類型的食物嗎？景色好嗎？」

「羅馬怎麼樣？」某日傍晚，他趁瑪妮仍在廚房的時候匆匆低聲說。「她以前去過嗎？」

她沒去過，我這麼說，也由於這些接連不斷的交流，我對他們的行程簡直是瞭若指掌。因此，那天早晨，我想像他們抵達機場，進入候機室，肩並肩坐在飛機上，最後在行李傳送帶前方等行李。我能看見他們齊聲大笑，把行李塞進狹小的後車廂，路程中他把手放在她大腿上的畫面。我能看見他們第一間飯店的大門，蜜月套房裡的紫色沙發，四周掛滿吊床、俯瞰著葡萄園的無邊際泳池。我知道他們所走的每一步，整個期間我都覺得胃疼。我知道我又忌又羨。我愛她，我希望她能享受最棒的蜜月旅行，但又希望我也能參與其中。

我們一起旅行過一兩次，前往蹩腳的海濱勝地，在那裡狂飲色彩俗豔的雞尾酒，每口都能喝到糖渣。我在太陽下把皮膚曬得黝黑，相形之下她看起來更加蒼白。我們同睡一張床過夜，覺得稀鬆平常，我們在顛簸的飛機上手牽著手，過海關時也同進同出。但不只這樣。我們曾經一起大笑，閒聊，吐露秘密。我們相互交織，融為一體，分享只有彼此知道的笑話，共用行李箱和一文不值卻充滿意義的俗氣舊手鍊。

但她認識查爾斯以後，我們再也沒有一起旅行。

現在所有的一切她成了和他分享：床鋪、行李箱和秘密。

那兩個禮拜，我時不時想到他們，但胸口那股緊繃的恐懼總是揮之不去。我覺得我們的根鬚正在鬆脫，一想到這裡，就令人害怕，無法接受，因為在那之前，我沒想過有這種可能。

❖

瑪妮度完蜜月返家後的那天深夜，打了通電話給我，當時我差點就要熟睡。她想聽聽我對婚禮的想法，哪些事最突出，哪些事讓我印象深刻。我告訴她，她那六歲的外甥女愛拉到了第一支舞的尾聲時，只剩襪子和內褲穿在身上，又轉圈又蹦蹦跳跳的她，額頭佈滿汗水。我和她聊到她哥哥在致詞期間喝醉了躲在桌子底下打盹。我告訴她婚姻登記員塞在路上，可能會遲到，在儀式前傳了許多焦急的簡訊。

我告訴她起司塔剛切完沒多久就垮了，她放聲大笑。我告訴她在樂團離開了一陣子後，她的父母仍在跳舞，她母親的頭依偎在她父親的肩上，工作人員則在他們四周清理場地。她嘆口氣，但我聽得出來她在微笑。

「能聽到這些事真好。」她說。「我覺得我那天錯過了好多東西。我把一切安排得那麼完美，但我一次只能待在一個地方。我還在等剩下的照片。我們已經拿到幾張，大概十幾張左右，有些我特別喜歡，還有一些把妳拍得很美。妳星期五會來嗎？我到時候再拿給妳看。」

「妳能把照片寄過來嗎？」我問道。

我們被安排在花拱門周圍拍照，先是兩位新人，然後是所有人一起合照，最後是幾個小團體——父母、手足、朋友。工作人員把我們帶定位，叫我們擺姿勢，又匆匆把我們推出拱門外。我不曉得有沒有拍到我們兩人單獨的合照，但願有。

「當然。」她回答。「我把郵件轉寄給妳。妳一定會被我爸媽其中一人笑掉大牙。」

「我覺得婚禮那天他們人很好。」我說。

「我知道。」她回答。「我也這麼覺得。雖然說，後來我才知道我們在佛羅倫斯的時候，他們剛好也在那裡。他們就是這樣。我媽去開會，過敏之類的研討會，我爸也跟著一起去。但他們有告訴我嗎？沒有。他們想碰面嗎？和我們一起吃個中餐或晚餐？沒有。」

她總是看見他們最糟的一面，尋找各種線索證明他們的漠不關心。

「我覺得事情沒那麼糟。」我說。「也許他們不想打擾你們呢？」

「往好的方面想是這樣沒錯。」她說。「但我不這麼覺得。」

我打了個哈欠，但願這能暗示瑪妮結束話題，但她不顧一切繼續往下說。

「妳知道嗎？」她說。「我現在感覺不一樣了。我可以說自己『更有智慧了』又聽起來不像個討厭鬼嗎？還是不能？我不確定我可以。」

「不。」我說。「我也不確定妳可以。」

「我覺得自己更像個大人了。」她說。接著她猶豫半晌。「不對，聽起來怪怪的。我覺得我剛剛好像參與了什麼成人式的公共展覽似的，感覺很做作。妳聽得懂我的意思嗎？」

「不是很懂。」我回答。

「總之，這算是我打來的原因。」她繼續說。「我們決定賣掉公寓。妳懂的，做個大人什麼的。」

她猶豫了一下，我不發一語。

「我們在國外的時候討論過了，我們覺得這麼做是正確的決定。」

她再次猶豫了一下。

她在測試自己的每一步，亦步亦趨走在脆弱易斷的木頭上，看看木頭會不會下凹變形。我知道她很好奇——以沉默當作詢問——這麼做會不會讓我不高興，改變常規會不會是個問題。他們已經嚷了好久，說總有一天要離開市區，搬到有花園和車道的房子，還有瞭望田野的臥房。我不確定她的沉默是否也提到了這一點。

她很小心不提到錢。查爾斯事業有成，我的意思是真的非常富有。他在一間私募基金公司上班，負責收購公司，再分拆出售賺取利潤。瑪妮比往常更努力工作，筆下寫的是食物，嘴裡談的也是食物。最近她接了一個新的贊助，一間專賣刀具的公司，價格樣樣貴得離譜。廠商顯然注意到，自從她開始在影片裡介紹到那些刀具後，銷售量有顯著的提升，所以她成功談到更好的業配費。

相形之下，我對自己的工作越來越沒興趣，我總覺得我的主要任務就是處理顧客的抱怨，並盡量把過失的賠償金減至最低。我連房租都快付不起，而她對此十分敏感，不希望我覺得自己低人一等。

喔。

沒錯。

沒關係，你沒有錯。

我非常努力想要誠實以對。但不出所料，這對我果然不是一件自然的事。我稍微曲解了我的情況。

我有錢——現在仍有錢——但存在別的地方。

身為獨立接案、沒有公司分紅的攝影師，強納生在生前買了一份人壽保險，他就是那麼能幹俐落。我是他最近的親屬，所以保險金到了我的手裡。

但我沒辦法——至今仍不能——花那筆錢。他希望我擁有那筆錢，但我無法接受他的生命被賦予一個價值，因為再多的錢也不能彌補我的損失，差得遠了。你該怎麼量化天黑回家後在玄關為你留的那盞燈？你該怎麼為深夜在公車站牌等待你一起走路回家睡覺的那抹熟悉笑容定價？一個手掌與你完美契合、體溫能給你安慰、笑聲能給你歡樂、願意與你共度一生的人，需要多少錢才能取代？

如果你用他們的演算法為心愛的人定出一個價格，你會發現像查爾斯那樣的男人比強納生值錢得多。這又進一步證明了我的觀點。

艾瑪覺得我簡直荒唐。她認為我應該把錢拿去投資。她傳給我好多房地產的連結：市中心的新式公寓、郊區兩房的連棟別墅，甚至是位於南岸的海景公寓。她約了一個朋友跟我見面——和她一起在食物銀行做志工的男人，從過世妻子那邊繼承了一小筆財富——好讓我們可以討論投資利潤和房地產市場和其他我完全沒興趣的領域。我說我不想約會，她說那是投資約會，我說我聽都沒聽過便拒絕了。最後她說了「柳暗花明」之類的話，我們就再也沒有提起那筆錢的存在。

保險金至今始終躺在銀行裡。

「我在想，既然我們是夫妻了，公寓大概不再適合作為我們的家，妳明白嗎？」瑪妮繼續說。「我們覺得獨棟的房子比較適合。我很愛那間公寓，但我們討論過後，覺得現在是時候開始思考人生的下一步了，像增加房間數量之類的。大概九月吧，我想那是賣屋的好時機。」

「只要覺得適合，妳應該去做任何妳想做的事。」我說。

「妳的口氣就和查爾斯一模一樣。」她回答。「你們都好理智。他一直說我們才剛結婚，多的是時間去做那些事，無論如何不要有壓力。但我覺得他也想這麼做，只是不想操之過急。我覺得他也喜歡更寬敞的空間。我可以領養一隻狗給他——妳知道他喜歡的那種狗吧；是哈士奇嗎？不過話說回來，就像他說的，時間多的是，狗狗感覺得花上很多心力，是嗎？」

我沒有回應。

「珍？」

我關上床頭燈，閉起眼睛。

「該死。」她說。「對不起，我是不是太遲鈍了？時間並不會永遠多的是。這我知道。我想這也是為什麼我想搬家的原因，因為強納生的緣故。我知道有時候天有不測風雲，人在江湖身不由己。該死。珍，對不起，我只是……珍？」

「沒事的。」我回答。「真的。」

我想睡覺。我不想再聊這個話題。

我能看見她的人生漸漸成長茁壯，我的人生則不斷萎縮。我也曾經討論過她現在的話題，對自己問過一模一樣的問題，計畫過一個能提供答案的未來生活。

強納生一直想要搬離城市，到鄉下住：他想養雞、想擁有更多房間但不是為了孩子，他還想在後院蓋一間樹屋。

「妳知道公寓外的那些煙霧吧？鄉下可沒有那些東西。」他會這麼說，企圖說服我。

「聽見了嗎？」他會在三更半夜低聲說，以回應玻璃瓶打破的聲音或大街上刺耳的煞車聲。「住鄉下就不會聽到這種聲音了。」

他會去超市買菜，然後一邊拿出隨意裝在塑膠袋裡的蔬果一邊說：「我自己就能種這些東西。」

我知道有一天我終究會說：「好吧、好吧，我們搬到鄉下去。」

但那一天從未到來。

12

事情是這樣的。某樣東西開始悄悄溜走時，你總是不免會想起當初最好的時光。我試著入睡，但睡不著，只好努力回想這段友誼的過去種種，企圖尋找同樣脆弱的時刻。

我們在學校有過一次爭執，就那麼一次。起因只是一件芝麻綠豆的小事，就像大部分的爭執一樣。她習慣按下鬧鐘的貪睡鍵，十次起碼有五次，直到她慌慌張張衝出家門，跌進教室裡。我們每堂課都是搭檔，而星期四的第一堂課是戲劇課。差不多每個活動都需要搭檔；靠自己是不夠的。她鮮少因為遲到而道歉，最後我終於忍無可忍。她這樣沒有為我著想、忘記自己的行為會影響他人真的很自私。我說我不確定我想再和她搭檔下去。她說那好，如果我這麼想的話，接著便奪門而出，圍巾在身後飄揚，作業仍緊握在手中。

衝突持續了一整天。我們上課不坐在一起，下課也分開行動。敵對狀態前所未見。比起成天衝突不斷的青少年，我們通常相處融洽。我們的老師對這個情況驚訝不已，在最後一堂課結束後找我們坐下來，用責任感和同情心之類的話曉以大義，強調我們別再那麼孩子氣，要學會以成熟的方式解決問題。

就這樣，我們唯一一次的爭執。最後我們原諒對方，但一直銘記在心，把那次的經驗當成紀念品一般，因為那麼多年的友誼就只有一次爭執似乎是值得慶祝的事。

在那之後，我們再也沒有發生爭執。十八歲那年，我們搬到不同的城市，卻鮮少感覺分隔兩地，因為總是有理由打電話聯絡、有故事要分享，聊些只有她懂的事。三年後，我們又迅速住回一塊兒，感情更甚以往，猶如一起對抗混亂世界的堅強團隊。

瑪妮第一次決定辭掉工作，是在搬到沃克斯豪爾那間公寓的第一年——大概就在我遇見強納生的一兩個月前。她寫了一封辭呈，但她的上司史帝夫拒絕接受。那晚她回到家時，整個人茫然若失，意志消沉，但決心想辦法解決。她討厭那份工作和那裡的人，尤其是她那自以為是的上司，自以為年輕女生無法抗拒他的魅力，卻完全不是這麼一回事。我以前在瑪妮不同的工作活動中見過他幾次——他顯然以為自己就像三十年前一樣英俊瀟灑。

下一週，瑪妮再試一次。她趁機堵她的上司，當著總裁的面把辭呈遞給他。

「如同之前討論過的，」她堅定地說。「我要辭職。」

「喔，真可惜。」那時艾比說。「你一定很失望，史帝夫。」

「非常失望。」他回答，不情願地收下辭呈。

「祝妳未來一切順利。」艾比微微一笑說道。她幾個月前剛上任，身高一八五，野心勃勃，公司裡的年輕女性都很景仰她；一些老男人就不是這麼回事了。

因此，史帝夫不打算輕易放過瑪妮；他決定為難她，只因為她似乎稍微表現出沒有非常喜歡他的樣子。那天稍晚，他把瑪妮拉到一邊，告訴她她應該在六個月前通知離職，而公司希望她把這段時間做滿。瑪妮抗議說這太扯了——她當初根本不知道自己簽了什麼，對一名助理來說，這樣的離職通知規定簡直荒唐可笑。但他非常堅持。

那晚，她撲到沙發上，把頭埋進抱枕底下生悶氣。她說這不公平，不可能有這種事，說她辦不到，她不能在這麼討厭的男人身邊再多做六個月。

「幫幫我。」她從兩顆抱枕之間看著我懇求著說。「再跟那傢伙相處一個月我會死。我可以在衣服上聞到他的氣息。」她說。「就算週末沒和他在一起，我還是能在腦中聽見他帶著鼻音的刺耳笑聲。幫幫我，珍。」

於是，我們想出一個計畫。不用說，我以前獨自幹過這種事，為了反擊她那看似迷人實則暴躁易怒的初戀男友。但這次大不相同，與她分享期待令我精神振奮。下週末是他們公司的年度夏日派對，一場旨在吸引供應商和投資者，以及為了感謝員工和娛樂股東的盛大活動。地點位於公司最大間酒館的花園河岸，一絲不苟的細節擺設令人驚豔。這是主題派對——向來都是——而今年的主題是馬戲團。

我們很早就到了。噴上金漆的巨大鐵門佇立在停車場門口，兩名小丑招待我們入內，直達馬戲團的現場。那裡有一座用藍色塑膠布撐起來的巨大帳篷，一個穿著亮紅色喇叭褲的人踩著高蹺漫步經過，目光直視前方，彷彿對腳下正在運行的世界和那些在地面上忙成一團的微小生物渾然不覺。

瑪妮牽起我的手一起穿過人潮。她身穿黑色體操服和全黑的緊身褲，看起來高貴優雅，彷彿這副身材正是她想要的樣子。我穿著一件花長裙，脖子戴著一條小水晶球項鍊。我本來想穿牛仔褲的。

瑪妮在吧檯前停下腳步，指向一位非常高挑的女人，她穿著一件有金色條紋袖口和黑色翻領的紅色皮衣，頭上戴著一頂紅色小禮帽，手裡握著一條牛鞭。

「來了。」她說。「就是她；那就是艾比。」

我點點頭。「妳等等會在哪裡？」我問道。

瑪妮指向爆米花攤正後方的木製大篷車。大篷車的外觀漆成淡綠色，兩邊有亮黃條紋。「那輛大篷車後面。」她說。「十五分鐘後見了。」

我走向艾比，打斷她的談話，自稱是琵琶・戴維斯。

她立刻認出這個名字。琵琶・戴維斯是他們公司一家主要供應商的女兒。琵琶在一個禮拜前打電話給瑪妮告知無法出席，而瑪妮選擇不去修正賓客名單。

艾比很高興見到我，帶著我在馬戲團穿梭——她想讓我看看他們的場地、他們的旗艦酒館、他們的營運規模——完美向我介紹公司的成就和野心。我很樂意跟著她走走看看，接著慢慢地、不著痕跡地操弄方向，帶她經過爆米花攤前，往綠色大篷車走去。

「這真是優雅。」我說著，開始沿著大篷車兜圈子。

「當然。」艾比說，對我無預警地繞道而行有些驚訝。「不知道妳父親有沒有提過我們也替客戶舉辦各種派對：聖派翠克節派對、萬聖節派對、除夕夜派對。」

我停下腳步凝視。這招奏效了。我看見他們在爭吵，於是清了清嗓子。瑪妮抬頭一看，態度稍微軟化，重心移到另一隻腳，臀部往外翹，走向他，把手放上他的肩膀，看起來像在打情罵俏。我同時覺得反感又高興。

「我們認為最重要的是注重細節。依我看，這是我們和其他競爭對手有所區別的地方——」

她抬頭一看，輕輕倒抽一口氣，雙手飛快摀住嘴巴，牛鞭掉落腳邊。

「史帝夫。」她說。「這到底……？這是怎麼回事？」

他皺起眉頭——樣子其實挺可愛的——看了看我們三人，很是困惑，無法理解到底發生什麼事，為什麼他的老闆看起來那麼震驚、那麼錯愕。就在這時，他恍然大悟。他看了瑪妮一眼，揚起眉毛，轉過頭彷彿準備要咆哮，後來才發現他有一個更重要的問題，另一個必須應付的人。

「艾比。」他說著，朝瑪妮退開。「事情不是妳看到的那樣。這絕對——」

「別說了。」瑪妮舉起手說。「拜託，我們就實話實說吧，不能再瞞下去了。」

她演得不是很好，可能連普通都算不上，她的語氣生硬尖銳，動作很不自然，但史帝夫把自己的角色扮演得好極了。他睜大雙眼，四面八方掃視戶外庭園，十之八九是在找他的老婆。他的嘴巴開開合合，不確定該說什麼，不確定該從何說起。

「對不起。我們應該早點告訴妳的。」瑪妮繼續說。「但我們一直保持低調，我想原因很明顯。但妳應該知道，我和史帝夫……我們正在交往。」

「交往？」艾比說。

「什麼？」史帝夫說。

「我知道——我查過公司政策——我們其中一人必須辭職，我能夠理解。妳也已經知道我一直在思考我的下一步——」

「辭呈立即生效？」艾比問道，顯然急著想找到最圓滿的解決方法去減輕她的窘境。

「當然。」瑪妮說。「星期一我會把東西清乾淨。」

「好吧。」艾比說。她轉向我，兩手捧著我的上臂，為員工的行為一個勁地道歉，並保證會立刻處理，接著說恕她失陪，她必須和她的同事聊一下，最後走向史帝夫，和他一起走進酒館。

瑪妮奔向我，尖叫著給我一個大擁抱。我們笑個不停，因為整件事從頭到尾實在荒謬，因為我們不敢相信計畫真的成功了，因為我們覺得充滿力量、渾身是勁，因為我們發現我們不只是兩個年輕女人，而是掌握人生的主人翁。我們是一支團隊。我們分享秘密，共享勝利，意識到只要聯手簡直勢不可擋，這種刺激的感覺讓彼此的感情更加親密了。

我們在回家路上走進一間酒吧，佔用了塞在角落的兩張天鵝絨扶手椅。外面天色尚早，客人寥寥無幾，但樂團已經在後台暖身，酒吧員工也開始點蠟燭、洗杯子。我點了一瓶香檳，因為儘管我的薪水不高，她的工作也不復存在，但我們有事值得慶祝。

稍晚，我們手勾著手走路回家，一邊聊著這天的瘋狂經歷。我說她再也不必進公司了，說她已經脫離了朝九晚五的辦公室生活時，她興奮得直拍手。她對著電梯的鏡子吐一口熱氣，用手指畫了一個笑臉。她跳上沙發，堅持要我也跳上來。很傻氣，很開心。我們牽著手跳啊跳。我記得我們笑個不停，這樣一起放聲大笑感覺是如此稀鬆平常，但現在呢？我怎麼也想不起來和她像這樣共處究竟是什麼感覺，這樣全心投入、輕鬆自在的感覺。

13

接下來那週五，我去拜訪瑪妮和查爾斯——就在他們度完蜜月返家後——我們三人一起坐在他們家的沙發上。天花板的水晶吊燈沒有打開，壁燈在牆上投射出黃色光暈。四周點滿了蠟燭，燭芯上火光閃爍。陽台躲在如浪花般的紅色厚窗簾後方。

這一年正式成為有史以來最潮濕的夏季——所有人都沒有異議：郵差、天氣預報員、我的同事——以及記憶中最悲慘的一年。那一週天天傾盆大雨，視線矇矓不清；豆大的雨落在人行道或車子的引擎蓋上。

「雨！」瑪妮說。「我們已經好幾個禮拜沒見過這樣的天氣，連一滴雨都沒看見。大家都說義大利的夏天很瘋狂，說我們肯定會被烤焦，還真是說對了。所以回國時我們打扮得完全不合時宜。把行李拿下計程車走進大廳時，已經全身濕透了。對吧，查爾斯？記得我們全身都濕透了嗎？」

他隨著她說話的節奏點頭。「嗯，是啊。」他回答。「淋得像落湯雞。」

他們說過去兩天只出門過一次，很快到超市一趟替食物櫃補貨，一回家就把窗簾拉上，窗戶鎖緊，使出渾身解數擋雨。瑞貝卡和詹姆士前一天來家裡吃過中餐，我認得這兩個名字。

「他們一同請了育嬰假。」查爾斯說。「兩人現在都沒上班，感覺好奇怪。」

「我有沒有告訴妳他們生了一個寶寶？」瑪妮問道。「現在四個月大。我真心沒見過那麼可愛的孩子。她簡直太可愛了。那對圓滾滾的大眼睛，天藍色的眼珠子——」

查爾斯指了指我的空酒杯。「再來一些嗎？」他問道，於是我點點頭。

「他好會帶她。」查爾斯走進廚房時，瑪妮低聲說。「說真的，沒有什麼比身邊帶著嬰兒的帥哥更性感的了。我知道，他喜歡擺出一副趾高氣揚、自信滿滿的模樣，但其實他很多愁善感。他從頭到尾都抱著她，完全不肯讓給我。」

我微笑點頭，雖然我完全無法想像。

「你有幫我倒嗎？」查爾斯拿著酒瓶回來時，瑪妮問道。

「當然。」他回答。「就放在旁邊。」

「謝謝。」她說著，起身親他一下。「我最好去看一下晚餐了。」

他替我的杯子斟滿，接著把手機連上昂貴的新電視，他說是用結婚時賓客送的禮券買的。

「我給妳看一些照片。」他說完，開始解釋這台特殊型號的各種複雜功能——顯示器、像素、處理器的速度和各式各樣對我毫無意義的字母簡稱。我點頭微笑，努力表現得刮目相看。最叫我驚訝的是這台電視的尺寸；幾乎跟整個壁爐一樣寬。

我伸手拿起直立在茶几上小籐籃裡的遙控器。查爾斯站在前方面向螢幕，擋住我的視線，不過我的一舉一動他想必是聽見了，因為他突然頭也不回地說：「把遙控器放下。」

「你難道不需要——」我開口。

「遙控器嗎？不用。需要的話我會自己拿，希望妳別介意，珍。」

他回頭越過肩膀打量我，盯著我仍握在手中的遙控器。我把它放回沙發上。

他露出微笑。「相信我。」他說。「妳一定會被這台電視的功能嚇一跳。」

他按了幾個按鈕，開始播放他們的蜜月照片。出乎意料的是，我發現自己對那些陌生的地點、美麗的風景、那股異國感產生好奇心。我對他一旁滔滔不絕的評論不予置評——「那個是我們在……」、「我們到那片海灘的時候……」、「這是第二間飯店的浴室」——但是照片本身令人驚豔。我回答他的問題、他的解說，以及他永無止境的廢話——「喔，真漂亮的田野。」我說，或「抱歉，你剛剛說這裡是哪裡？」——但我其實沒有認真在聽。

我想像自己參與了他們的旅行：在西班牙階梯上與瑪妮並肩拍照、在山頂上騎著單車微笑、身處葡萄園圍繞在十幾只玻璃酒杯旁邊。刪去查爾斯在每張照片裡的身影、模糊他整個人的存在，彷彿他從未存在過竟出奇簡單。我看不見他的寬闊胸膛、他的緊身T恤、他那抹完美笑容裡的潔白皓齒。我看不見他用厚厚一層髮膠往後梳的頭髮，看不見他的健壯小腿和黝黑膚色。

我可以聽見瑪妮在廚房裡忙，我放大她的音量蓋過他的聲音。她正對著攝影機說話，拍攝自己準備晚餐的流程，詳述她所做的每一個步驟，添加的每一種食材，每一個切煮炒炸的動作。

「我每次打完蛋一定會洗手，尤其是在分蛋黃的時候。我已經打蛋打了好一陣子，但還是弄得到處都是。」

「該不該把義大利麵丟到牆上看看是否有黏住？這全取決於你，但我堅信這是檢查義大利麵有沒有煮熟的最好辦法。來看看，喔。」——興奮的叫聲傳來——「看樣子煮熟了！」

「該不該把蕃茄放進綠色沙拉——當然不要。」

「晚餐再兩分鐘。」她叫道，然後，又稍微放低音量說：「每次有人煮菜給我吃的時候，我都很感激在坐下來吃飯前接到像這樣的通知。因為——可能只有我這樣吧；如果你也是，請在下方留言讓我知道——每次吃飯前我都得先去一趟洗手間。我不知道為什麼，但我就是這樣！」

查爾斯回過頭，翻了個白眼——溫柔、親暱的方式——我也微笑回應。

「好。」他說。「吃飯前我們再很快看看最後幾張照片。妳覺得無聊了嗎？」

我搖搖頭，他匆匆滑過一張又一張照片：染著橘黃粉紫的美麗日落；連綿起伏的丘陵上泛著深淺不一的綠色；罌粟田就像一張紅色畫布灑滿了黑色小種子。一碗碗義大利麵、鋪滿臘肉和起司的大淺盤、與垃圾桶蓋一樣大的披薩。火車上的查爾斯，雙眼緊閉，前方的桌子擺著解到一半的填字遊戲。（你或許想知道，填字遊戲是我和查爾斯唯一能夠一起討論、卻不會導致氣氛越來越凝重的話題。）

他繼續狂點手機，電視卻當機了，剩一個畫面在螢幕上靜止不動。那是一張瑪妮的照片。她坐在木製躺椅上，雙腿橫跨兩側，微笑著在手臂上塗防曬乳。她精神奕奕把草帽戴在頭上，比基尼稍微往上提，露出胸部下緣更白皙的皮膚。我想她不只在微笑，而是在大笑。我能想像她在斥責查爾斯，就像媽媽罵兒子那樣，告訴他別拍照，等她準備好再拍。

但換作我也會拍下那張照片。因為完全沒注意到相機的她更像她自己，姿勢比較自然，也不會噘起小嘴，更像我們熟悉且深愛的女人。

「這是最後一間飯店。」查爾斯說完，關掉電視，螢幕瞬間變回黑色。「那裡有一間超棒的餐廳，得到米其林一星的殊榮。我們點了試味套餐，價格不便宜，但物超所值，真的太美味了。」我好奇有一天我會不會有二次度蜜月的機會。當時覺得不太可能，現在我想機會更渺茫了。

瑪妮向我們宣布開飯了。

「我做了培根蛋麵。」她說。她看著我，一邊拉開她的椅子。「但不是平常那種，不是以前在公寓常做的那種。」她轉向查爾斯。「是致敬我們蜜月旅行的培根蛋麵。你記得嗎？你有給瑪妮看山頂的那些照片嗎？那裡的食物簡直是……」她把手放到嘴邊親了一下：響亮、熱情的一聲「嗯嘛」。「我千拜託萬拜託才得到食譜——顯然是家傳食譜——但我覺得真的特別好吃，比我們在公寓做的那種還要好吃。我就別再多說了，讓你們吃吃看吧。」

她挖了一大勺在我的碗裡，在查爾斯的盤子上裝了驚人的分量。他不喜歡用碗吃東西，不喜歡不同菜色混在一起。他不希望一口同時吃進蛋麵和沙拉。

我沿著碗緣轉動叉子，立刻看出麵的質地不同。每一條義大利麵都均勻覆蓋了一層滑順的蛋汁。我們的培根蛋麵則是容易結塊，蛋汁都成了炒蛋——別誤會，我喜歡這樣的蛋麵，我仍覺得那是我的最愛。

「好吃。」查爾斯說。「說真的，吃起來簡直一模一樣。」

瑪妮拍拍手。「我就希望你這麼說。珍？妳喜歡嗎？」

「這個嘛。」我說。「我不會說我比較喜歡我們的蛋麵，因為這樣就太不夠朋友了，但真的很好吃。」

瑪妮露出微笑。「我就知道妳會喜歡。」她重新斟滿我的酒杯。「我們買了這瓶酒回家。」她說。「我覺得有點瘋狂，誰都知道買回家肯定沒那麼好喝。但這樣長途運輸後比我預期好喝很多。你不覺得嗎？」她問道。

查爾斯點點頭。「沒錯。」他回答。「美味的蛋麵，好喝的紅酒。要不是外面在下雨，我差點以為我們還在義大利呢。」

這可能聽起來很奇怪——你八成也不會相信我——但在這一刻之前，我一次也沒感覺到自己像是他們關係裡的不速之客。我一直非常小心注意這兩段互相衝突的關係。但我以為它們可以共存，一種互相支持的感覺。然而我越來越清楚發現，我和瑪妮的友情只是他們故事裡的一段篇章，沒有空間能容下另一份愛。

強納生死後的頭幾個月，日子一片模糊；我不記得做過哪些事、去了哪裡、和哪些人說過話。最後我還是回到工作崗位，瑪妮邀請我那週末去她家吃晚餐。查爾斯向來工作到很晚，通常超過晚上十一點，有時候快天亮才回家。但他堅持週五晚上絕對不加班。他說他的週末很神聖，說重點在於平衡。但他每晚八點回家時總是累得半死，到了週末可能九點才回家。他從來不想出門，或見見朋友，或做任何事。他只想待在家裡。所以我每週來訪變成了一再發生的常態，鮮少暫停。

但我覺得他們結婚後可能意味著這個常態將自然而然告終。雖說已經持續多年，但我比誰都清楚，凡事終究有結束的一天。

十點半一到，瑪妮站起來說：「好。」

我沒有離開座位。她拿起桌上的三個點心碗，疊在手肘內側保持平衡，再拿起已經空了的水果盤和那壺鮮奶油，消失在廚房裡。我們聽見她打開收音機，傳來弦樂器彼此交織的演奏聲，以及瓷器碰撞的鏗鏘聲。我們聽著她在廚房走來走去的腳步聲，穿著襪子輕手輕腳地踏在地板上，把冰箱、洗碗機和櫥櫃開開關關。

我應該要跟上去的，但我沒有。

「那天的婚禮。」我說。我不曉得為什麼要提起，因為我直覺知道這是個很糟的主意，然而一旦開口了，我就不知道如何停下來。

「真是美好的一天。」查爾斯說著，邊打哈欠邊伸懶腰，就像婚禮那晚一樣，動作如出一轍，襯衫又一次被拉出褲頭。「簡直是最棒的一天。」

「快到尾聲的時候倒是挺怪的。」我說。

「快到尾聲的時候？」他重複一遍。「那時候怎麼了？」

他看起來真心困惑。

就在我說下去之前，請容我很快說一件事。我大概應該早一點解釋給你聽才對。我都忘了你這輩子幾乎沒說過謊。而我說過的謊則是不計其數。所以你或許可以藉由我的經驗學到一些心得。

首先你必須考慮到的是，謊言不過就是一則故事，是捏造的、虛構的。再來是，即使是最離奇的故事、最荒謬的謊言也能讓人覺得真實無誤、完全有可能發生。我們都想相信故事是真的。這樣說起來，第三就是可信的謊言是一項高難度的成就。但其中最重要的，你千萬要銘記在心的，就是我們也會被自己的謊言影響。我們修正故事，改變重點，增加緊張的氣氛，誇大情節。最後——我們把修正過的故事多說幾遍，每說一次就把故事加以改良——我們也會開始深信不疑。因為我們修改的不只是故事，同時還有我們的記憶。我們虛構的幻覺——憑空想像出來的那些時刻——開始覺得真實。你能看見修正過的事實逐漸在眼前展開，看見本來可能發生的情形，然後你會開始疑惑真相何時結束，謊言又是何時開始。

「快到尾聲的時候。」我重複一遍，但他聳聳肩，皺起眉頭。「晚上婚禮快結束的時候，你和我發生的事。」

「妳和我發生的事？」他問道。「珍，別鬧了，到底是什麼事？」

你要明白，現在已經太遲了。他已經擁有足夠的時間去修正他的回憶，存心記錯那一刻發生的事。所謂的唯一真相不復存在。他是不是一再重播那個故事？他是不是逐次改變他的行為？他是不是漸漸開始相信自己修正過的故事，所以現在那質疑又困惑的表情看起來如此逼真？

我覺得很蠢，彷彿我在胡言亂語，就在這時我看見查爾斯的臉蒙上一層陰影。他微微皺眉，又舒展開來。他左邊的眉毛抽了一下，就這麼一下。他的臉頰微微泛紅，或許是因為窘迫，或許是因為憤怒。他舔了舔嘴唇，然後緊緊抿在一起，導致嘴周開始泛白。他不經意發出一記短促的聲音，咬住下唇。

我再也不知道該相信什麼了。

「你知道我在說什麼。」我說。

「我不知道妳在說什麼。」他回答。他把雙手平放在桌面，張開十指。

「你心知肚明。」我說。其實我不確定，但我真心認為他可能知道。

「我很抱歉，珍。」他說。他的表情嚴肅，完全無動於衷。「我不知道妳在說什麼。」

「你不知道？」我問道，仍希望他可能只是搞錯，接著說出實情。

「妳到底想說什麼？」他問道，頭往左邊一歪，彷彿真的很好奇，彷彿真的被我的問題搞糊塗了。

「我想說……」但我不知道我在想什麼。「你碰了我。」我改口說。「你記得嗎？你喝醉了可是……你碰了我。」

他的表情瞬間震驚不已，看起來很假。他的眉毛挑得太高，眼睛睜得太大，下巴掉下來，做出小小的「O」的嘴型。

「珍。」他說，「妳說『碰妳』是什麼意思？妳不會是指控——」

「你記得。」我說。「我知道你沒忘。」

他的表情柔和下來，換上莫名的擔憂神情。

「珍，我很抱歉。我真的不想表現得無禮，但我完全不知道妳在說什麼。我想幫忙……我不喜歡妳覺得我……妳何不從頭開始講起？」他說。「跟我說妳覺得發生了什麼事。」

「婚禮尾聲我們坐下來的時候。」我說。

感覺不太對勁；哪裡感覺怪怪的。

「繼續。」他說。

「你伸手摟住我的肩膀。」我說。

我看得出來外面天色已暗，因為倚著白牆的紅色窗簾看起來一片漆黑。蠟燭快要燃燒殆盡，燭光在金屬燭台上忽明忽暗。

「我要坦白認真地告訴妳，」他開口說。「我完全不記得有這回事。但好吧，我想我不會太驚訝。我想那天下來我幾乎擁抱了在場的每一個人。那是一場派對、一場慶典。而我……就這樣嗎，珍？我摟住妳的肩膀？我這樣讓妳不舒服了嗎？因為我沒想到……但如果……我真的不是故意要冒犯妳。」

「不。」我說。「不只這樣。不只是你摟住我的肩膀那麼簡單。這完全不是我的意思。是你的手。」我說。「你在摸我。」

就在這時，我注意到他的視線不再是看著我，而是看著我所坐位置的後方，看著我後面的某個人。我恍然發現收音機已經關掉，我聽不見瑪妮走在廚房地板上的腳步聲、或瓷器的鏗鏘聲、或冰箱膠條被拉開、又自行關上的聲音。我能聽到的，只有洗碗機運作時微弱的隆隆聲。

我完全不知道瑪妮站在那裡聽了多久；不知道她聽到了多少。但我非常肯定查爾斯為了瑪妮刻意操弄了我們的對話，表現出他希望她看見的版本，而非在只有我和他的情況下，以對等的關係爭出事實的真相。

他聳聳肩——他不需要用言語來表達他的意思：我完全不曉得她在胡說什麼——於是我回過頭看她。

她仍穿著印有白色花紋的灰色圍裙，白繩分別繫在她的腰間和脖子上。她手裡拿著一條微濕的抹布，準備擦拭餐墊。她的頭往左邊一歪，目光如炬，隔著餐桌看向我。

「發生什麼事？」她問道，目光直視著我。

但就在我回應前，她轉向查爾斯。「你還好嗎？」她問道。

他聳聳肩。

「珍？」她說。「怎麼回事？」

已經太遲了。

「他碰妳，妳剛剛是這麼說的，是嗎？他確切來說是什麼時候碰了妳？」

我知道她很生氣，但我蠢得沒發現她不是為了我而生氣。我的心臟在胸口砰砰作響。我知道要是低頭看，肯定能看見它在衣服和皮膚底下跳動。我緊緊握住濕黏的掌心。

我想說：喔，沒事，但查爾斯早已把我當成傀儡耍得團團轉，把我逼到絕境。現在除了坦承自己確實說了哪些話以外，想裝作若無其事為時已晚。他很聰明，而且是個非常高明的騙子。說不定他就是那麼善於說謊，所以連他都相信了自己的胡言亂語，或他只是非常有說服力。但無論如何，他的狡猾程度都讓我陷入了我自己的真相中。

他誘使我來到圈套的邊緣，我除了用謊言逃脫之外，別無他法。

「妳到底在指控我丈夫做了什麼？」

我本來希望真相能招來她些許的憐憫之心；希望她可能會選擇相信我，和我一起解決這個問題。但那時，我知道她偏袒的是哪個人，我也知道那個人不是我。老實說，我要是抱有其他想法的話就太可笑了。艾瑪對我都有過遲疑。瑪妮當然也不會例外。說不定連你也一樣。

她顫抖著把抹布放到桌上，白皙的臉龐漲得通紅。紅疹爬滿她的頸子，並迅速往胸口蔓延。

「說啊？」她堅持道。

「性騷擾。」我說。「他在你們的婚禮上對我性騷擾。我真的很抱歉，瑪妮，可是——」

「性騷擾？」她說，語氣鎮定，比平時低沉。

她的目光在我們之間來回打轉。

我看著查爾斯，他是如此完美無缺；比我聰明多了，完全是有備而來。他的表情完美混合了體諒——眼神說著：她需要看醫生——和沮喪——繃緊的下巴說著：妳不會真的相信這番無稽之談吧？——他的態度更是強烈說著：我他媽的完全不知道這到底是怎麼回事。

「對。」我說著，低頭看我緊握在大腿上的雙手。「性騷擾。」

「就因為他把手搭在妳的肩膀上？就因為這樣？搭肩膀？」到了這時，她已經開始大吼，她的聲音顫抖，彷彿快哭了。「說真的，珍。這就是妳一直喋喋不休的事情嗎？就因為這樣？如果是的話，那妳真的必須——」

「不。」我插嘴道。「不只這樣，完全不是。他對我上下其手。」我說。「他把手放在我的胸口，禮服的上半身。當時我沒說什麼，因為我覺得在妳的婚禮上說這個不太對。但我非得說點什麼，妳難道看不出來我非得說點什麼嗎？」

她歪頭看著查爾斯，接著揚起眉毛，默不作聲地質問他。我無法解讀，只好繼續往下說。

「當時如果妳沒過來，我想他還會更過分。」我說。「我認為他……你到底在想什麼？」我轉向查爾斯。「你以為我會讓你得逞，是嗎？還是你只是想讓我覺得自慚形穢？你總是這樣，不是嗎？你喜歡那種高人一等、比別人厲害的感覺。」

「珍……」他說。「我不知道……我不知道現在到底是怎麼回事，但我並沒有任何意圖。」

他起身來到瑪妮旁邊，摟住她的腰，手繞著她的圍裙帶，用手指輕輕搓揉布料。我覺得自己像個孩子，接二連三被父母抓包。他們高高佇立在我面前，要求我陳述事實，而我面對質問縮成一團。

就在這時，他突然改變語氣，變得氣憤不已。

「老天啊，珍。」他大吼一聲。瑪妮嚇了一跳。「那是我的婚禮，而妳是我妻子最要好的朋友。我不知道妳自認發生了什麼事，可是……他媽的。老天，我沒有。」

瑪妮緩緩點頭，這一刻他信不信自己的故事已經不重要，因為她肯定是信了。她的表情憤怒，眼神有如生日蛋糕上的蠟燭，閃爍著怒火。

他以為我已經沒轍了，但這世上永遠有新的謊言、另一個說得更好的謊言。有一天，在未來的某個時刻，有人會告訴你「說一個謊得用更多的謊去圓」。那個人說得沒錯，但語氣說得彷彿那是個問題，事實上卻是解決問題的答案。

「他說他想要我，說他一直很喜歡和我聊天；他問我是不是也有同樣的感覺。」我說。「他隔著我的禮服碰我，用手指撥弄布料和縫線。後來他的手直接放上我的身體摸我。當下我還不敢確定，妳知道嗎？他想必只是喝了太多酒，腦袋不清楚，沒注意到自己在做什麼。可是他開始說話後，我就確定了。」我說。「我知道他是故意的。」

於是她再次猶豫起來。

那是謊言嗎？真的嗎？因為我真的相信再過兩分鐘，就會發生那樣的事，他就會說出那樣的話——我知道他一定會——因為查爾斯就是那樣的男人。他知道如何利用言語操弄人，編造故事。而言語賦予行為真實性，光是行為本身是虛無飄渺的，是不重要的，不值一提。

但沒錯，是的。那是一個謊言。我對瑪妮說的第三個謊。

這也是查爾斯死前，我對她說的最後一個謊。

14

瑪妮請我離開。在說了那麼多之後，她只是直接起身說：「我想妳該走了。」

我震驚地坐在原地，動彈不得。

「妳可以走了。」她重複一遍。「現在就走，拜託。」

我和查爾斯面面相覷，我看得出來我們想的是同一件事，那就是我們都無法自信解讀瑪妮的表情。我們看得出來她不高興，非常不高興，但怒氣已經平息，取而代之的是一股隱晦難解的情緒。我沒見過她那雙銳利的眼神，她的嘴唇如往常紅潤，卻抿得很緊。她的臉色蠟黃凝重，下顎緊繃。

我看見他加重力道，把她的腰摟得更緊，溫柔地捏了捏。

她沒有回應，只是一動也不動，雙手扠腰。

我站了起來。

「好，我走。」我說。「前提是妳確定這就是妳要的。」

我以為她會重新考慮嗎？我肯定希望如此，但她沒有。

「我確定。」她回答。

我走到玄關，拿下掛鉤上的雨衣。我的雨傘一直靠在暖氣片上，積了一灘水弄濕了木地板。

我握住門把，回頭看了他們一眼。他們就站在原來的位置上，肩並著肩，他的手摟在她的腰上，但現在是以回頭的方式凝視著我，彷彿在確認經過那場鬧劇後，我是不是真的離開了。

我自行離開，走路回家。路程花了幾個鐘頭，大雨不曾間斷，但此時此刻，這正是我需要的。我需要感覺到雨水浸濕鞋襪、雙腳變皺。我需要感覺到強風拉扯雨傘，好讓我有反抗的對象。我需要大步向前，用力跺腳，感覺到水花潑濺腳踝，手肘摩擦髖骨。

我站在公寓外，翻找包包裡的鑰匙。等我找到鑰匙、進了家門，已經有太多的水滴到地毯上，灰褐色的布料濕了一塊，成了髒兮兮的棕色。我沖了個熱水澡，打開暖氣，鑽進被窩裡，但我無法入睡。我需要待在其他地方。倫敦太大又太忙，居民太憂鬱又緊張，空氣太沉重又太昏暗。

我設了鬧鐘。然而幾個鐘頭後，當鬧鐘響起在臥室迴盪的時候，我仍然沒有睡意。太陽終於升起，我去探望母親——短暫的拜訪。她沒有認出我，我也沒有耐心聽她沒完沒了地問問題，說些無稽之談。結束後，我坐上另一班火車，不是回倫敦的火車，而是駛向更遠的地方，跟隨當初年輕那個我的腳步。

中午剛過，我抵達畢爾，只帶了一個小背包。我直接前往當初住的旅館，幾乎沒發現是我的雙腳把我往那個方向推進。當初的房間剛好就今天一晚沒人入住，位於一樓走廊的盡頭，房內有可以眺望海灘的窗戶。

我把背包放到床上，出門往海邊走去。

我站在海岸邊，凝視著波濤洶湧的浪花；陽光才露臉，但相當熾熱，猛烈直射著鵝卵石海岸。

「往這邊。」我聽見他說。「往這邊走吧。」

我轉向懸崖，沿著四年前走過的那條小徑前進。海邊很熱鬧，許多年輕家庭正在享受暑假，一對對戀人正在談情說愛，年紀從二十多歲到八十多歲的都有。形單影隻的年輕女性屈指可數，雖說我不可能是第一個拽著破碎的心來到海邊的人。到處是洋傘、沙堡和裹著條紋浴巾頻頻發抖的孩子，以及羽毛球拍、防風外套和有紅有黃有藍的各色塑膠鏟。

我離開這一切，沿著柏油路緩慢往上爬。海鷗依舊在頭頂發出粗啞的叫聲，一邊拍動翅膀。我好奇牠們是否還記得我，就像我還記得牠們一樣。

這是幾個月以來我第一次覺得與強納生那麼近。那天早晨的馬拉松大賽至今，我還沒去過那棟兩層樓公寓的附近；我從未回到那裡。那棟公寓在沒有我的干預下清空賣掉。我也再沒有拜訪我們喜歡的地方。那天晚上之後，我再也沒有踏進溫莎古堡酒吧一步，也鮮少路過牛津圓環站。然而來到這裡，待在一個如此熟悉的地方，傷痛似乎減輕不少。

我來到隔壁小鎮的那間咖啡廳，在原來的那張野餐長椅坐下，在同樣的地點眺望大海，我突然驚覺我的人生竟產生如此劇變，我又有多痛恨我的人生。我恨不得是另一個我，和丈夫坐在一起準備展開人生新篇章的我。她異常樂觀開朗，積極規劃未來的週年紀念日，期待著未來的新家和新生子女和一輩子的歡笑和愛情。我不想變成這個新版本的自己：這個忿忿不平、冷漠無情的自己，一輩子漂泊不定，回不去自己原來該有的生活。

但願我能告訴你，我找到方法戰勝了這個版本的自己。如果現在的我能說我已經找到方法放下悲傷和憤怒，找到讓我覺得踏實穩定有安全感的東西該有多好？但我沒有。還沒有。

海邊不見漁民的蹤影；他們稍早時肯定在這裡，在我仍躺在床上等待鬧鐘響起的時候，那遠在幾百公里外一個充斥噪音和髒空氣的世界。我再次沿著懸崖下方的海岸線散步，踩在腳底的鵝卵石嘎吱作響，因為早晨的潮汐而仍有點微濕。

我注意到懸崖底部的那片裸露山壁。荊棘樹叢茂盛濃密，小徑入口幾乎快看不見，但我在尋找，企圖找到接近他的方法。我記得他大步走在前頭，沿著小徑蜿蜒前行，使勁攀過一叢叢的蕁麻，全神貫注著登頂。

我放緩步調慢慢來。

先前下過雨，小徑仍有些濕滑，岩塊和路面的坑洞佈滿泥濘。小徑的兩側被高聳樹枝和濃密灌木叢遮掩，我好奇像這樣狹窄的小路要花多久時間才曬得乾。我看不見大海，但能聽見浪聲。我看不見海鷗，但也能聽見牠們的叫聲。這裡就只有我孤單一人，但我知道廣大的世界仍在外頭，就在幾分鐘的腳程外。

我來到左手邊那條通往懸崖頂的石階路。這是我第一次選擇的路線。這條路把我帶離強納生的身邊，儘管只有短短的一兩分鐘。但如今我願意付出一切代價，只為了能和他在一起一兩分鐘的時間。

我決定往右轉，那裡沒有階梯，只有泥濘的小徑，如今我爬得高，地面也乾了些，但仍黏滑不穩。我想像他踏過的那些地方，把我的靴子踩在那不復存在的足跡上。我把身體緊緊貼著崖壁，想知道他的身體是不是也在這裡，靠在相同的岩石上。我記得他的手放在我背上的感覺。他的心跳肯定平靜且穩定，而我則是慌得心如鼓擂。

前方有蕁麻叢，但我有信心這次一切都會沒事的。頭頂的天空湛藍，萬里無雲。儘管我不是迷信的人——完全不是——但我知道他就在身邊陪著我。我轉身，背靠岩壁，面向大海，望著下方的滔滔浪花。我覺得暈眩，彷彿喝醉似的，因為腎上腺素而頭昏眼花。

我以為我做得到。我以為我可以像當時的他一樣勇敢。

我錯了。

我繼續往上走，手心緊握左側的岩壁，雙腳一前一後呈一直線，盡我所能貼著懸崖。我小心翼翼跨越蕁麻叢，保持目光朝上，直視前方。

「我們上面見。」我低聲說著，主要是對自己說，但也是對海上的那片天空說。「總有一天，我會找到你，我會與你在上面相見。」我說。

我注意到我的雙手微微顫抖，發現自己無預警哭了起來。深呼吸，我心想，但我做不到。風不斷灌進我的喉嚨，我發現自己一直在深呼吸，一直在喘氣，一遍又一遍。我拚命從肺腑吐出空氣，在嘴邊凝成水氣，整個人氣喘吁吁，顫抖不已，骨頭彷彿要散了。

我努力在懸崖邊緣平衡我那顫抖的身軀，站穩雙腳，但我辦不到。我縮起身子，試圖變得越小越好，然後我坐下來，默默祈禱不要掉下去，疲軟無力靜靜待在那裡，直到最後差不多冷靜了，只剩胸部微顫的氣息，打嗝打個不停。

最後，我站起來，沿原路折返，走回小徑的岔路處，一路上手扶著岩壁滑行，不去多想，不去感受，竭盡努力不要受傷。我選擇另一條路線——左手邊的石階，第一次走的那條小徑——奮力攀上懸崖頂。

我失敗了，再度失敗了。

我再往上爬到長滿雜草的觀景台上。我坐下，雙腳在前方伸直，面向大海。

然後，我哭了。

我的一生中只有幾個摯愛，但我想我可以理直氣壯地說，當中最重要的愛已經灰飛煙滅。強納生死的時候，我們正瘋狂相愛。漫長人生中會遇到的滔天巨浪和挫敗苦難，沒有對我們造成傷害。我們的愛情也沒有因為長時間的平淡生活而消磨殆盡。我們仍對彼此瘋狂，我最喜歡他的那些特質——他的謹慎、他的效率、他摺襪子的特殊方法、早上起床時的一頭亂髮——都還沒變得平凡或惹人厭。

不過老實講，我不太相信會有那樣的一天。他總是最體貼最完美的好人。早上他倒完兩杯柳橙汁後，第一杯一定給我，第二杯才留給自己，因為他知道我不喜歡紙盒底下濃稠苦澀的果汁。他總是讓我戴他的手套，因為我的雙手冰冷，儘管他的雙手肯定也一樣。他總是負責開長程車，因為我拒絕學開車、因為我討厭坐著不動太久。每當我下班回家聞到消毒水和傢俱亮光劑的味道，就知道他打掃了整間屋子好讓我不必動手，讓我可以跟瑪妮出去愉快玩耍。每晚我們上床睡覺時他會把燈打開，這樣我就不必摸黑爬樓梯。他用百萬種貼心的小舉動愛我。他相信愛是一再用行動證明。他相信愛是現在進行式，是不吝付出，無時無刻都很重要。那樣的愛在他離開人世的同時永遠凍結成冰。

瑪妮是我的第二個摯愛，然而我覺得我也失去了她。失去的方式大不相同。強納生是突然之間消失無蹤，瑪妮則是一點一滴流逝而去。我是海灘：牢固、靜止不動、困在同一個地方。她則是大海：從我身邊被吸走，被一個比我們兩人更巨大的力量給抽乾。

她曾經有機會選擇站在我這邊。她本來可以要求他離開。她本來可以甩開他摟在她腰間的手走掉。但她沒有。因為她相信他所說的話，相信他是清白的，相信說謊的人是我。有些災難的破壞性極強，幾乎不可能完全恢復全貌。

我起身，沿著路邊的小草地走回旅館。我考慮過把帳結清，直接返回倫敦。但我已經付了房間的錢，所以還是拿出帆布小背包裡的行李，泡了個熱水澡，蒸氣瀰漫整個房間，在金屬龍頭和鏡子上結霧。我脫光衣服，沉入水中，重新衝破水面時感覺到水在拉扯著頭髮。天空中的太陽低矮，在磁磚上投下一片陰影。我聽見窗戶底下的馬路傳來說話聲：一個年輕女孩正高興得尖叫，另一個年長男人發出充滿共鳴的大笑。

我從浴缸裡站起來，水面剛好淹到小腿。我隔著斑駁的玻璃窗往外看，身體貼著牆壁遮掩住。她非常年輕，可能只有七、八歲，穿著一件泳衣。她的父親穿著仍濕的泳褲，水滲進他T恤的下襬。我記得以前在康瓦爾郡的海灘度假時，玩了一天下來，父親也是像這樣走來走去。一個女人——她母親——在他們後方，兩條毛巾掛在肩上，腳邊晃著一只大籐籃。女孩又開始大笑。

她彎下腰，整個身體簡直要對折，因為笑得太厲害而無法繼續走路。她父親也在大笑——笑她、她的快樂、她那大膽無畏的喧鬧笑聲。我好想成為那家人的一分子。

我穿上睡袍，拿起洗手台底下的吹風機，走回房間。我插上插頭。我會吹乾頭髮。我會穿上衣服。我會成為那家人的一分子。

我不是字面上的意思。我不可能真的成為那家人的一分子。

但我決心要成為其他事物的一分子，不只是自己孤單一人。

我沿著走廊前進，穿過接待處，走出大門，來到一條小路上，左右兩側夾著兩條小溪。到處燈火通明：酒吧、餐廳、其他的旅館。我走向海邊，沿著陡峭的下坡路來到佈滿鵝卵石的海灘。海灘上都是孩子，全身赤裸，肩膀披著毛巾，跳上跳下，先奔到斜坡最高處，再掉頭奔回父母身邊。父母爬得比較慢，因為整天下來玩沙玩水又玩遊戲，已經累得筋疲力盡。海灘上還有兩個拿著陽傘和防風外套的男子，墨鏡撐在頭上。另外是兩個頭髮往後梳成馬尾的女子，濕漉漉的比基尼在她們的亞麻衣衫上透出三角形的印子。我努力把自己代入其中一個女人的處境，揹著後背包，孩子在周圍打轉，沙子卡在手肘的皺褶處。我也忍不住想像強納生就在我的旁邊，一把色彩繽紛的陽傘拽在他的肩上。

即便那時候，我也無法想像一個沒有他的未來。這簡直荒謬。因為他離開人世至今已經超過了我們所認識的時間。

然而我完全感覺不到時間的流逝。

在他死前，我對守寡從未有過太多想法。儘管你問我的話，我應該會給出一個深思熟慮的自信答案。我失去過祖父母，那種喪親之痛有多沉重，我再熟悉不過。長輩過世事關重大——一場漫長生命的告終——但同時也覺得微不足道。他們的離世算不上悲劇。他們沒有變成鬼魂。

強納生卻不是這麼回事。我仍帶著他參與每場談話，帶著他到每張餐桌上。我是那個丈夫早逝的年輕女子。每場婚禮他的鬼魂都坐在我旁邊——你知道她結過婚了嗎？知道，她丈夫過世了——每場葬禮也不例外——她幾年前替她丈夫下葬，你知道嗎？知道，她丈夫過世了。

未來的每一天、每一次的期望、每一場夢境，他都會在那裡。

永永遠遠纏擾著我。

15

回家路上，我順道去拜訪艾瑪。她住在南岸的一間套房裡，離最近的地鐵站有二十分鐘的路程，最近的公車站將近要走十分鐘，還得穿過一座昏暗的停車場。我沒有太多閒錢，但即便有了我的少許救濟金加上母親戶頭裡的一點小錢，她就只能負擔得起這樣的地方。

她搬出爸媽家的房子後，我們變得越來越親近。離開母親的身邊——無論我們在一起做什麼，母親總是堅持參一腳——才發現我們其實挺喜歡對方的。她真誠又率性，只有姊妹之間才能做到這樣。我覺得能被她需要讓我充滿成就感，但願聽起來不會很小家子氣。

她的工作不再固定。她做過一陣子的自由編輯，成天忙得不可開交，油氈地板上疊滿手稿，為了趕上截止日開夜車，永遠有做不完的事。她一直那麼認真勤奮，從不害怕提出質疑，不害怕問些棘手的問題。但她的注意力每況愈下，開始過分審視每篇手稿，變得優柔寡斷，擔心自己打亂文章節奏，時間拖得太久，到頭來大家不再送案子給她。後來她花了很多時間在當地的慈善機構做事，但全是無償的工作。

我站在她套房前的陽台，用力敲打那扇亮紅色的大門。門框上釘了一個門鈴，但一直是壞的。

「我來了。」我再次敲門時她大喊，「他媽的有點禮貌好不好。」

「喔。」她開門後說。「我以為是別人。」

「我想也是。」我說。「妳都是這樣迎接客人的嗎？」

門打開後，直通一個房間：客廳、廚房、餐廳和臥室統統塞在一個狹窄空間裡。廚房在一側的角落；白色廚具相較之下挺新的，但地板磁磚是斑駁的橘色。窗簾是塑膠材質，用一條白色細繩綁在一起。屋內有一張茶几、一張沙發、一個小廚房、一個衣櫃和幾個書架。浴室門邊的暖氣片上方，掛著一幅裱框的素描畫，畫中是一名非常纖瘦的女人。雖然東西不多，但艾瑪向來不需要太多東西。

「才沒有什麼客人。」她說。「只有想賣東西給我的推銷員。」她退後一步讓我進來。「妳來做什麼？」她問道。

「真貼心。」我回答。

「我不是那個意思。」她說。

「我剛從畢爾回來。」

「畢爾？」她問道。「德文郡的畢爾？」

「我和強納生去過那裡。妳記得嗎？」

「妳為什麼要去那裡？」她問道。

「我和瑪妮吵了一架。」

「妳告訴她了。」

我點頭。

她示意沙發請我坐下。

「我跟妳說過什麼都別說的。」她說。

「我非說不可。」我回答。

「才沒這回事。」她說著，從小紙袋裡拿出三片黑巧克力消化餅乾，放到紙巾上遞給我。「小心餅乾屑。」

我點頭，在灰色沙發的一側坐下。她每晚都會把沙發展開變成床。

「妳大可假裝那天晚上一切正常。」她說。「就像我跟妳說過的。這樣妳就不會淪落到這步田地，妳還會有朋友。」

「可是她必須知道她老公的真面目。難道妳不會想知道妳老公的真面目嗎？」如果有件事不能說卻有義務說出來，那就非說不可，對我而言這是天經地義的事。

艾瑪在我旁邊坐下。她的褲管稍微往上捲，我能看見她骨瘦如柴的腳踝。她兩手捧著一杯熱茶。我咬下一塊餅乾，口感比預期軟，幾乎有些濕潤。

她安靜不語，仔細思考著。

「不會。」她說。「我不會想知道。」

「萬一妳老公是變態呢？」我說。「妳不會想知道嗎？試想一下如果我知道他是變態，把妳自己放在瑪妮的立場。妳不會希望我說點什麼嗎？」

「我不會相信妳。」她說。

我突然坐起來，紙巾上的餅乾屑因晃動而落到艾瑪的沙發上。她往前傾，把屑屑撥掉。

「什麼意思？」我問道。「為什麼不信？」

「因為，」她開口說，然後又停了一下。「喔，別那麼天真。」最後她說。「如果我告訴妳強納生對我調情，妳也絕對不會相信我。」

「我會聽聽看妳怎麼說，然後——」

「然後妳會選擇站在他那邊。妳知道的，大家總是說不可以見色忘友，但這句話毫無意義，因為大家都是這樣。友誼很重要沒錯，但真愛呢？真愛能戰勝一切，向來如此，將來也不例外。妳可能有其他想法，但妳一定會恨我。」

「那不一樣。」我說。「強納生是……他絕對不會——」

「看吧。」她插嘴道。「每個人都是這麼想的，這就是為什麼妳不能怪她選擇了他。」她嘆口氣。「大家不知道自己這麼想，但事實就是如此。每當有其他人發生了不好的事，腦中的一個小聲音就會說：可是這不會發生在我身上。」

我大笑一聲，更多餅乾屑掉到我的T恤上。「真是奢侈。」我說。

艾瑪微微一笑。我們都知道身為壞事頻傳的那種人是什麼感覺。我們的童年大多相安無事，但到了青春期，情況開始改變。我父親和情婦的關係變得眾所皆知，於是我們成為了那種家庭，那種女孩，那個男人的女兒。艾瑪率先出事；她成了那個女孩，那個骨瘦如柴、不肯吃東西的女孩。我丈夫過世。我們的父親離開。我們的母親診斷出失智症。也許一旦開始了，一旦成了那種人，就再也擺脫不了那種身分。

我和艾瑪因為一連串的秘密和他人的冷言冷語而變得團結。說不定這就是為什麼我們都選擇住在一座大得足以把人吞噬的城市裡，過著平淡無奇的生活。

「妳覺得她會原諒我嗎？」我問道。

「我不曉得。」艾瑪回答。

「我想她會的。」我說。「我可以想辦法讓她原諒我。」

「妳打算把他的話錄下來寄給她嗎？」艾瑪露出賊笑。她愛死了那個故事。

「妳說過妳不會再提起那件事了。」我回答。她總是喜歡逗我，總是想減輕我心中的緊張感。「還有，我沒打算這麼做。」

「可以的話妳一定會。」她堅持說。「我了解妳，這仍是妳的作風。趁四下無人的時候偷偷溜進去，爬到衣櫃裡。布萊克偵探，很高興認識妳。還去上了那麼多武術課。妳有沒有黑色緊身衣啊？」

「他太聰明了。」我說。「他不會說出任何連累自己的話。」

「靠。」她說完，放聲大笑。「妳真的有想過。」

「是因為妳提了我才想了一下。」她就是這樣，明明是她的主意卻怪起我來了。

「冷靜。」她說。「妳把餅乾屑弄得到處都是。」

「不過妳覺得一切到頭來都會沒事的，對吧？」我問道。

「大概吧。她總有一天會恍然大悟。」

「什麼意思?」

「這個嘛,她的婚姻不會持久的,不是嗎?」

「妳為什麼這麼說?」

艾瑪大笑。「因為妳啊!因為妳說過的那些話,還有他做過的那些事。他的高傲自大和不可一世,矯揉做作的言行舉止,那些令人惱火的說話方式,冒犯又無禮,他卻絲毫看不出來。」她說。「我最喜歡的是在酒吧的那件事,他需要擠過一個女人身邊,但與其像正常人說借過,他卻把雙手放在她屁股上把她推到一邊。妳記得妳跟我說過這個故事嗎?於是那女人回頭說:『剛剛是怎樣?你在幹嘛?』當著他的面大發雷霆,結果他一時慌了罵她是蠢蛋,她就叫他滾一邊去。妳應該多多叫他滾一邊去。」

「對。」我說。「瑪妮到時候一定會原諒我。」

「說得對。」她說。「總之,如果其他人持續叫他滾一邊去,那她遲早會明白他的為人。儘管放輕鬆,真相總會大白。」

❖

你怎麼想?你會選擇站在哪一邊?是他還是我?

我就假設你選擇了我吧。老實說，不選我就太笨了，因為他早就不在人世。我想如果你認識他、如果你有機會形塑自己的意見，你也會聽我的話，贊同我的看法，相信我。我想你也會覺得他傲慢跋扈，報復心強。我們會坐在一起，條列出他諸多的惡行，然後大聲嘲笑。我會是你的盟友。

但這永遠不會發生，因為你永遠不會認識他，這也是為什麼你必須聽這個故事的重要原因。我只說一次，而且必須是現在。

這個故事就是他是怎麼死的。

注意聽了。

第四個謊言

16

查爾斯死的那一天，我正好提早下班。每個環節我都記得清清楚楚，從早晨鬧鐘響起，發現沒牛奶配麥片，一直到事情發生後回到家的那個深夜。我可以像轉動電影膠捲那樣，把畫面逐一播放。我恨不得能說這些畫面在某些方面觸動了我的情緒，悔恨或害怕或羞愧，但沒有這回事。在許多方面來看，那都是再尋常不過的一天。

真的嗎？我非常努力要誠實以對，但有時候你很難知道自己對一件事情真正的想法。比如說，說不定我告訴你那天很無聊純粹是因為我根本不想把那天的經過告訴你。無所謂，這不重要；我答應要對你說出真相，而真相是不容置疑的。

過去幾個星期以來，工作一如預期清閒。夏季那幾個月的天氣潮濕陰暗，但九月看樣子大概會是溫暖晴朗的好天氣。我們接到的來電量比起去年同一時期少了十個百分比。我猜大家紛紛走出家門，到公園和露天小酒館去了，而不是在家等待包裹。

那天是星期五，我決定在週末客服專線關閉的三十分鐘前提早下班。我直接拿起手提包，若無其事走出辦公室。我不知道有沒有人注意到，但我想應該沒有，就算有我也不在乎。

人行道很寧靜，傍晚的下班人潮尚未湧現。我思忖前往平時的地鐵站回家，但後來駁斥這個念頭。畢竟今天是星期五，平時星期五我是不回家的，我都去瑪妮和查爾斯的家。

我前往另一個地鐵站：腳程較遠，但不必轉車。我等了幾分鐘車就來了。我挑了靠近中間的車廂，那裡比較不容易被拄著拐杖的退休人士或挺著大肚子的孕婦打擾。一對打扮休閒的年輕情侶坐在我對面，男的穿著成套的運動服，女的穿著緊身褲和深藍連帽衫，兩人大約十六歲左右——我納悶他們現在不是應該在學校才對嗎？——打扮非常時髦，看起來很獨立，完全沉浸在愛河中。他的手放在她的大腿上，位置高得有點不得體，但讓人覺得可愛，而不會低俗。她的頭靠著他的胸膛；我猜她聽得見他的心跳聲。他低著頭，頻頻把嘴唇貼上她的額頭，但不算親吻，只是碰觸。兩人似乎完全沒注意到其他人的目光，所有人都恨不得自己也能如此忘我、如此相愛、如此純真。

這對年輕情侶深深吸引了我，直到他們起身下車，我才開始思考到了接待大廳後瑪妮和查爾斯會如何迎接我。他們會不會讓我進公寓呢？他們會不會根本不應門呢？我過去常常像這樣擔心一大堆事。如今全都看起來微不足道：指甲的模樣、同事之間的謠言、我母親說過和沒說過的話。強納生教我用賦予情境的方式消除焦慮：除了我以外，其他人並不在乎我的指甲，謠言最慘不過就是失業，母親想說什麼我沒辦法控制。我試著把這個邏輯應用在新的焦慮上，卻沒能抑制我的緊張，反而變本加厲。因為放在更大的情境下，這不是他們會不會開門或會不會對我提出殘酷的問題，而是關乎我最重要的友誼將何去何從。我不能像對待母親那樣欣然接受她目前處境不好，而直接退出她的生活。我不能假裝最壞的結果影響到的只有人生的一小角。因為角落再空下去，整個人生就將一片荒蕪。

我和瑪妮已經一個禮拜沒有說話。我知道這聽起來不是一段很長的時間，但對我們而言很不尋常。在學校，我們總是形影不離：在公車上笑得太猖狂，在課堂上肩並肩坐在一起，在學生餐廳一起吃午餐。大學時，我們每天通電話，因為總有事情發生，總有太多時刻讓我們覺得對方會覺得好笑或有意思或感同身受之類的。即使長大之後，我們同樣一天起碼聯絡一次，不一定是通電話，有時候一封簡訊或電子郵件或只是一張照片。總之，永遠有保持聯繫的管道，就像用紙杯和一條毛線連接彼此房間窗戶的孩子。

我還沒想到該如何重啟對話。每次一想到這裡，內心就湧上一陣焦慮。我不想承認她被迫選擇的時候沒有選我。我不想承認她生平頭一遭要求我離開公寓。我忍不住想，這件事是不是無藥可救了。我想寄給她一張照片，可能是我吃焗豆配吐司當晚餐的照片、海邊的日落或我那天的一束奇怪捲髮。

我曾想過跳下地鐵，掉頭回家。待在家肯定很舒服，我心想。我本來可以叫個外賣，看場電影，但我沒有。我想見到瑪妮，我必須見她一面。

我的情緒搖擺不定，一下子假裝自己游刃有餘——這裡是熟悉的地鐵站、熟悉的路線、熟悉的大樓——一下子又突然嚇得半死。我很肯定，我知道她不會把我們的友誼犧牲殆盡。然而現在我不敢說情況真的如想像般肯定。

如果當初我真的那麼肯定，那麼有把握，我還會做出那樣的事嗎？

「小姐，午安。」我走進大廳時，門房對我說。

「你好，傑若米。」我微笑回答。他沒有起身走向我，宣布我已經沒有資格進入這棟大樓，並要求我立刻離開，所以我在等電梯時開始覺得鬆一口氣。

但願查爾斯仍在公司，這樣我就可以單獨和瑪妮說話，解釋我所看到的情況。我知道我能讓她明白。

電梯空無一人，上升時我看著鏡中的自己。我想我一直都知道瑪妮注定會過這樣的生活，住在有拼花木地板、水晶吊燈和門房的大樓，以及配有鏡面牆的電梯，鏡子永遠乾淨無瑕，找不到指紋或汙垢。

我走到他們家的門前，按下門鈴，但沒人回應。天花板的燈泡壞了，我籠罩在陰影下，站在一灘灰色的小水坑上，左右兩邊鄰居門上的燈光散發著金黃光暈。夾在燈光之間的黑暗挺美的，也有點令人不安。我在原地徘徊，等了一段適當時間後再次按鈴，這次壓得久一些。

一樣，還是沒人回應。

我把耳朵貼在門上，想聽見瑪妮或收音機或他們家陽台下方車水馬龍的聲音。相反的，我卻只聽見我的身體貼著他們家厚重木門的摩擦聲響。我往後一站，一陣東張西望。這裡沒有其他人；沒有住戶或訪客在這條共用的長廊上。

我翻找手提包：我知道一定還在裡面。我已經好長一段時間沒用了——沒有必要——但我想有一天可能會派上用場，所以一直留在身上。我在縫進手提包內襯的小口袋底下找到鑰匙，我用來放置止痛藥、棉條和幾條護唇膏的隱藏收納袋。

我再次留步，仔細聆聽，然後把鑰匙插進門鎖。我把手拿開，東張西望，確認附近有沒有鄰居，但仍然只有我一個人。

我要你知道，我並沒有盤算任何邪惡計畫。我完全不知道接下來會發生什麼事；也不可能知道。我猜我真的沒有想那麼遠，記得身上有鑰匙的時候沒想那麼遠，稍晚發現那件事的時候也不例外。

但願我能說我打算留下一些花束，也許是一張精緻卡片。如果我能說我計畫替他們煮一頓特別的大餐就更好了。

但那樣一來我就是在說謊——我已經警告過你的那種謊言，那種令人心動、讓你忍不住想要相信的謊言。

我沒理由認為查爾斯會在十分鐘後死去。

我自行進入屋內。我猜我的打算是很快把樓上樓下看一遍，然後回到走廊等他們其中一人回家——這個時刻，讓你明白我的意圖是很重要的。我不打算移動任何東西，或拿走任何東西，或多作停留。

殺了他肯定也不是我計畫中的事。

我本來打算查看廚房，只要打開冰箱看看，就知道這個家是否還歡迎我。放蔬果的抽屜裡放著草莓就表示她在等待我的到來。冷凍庫裡有一盒未開封的冰淇淋就表示她絕對是站在我這一邊的。她只會為了我買冰淇淋。我也會知道一切尚未結束，我們的友情沒有完全瓦解，她還不願意放我走。

客廳的壁爐上擺著許多我們的合照，樓梯底部的壁架上放了一張擺在銀相框裡的新合照，是婚禮上拍的。要是這些照片不見了，我就得緊張了。這些年來，我買了不少東西給她：總是倚著樓梯底下那面儲物櫃的紫色雨傘、放在她書桌旁邊的粉紅色立燈和樓下浴室裡的咕咕鐘。

我大概希望能看見他們的感情在這七天出現變化的證據。例如，若看見查爾斯的衣櫃空了，衣服、鞋子、西裝統統都不見了，他床頭櫃裡的雜誌、書籤和隨身碟也全消失的話就太好了。

我想像瑪妮到家時，我已經回到走廊上等她。我會假裝自己什麼都不知道；假裝自己沒理由相信她會選我不選他。她會激動得啜泣，向我吐露心事，說與他在一起的時候總覺得哪裡不對勁，他總是控制欲太強，有時候又太冷漠，謝天謝地我找到勇氣與她誠實以對。

但我沒有上樓，也沒有偷看查爾斯的衣櫃。我沒有走進廚房，沒有打開冰箱一探究竟。我也沒有去看壁爐架。我沒能走到那麼遠。

17

未來，報紙會出現抱持不同看法的文章。他們會影射我非常小心地操控了案發現場，暗示我犯下了完美的謀殺案。但這不是事情的真相。

我打開門，但只開了一條門縫，希望盡量別發出聲音。我踏進公寓，最後一次轉身檢查走廊。我不希望被鄰居看見，在接下來幾週的某個時間點被人不經意提到有個年輕女子來過這裡，自行開門進去。幸好仍只有我一個人。我匆匆關門，扣上鎖鏈。此舉算有點刻意。萬一他們回來，我就能奔去浴室，抓起洗水台底下的澆水器，假裝在幫植物澆水。或者跑進廚房煮一壺熱水或洗碗盤——做些可接受的家事——這樣他們就不會發現我在翻他們的抽屜。

公寓的燈是暗的，眼睛花了幾秒鐘才適應黑暗。我沒有立刻看見他，沒有注意到他躺在樓梯的底部。

我嚇得跳起來，背撞到門板，腰窩被門把勾了一下。我出於本能把腰往前彎，手提包頓時從肩膀滑落，金屬扣環在地上發出鏗鏘聲。我眼睜睜看著我的東西掉出來，散落一地——一支口紅、錢包、鑰匙，落地時發出巨大聲響。

我納悶他會不會是死了。我湧上一股奇怪又帶點興奮的喜悅，彷彿這也不是什麼壞事似的。

我再次抬頭一看，他的雙眼是睜開的。他仰躺在地上，左腳腳踝扭曲變形，肩膀歪成奇怪的角度。他的太陽穴有一塊乾掉的血，木地板有一小灘深紅色的汙漬。他穿著藍色條紋的法蘭絨睡褲和一件大學運動衫。我從未見過他穿得如此休閒。

他發出呻吟。

見他其實沒死，我頓時很失望。後來，失望之情又被憤怒取代。大難不死難道不就是典型的查爾斯嗎？像這樣一摔，換作別人可能早就死了，但輪不到查爾斯。他就是不屈不撓的一個人，總是出現在身邊，總是非常有存在感。

他咳了一下。

「珍。」他聲音嘶啞地說。

他清清嗓子，胸膛一個起伏就痛得他皺眉蹙額，肩膀不停顫抖。

「喔，珍。」他說。「謝天謝地。」

我把燈打開，他很快地眨了幾次眼睛。

「我摔了一跤。」他說。「不知道是什麼時候摔的……我……現在幾點了？我的肩膀脫臼了，然後……我站不起來。我的腳踝，我想我的背……喔，妳來了。我真高興妳來了。我的手機，叫救護車。」

他皺起眉頭，一臉困惑，大概是因為我仍站在原地，背靠著門，手提包裡的東西散落腳邊，不像個正常人在遇到這種情況動身做些該做的事。

我記得親眼目睹強納生飛出去的樣子。計程車撞上他的腳，力道之大把他撞到幾公尺前的人行道上。我不去思索該如何反應；我出於本能衝到他身邊，跪倒一旁碰觸他，企圖替他止血，尋找傷口，彷彿有能力拯救他。我想爬進他的身體，想從體內治癒他。我對他大吼——各種胡言亂語，在電影裡看得見的那些事——要他保持清醒、睜大眼睛、不用擔心，只要他保持清醒、別睡著，一切都會沒事的。

但我沒有衝向查爾斯，我沒有問他一個又一個問題，問他哪裡不舒服，哪裡痛，我能做些什麼。我沒有拿起地上的手機，或過去幫忙撿他的手機，就僅僅在他搆不到的幾公尺外。

我什麼也沒有做。

「珍。」他說。他的眉頭緊皺，瞪大的雙眼流露恐懼。他微微抬頭露出傷口，血又再次流出。

「查爾斯。」我回應。

「珍，幫幫忙。」他說。「妳能打電話叫什麼人嗎？叫救護車，或至少……把我的手機拿來好嗎？就在那裡。如果妳可以……」

我應該要打電話叫救護車的。現在知道，當時也知道。眼前有個男人躺在地上，多處骨折，身體扭曲，額頭沾著血，明顯需要立即就醫。然而我什麼也沒做。這是本能反應，正如我面對強納生時所出現的相同直覺，只是那股直覺把我推至完全相反的方向。當時，我不由自主想做每一件事。這個情況下，我則無所作為。

「珍。」他說。「拜託，我真的需要妳去——」

「我離開後發生了什麼事？」我插嘴道。「上禮拜，我離開後，發生了什麼事？」

我知道，這麼問似乎很怪，但確實有其道理。畢竟，這就是我來到這裡的原因，是我讓自己走進他們家的原因。我想要一個答案。我想知道後來發生了什麼事。我必須知道一切都會沒事，我和瑪妮仍是朋友，一切都將如常繼續。

「天啊，珍。」他說。「我需要幫忙。」他滿臉痛楚。「妳能不能……？能不能把手機拿給我。拜託妳，珍。」

我走向手機，從他身邊踢開。動手前，我沒想到自己會這麼做。這不是計畫的一部分。我覺得自己像電影中的某個角色，在敵人最脆弱的時候與他相見，而這感覺是正確之舉，於是我動手了。

「我問了一個問題。」我說。「可以請你回答嗎？」

「什麼事也沒發生。」他回答。「什麼也沒有。珍，得了吧……這太瘋狂了。我想我有腦震盪。現在幾點了？珍。我不知道我在這裡躺了多久。」他咳了一聲，接著全身抽搐，痛得他緊咬著牙。「我一直睡睡醒醒的，然後——喔，天啊，珍。好吧。瑪妮氣炸了，可以嗎？她不知道該相信誰，現在還是一樣。我一再解釋我這邊的故事，但她仍不停提起妳的無稽之談。」

我微微一笑，有種冤屈得到洗刷的感覺。當初我是有點誇大了我們之間發生的事，如今看來我這樣做是對的。

「繼續。」我說。

「就這樣！」他大吼一聲，又痛得齜牙咧嘴起來。「沒別的了。她整個禮拜對我忽冷忽熱，儘管我很高興看到妳在這裡，但我們確實沒想到今晚會看到妳。瑪妮他媽的超生氣，沒錯，對我們兩人都是，但她不認為真的有什麼——因為確實沒什麼，珍，什麼也沒發生——她不斷提起這件事，沒錯，但我想一切都會沒事的，對我們兩人而言，一切都會平息。但妳能不能……這件事我們可以改天再聊。我保證，我們可以好好聊一聊，可是拜託妳……」

他開始發抖。我好奇他是不是快休克了。我其實不太知道休克代表什麼意思，但當初我在醫院等待強納生即將被宣布死亡時，醫護人員和醫生護士都提過這個症狀。

我蹲伏下來，手心底下的木地板好冷。少了瑪妮的公寓感覺不太一樣。我喜歡公寓上一次的樣子：昏暗無光，沒有氣味，寧靜安詳。我喜歡公寓空蕩蕩的感覺。

但查爾斯毀了一切。有了他，黑暗之處令人窒息。天花板只有刺眼的強光，一盞閃爍著檸檬黃的醜陋吊燈，沒有香氛蠟燭在燃燒，沒有照亮房子的橘色暖光。公寓並不空蕩，但查爾斯不足以填補空間。

「我們以前很少有機會獨處。」我說。「通常都有瑪妮在場。」

「或許這是我們日後可以一起做的事。」他說。

「或許吧。」我回答。

我看得出來疼痛越來越劇烈。他盡量不讓自己亂動，但有時候他在說話的時候，或怒氣被激起來的時候，會不小心移動身體，這時他會痛得表情扭曲。

「你怎麼那麼早回家？」我問道。

「我真的需要妳幫幫我。」他說。「拜託，珍。」

「你今天沒上班嗎？」

「偏頭痛發作。我想這是我摔倒的原因。就這樣，珍。」

「你常犯嗎？」我問道。「偏頭痛？」

「偶爾。」他說。「每幾個月犯一次。我說——」

「我印象中好像沒犯過偏頭痛。」我回答。我聽不見大樓下方的車流。「你沒有打開陽台的門。」我說。

「我一直待在床上。」

「你沒開收音機？」

「我一直在睡覺，珍。瑪妮去圖書館把一項採訪內容整理成文章，而我一直待在床上。珍，我真的覺得很不舒服。我不知道妳為什麼——」

「她什麼時候回來？」

「我想應該快了。」他說。「現在幾點？我猜她很快就會到家。」

「我不確定現在幾點。」我說。「我提早過來。」

「妳何不打電話給她？」他建議。「問問她。讓她知道我在這裡，然後問她幾點回來。她大概已經在路上了。妳想見她，對吧？用我的手機，號碼在我的最愛裡面。現在就打給她，開擴音讓我也能聽見她的聲音。快啊，珍。或是用妳的手機也行，就在妳後面……」

我把手指湊到嘴邊，於是他安靜下來。

我需要思考。

我記得鬱結在胃裡的恐慌，那我知道勢必會出現的感覺就要一觸即發。我記得做了幾次深呼吸——就像在醫院時那名女警教我的——從鼻腔吸氣六秒，憋氣六秒，然後從嘴巴吐氣六秒。

我的焦慮感很快消失了。因為在那之後，我再也沒有感覺到一絲緊張。我趴到地上，往前爬了幾公尺來到他身邊，近得可以碰到他。我看著他咬牙向我懇求時，喉結上下晃動著。

他開始嗚嗚咽咽，我以為他可能要哭了。

但就在這時，他生氣了。

18

「珍，這實在太扯了。」他說。「妳到底要不要幫我？」

我聳聳肩。我還不知道。我沒打算不幫他，但也沒打算要幫。

「妳打算就這樣留我痛苦地躺在這裡？還是他媽的打算做得更絕？坐在那裡盯著我看？就因為妳覺得我對妳上下其手？好，讓我們來好好解決這件事，可以嗎？」

我不認為我有點頭。我不認為我准許他接下來對我連珠炮似的辱罵。

「我有對妳上下其手嗎？我有嗎？」

我看得出來他的激動和盛怒讓他極為疼痛，但他絲毫沒有慢下來，一秒也沒有。

「這個嘛，讓我告訴妳吧。就算世界上只剩妳一個女人，我也不會碰妳。我想不到比這更糟的事。事實上，光是用想的我就覺得有點想吐。」他停下來喘口氣。「不過也可能是因為我他媽腦袋受傷的緣故，但看樣子我們不打算處理這回事，對吧？」

他痛得齜牙咧嘴。他閉上雙眼，深深吸口氣。我以為他要歸天了，但他沒有。

「我說過我想要妳嗎？他媽的絕對不可能。話說回來妳還真可愛，以為有人想要妳。真好啊，真的很好，對吧？擁有這樣的自信。」他忍痛嘶吼，用力吐出肺裡最後一口空氣，然後繼續往下說。「我再跟妳說點別的吧。妳接下來可能有需要。妳想知道接下來事情會怎麼發生嗎？我會進醫院，而我太太會在那裡，陪在我身邊。她聽到妳這樣對我可不會太高興。妳死定了，珍，死定了。」他發出尖銳又刺耳的噪音，但仍不足以讓他閉嘴。「所以沒關係。」他繼續說。「我們就安靜等一等。因為最後贏家是誰我們都很清楚，絕對不是妳。」

「你胡說。」我回答。我有點生氣，但主要是覺得焦慮不安。我要他住嘴。

「等著瞧吧。因為我知道接下來事情會怎麼發展，珍。甚至跟妳沒關係，全是跟我有關。現在是我的時代了。」

我伸出手，把手放上他的脖子。他一下子閃開我的手，然後因為劇痛而發出呻吟，一種痛苦的低沉嘶吼。他的臉頰腫脹，皮膚如氣球般繃開發亮，兩眼充血暗沉。

我又做了一次，這次他不敢輕舉妄動；他乖得一動也不動。

「別鬧了，珍。」他說。「妳在幹什麼？別這樣，夠了，拜託。」

他咬著牙說話，刻意板著一張臉，企圖讓疼痛減至最輕。我能感覺到他在我手指底下顫抖。

「妳在幹什麼，珍？幫幫我，妳能不能——」他說。「妳能不能把手拿開？快拿開，別鬧了。」

感覺真是好極了。

如今回想起那一刻，我簡直認不出那個坐在地上、手指掐住一個傷患脖子的女人。我認不出她的笑容，認不出她的眼神。她完全就像是另一個人。

我用食指輕輕撫摸他的脖子，然後是整個掌心。他立刻安靜下來，動也不敢動。我能摸到他一兩天沒刮鬍子而在下巴長出來的鬍碴，看見傍晚漸長的影子投在他的臉上。他閉上眼睛。我能看見他的胸膛上下起伏著，聽見他的呼吸聲。我把掌心往上撫向他的臉頰。

我好奇每天早晨他們一起躺在床上或兩人初次接吻的時候，瑪妮的掌心是不是也放在那裡。我把另一隻手放上他另一邊的側臉，穩穩扶著他的腦袋。我把手指伸進他的頭髮，感覺髮根的那層油脂。

「拜託妳，珍。」他低聲說。「妳別鬧了。對不起，我不是有意要說那些話的。我們可以忘記這一切。我保證。」

「我幫不了你。」我回答。「對不起。」我說。「但我就是幫不了你。」

「那就給我走。」他堅持道。「給我出去。我受夠了。快走。」

我突然湧上一陣怒氣。真的嗎？我真的準備連續兩週被趕出這棟公寓？不，不可以，絕對不行。因為現在握有掌控權的人是我，我才是做決定的人。沒人可以叫我去哪裡，叫我該怎麼做，或能不能待在某個地方。尤其是查爾斯。他已經說了他想說的，現在換我了。這一刻是我的。

我深深吸了一口氣。

「我不走，查爾斯。」我非常冷靜地說。我不想讓他知道我在生氣。他已經很害怕了，我不想讓情況變得更糟。「我想留下來。」我說。「我決定留下來。」

到了這個節骨眼，我猜我早知道自己會怎麼做。我不是因為氾濫的同情心作祟而想緩和他的恐懼感。我希望他別那麼害怕，這樣最後一刻蜂擁而出的恐懼才顯得更強烈。

「好吧。」他說。「妳要留就留吧。我也沒辦法阻止妳。」

「對。」我回答。「你一點辦法也沒有。」

他閉上眼睛。

這不是我最引以為傲的時刻。不用說你也知道，我明白。我沒有太多藉口可以替自己辯解。我就是享受看他受苦。我喜歡他肩膀脫臼、右手完全癱瘓、痛苦不堪的模樣。我喜歡看見他額頭上的血漬。想到他失去意識躺在那裡幾個鐘頭，想到他有腦震盪，我就一陣欣喜。我喜歡看他腳踝骨折、臉頰腫脹、雙眼充血。我從來沒有那麼喜歡過他。

我用雙手穩穩捧著他的腦袋，攤平的掌心貼著他的皮膚。他的眼角滲出淚水。

你不曾像我憎恨查爾斯那般憎恨任何人，所以我知道你不明白這一刻對我而言有多美妙。我有種輕飄飄的感覺，那種喝醉了才有的狂喜。我從沒想過待在他身邊能經歷這種感覺。

我稍微移動雙手，他便開始呻吟。

「抱歉。」我低聲說。

「珍。」他聲音嘶啞。

我跪坐起來，整個人來到他上方，然後把雙手重新放回去。他知道了，我心想。就是在這個時候，他知道了。

我深吸一口氣。吸氣六秒、憋氣六秒、吐氣六秒。我別開臉，目光沿著階梯來到鋪在上面那張帶藍邊的奶油白地毯，再看向刷了紅棕色亮光漆的木製扶手。接著，我以迅雷不及掩耳的速度把雙手一轉，聽見嘎的一聲巨響，他的頸子在我手底下折斷了。

我低頭一看，他的雙眼已經闔上，看起來很安詳。他的下巴不再緊繃，眉間也放鬆下來；痛苦消失了。

成功了。我本來還不確定會成功的。

19

我轉身，把我的東西——手機、家裡鑰匙——收回手提包。我撿起那把金色小鑰匙，那把讓我可以隨時進入這間公寓的小玩意兒，安靜放回裝滿另外十幾把鑰匙的小缽裡。我不知道我為什麼要那麼安靜；總覺得這樣才恰當。

我關上燈，輕輕用上衣擦拭開關。我知道這棟公寓八成已經到處都是我的指紋，但小心至上感覺準不會錯。我解開門鏈，仔細擦拭鏈條，把開襟毛衣塞進溝槽。我打開門，擦拭房間內側的門把，然後讓自己出去。

我踏上玄關，走進一片漆黑之中，接著關上身後的大門，聆聽門鎖扣上的微弱聲響，最後才終於吐了口氣。

我沿著走廊走了幾公尺，經過他們幾個鄰居家的大門，然後在地板上坐下，背靠著牆，屈膝抱胸。那裡比較明亮；感覺沒那麼嚇人。

我從手提包拿出一本書，擱在大腿上攤開。我沒真的在看書——我的書籤插在後面幾章的位置——但假裝在做事令人心安。時間分分秒秒緩慢流逝，我能聽見手錶指針的微弱滴答聲。瑪妮不曉得我會來，所以不會趕著回家。她可能和朋友喝一杯去了，或在回家路上順道去買晚餐，或是決定走路回家，享受剩餘的陽光。我不可能知道她到底做了什麼，所以只能靜坐等候。

儘管如此，我仍不得不去想查爾斯的屍體就在幾公尺外的地方，斷了氣躺在他們家的門後。我想像得到他腳踝扭曲、頸部斷裂、完全死透了躺在地上。我掙扎著想要釐清自己的感覺。我感覺不到悲傷，完全感覺不到。我也沒有滿足感。我沒有太多感覺。

我費心裝作自己不知道他在那裡。我告訴自己我從未進入他們的公寓——我沒鑰匙，就算想進也進不去——所以對我而言，他仍是那永遠甩不掉的痛苦存在。我說服自己，我知道的那些事情都是錯的。我沒有聽見公寓傳來任何噪音：我按了兩次門鈴，但無人回應。而且就我所知，瑪妮和查爾斯都不在家，他在公司，她在別的地方：超市、花店，也可能是圖書館。我什麼都沒看見：我從頭到尾就只是坐在這裡看書，一無所知。

不，別笑，快停下來。

我當然知道你為什麼笑。這很諷刺；我知道。但如果你希望我把故事繼續說下去，那你就得從我的角度看這些事情。這個決定很倉促，甚至算不上決定。我不是下決定才動手。我純粹就是動手了。所以別一直琢磨像動機和意圖之類的事，因為根本沒有這些東西。這只是本能反應。

你聽得夠專心的話，那你要問的問題應該是，在那一刻，我有沒有後悔過。

嗯，我還沒打算回答這個問題。

如果你真的問了，我可能會跟你說實話。但你正忙著批判我，對吧？

總之，我們剛剛說到哪兒了？

我正在寬恕自己——用某種潛意識的方式——開脫自己所有的罪責，排練自己的謊言，假裝意外本身從沒發生過。

我讀著書本攤開的那一頁，目光掃過油墨印刷的句子，在段落之間跳來跳去，但完全沒能理解字裡行間的意義。我翻閱書頁，研究字母的形狀：它們的弧線、骨架和間隙。我無法告訴你我在那裡坐了多久，用空洞字句和手指掠過一行行內文來填補時間。

終於，瑪妮在走廊盡頭出現。她穿著一件雨衣，釦子一路扣到下巴，兜帽蓋住頭髮，手腕掛著購物袋。她正在整理口袋——拿出一張面紙，然後是一張橘色火車票——就在這時，她抬頭看見了我。

「喔，是妳。」她說著，在家門幾公尺外停下腳步。

我站起來，但仍留在原地。「外面在下雨嗎？」我問道。

「剛開始下。」她說著，把面紙和車票放回口袋。「我不知道妳會來。妳等很久了嗎？」

我搖搖頭，然後突然想起傍晚稍早對門房打招呼的事。「大概一小時左右。」我說。「我提早下班，手邊有書陪我。」

「妳……妳是來吃晚餐的嗎？」她問道。

她走到家門口，手伸進手提包裡尋找公寓鑰匙。

我本來極度鎮定，呼吸緩慢勻稱，脈搏也很穩定。但現在我感覺到心跳開始加快，人中開始冒汗。

我必須說，我完全不怕被抓，至少那一刻不怕。我清楚被抓的可能性微乎其微，同時我也驕傲地深信我已經做足一切可能讓我不會被抓。但我很怕她的反應。老實說，我對於接下來可能發生的情況簡直嚇壞了。

「我不需要晚餐。」我說。「可是我……我只是想聊一聊。」

我的書仍拿在手中。我尷尬地晃著書本，敲打大腿。

瑪妮嘆了口氣。「我好愛那本書。」她說。「妳有沒有看到書裡寫到那個——」

「不要暴雷！」我大聲叫道。能這樣大叫出聲、稍微消除在體內熊熊燃燒的焦慮是一種解脫。

瑪妮一下子往後退，嚇了一跳。

「天啊。」她說。「冷靜點。」

我深吸一口氣——吸氣、憋住、吐氣。現在不是亂了陣腳的時候。我放聲大笑，但聽起來很怪，有點虛偽。

「聽著，我不確定我是否準備好聊一聊。」她說。「但如果妳願意進來，我們可以試試看。不過查爾斯生病了，在床上睡了一整天，我絕對不想打擾他。他偏頭痛的老毛病犯了，高分貝的噪音最容易加劇症狀，所以如果……如果我請妳離開，妳就得離開，好嗎？」

我點頭。

瑪妮轉向大門，把鑰匙插進門鎖。我聽見鑰匙在鎖孔尋找溝槽時，金屬刮擦的刺耳聲響。

「看到妳真好。」她說。「我很高興妳來了。我只是——」

「沒事的。」我說。「我明白。這很複雜。」

「沒錯。」她說著，看著我微笑。「就是這樣。很複雜。」

她把門推開幾公分。「當然，隨時歡迎妳留下來吃晚餐。我希望一切恢復常態。妳是我最要好的朋友。」她咧嘴一笑。「好了，我等會兒去倒些酒，煮些義大利麵，然後我們再好好聊一聊。」

「好極了。」我說，跟著露出微笑，不理會喉頭湧上的辛辣膽汁。「謝謝妳。」我說。「我真的很高興來到這裡。我也希望一切恢復正常。」

她再次把門推開，於是我閉上雙眼。

我還真是懦弱。她剛轉身，我就不由自主緊緊閉上雙眼，因為我實在沒有勇氣。我太害怕她的反應。我知道她即將經歷什麼——我知道看見自己丈夫橫屍在眼前是什麼感覺——我也知道那種驚嚇對一個人的影響。我知道這件事將持續不懈地在心中堆疊，直到除了相信外別無他法。我知道這件事將逐漸演變成悲傷，成為永恆的本質。我知道她將心碎一地。

「查爾斯？」她說。「查爾斯！」她大叫。

我聽見她奔過木地板的腳步聲，購物袋掉落，以及她的膝蓋跪倒在地的重擊聲。

我睜開眼睛，跟隨她進入房內，到了門口短暫停下腳步。

他肯定已經一命嗚呼。他的膚色已經改變，不再是紅潤的杏桃色，而是帶點蠟黃的灰色。她倒在他的身上，雙手抓著他的肩膀，拚命搖晃他。她像那樣抓他脫臼的肩膀，要是他還活著，肯定痛到不行。但如今他死了，所以我猜也不要緊了。

「這是怎麼……」我大叫。我發現他們的暖氣片底下躺了一根髮夾——認出那是我的東西——於是我把手提包的所有物品倒在地上，把東西弄得到處都是，書咚一聲掉落，手機就在旁邊。我拿起手機，撥下九一一，把話筒緊貼耳朵。「救護車！」我一聽見話筒另一端傳來聲音就大喊，不等對方有機會說話。「我需要救護車。」

「麻煩請報上地址。」

我一口氣說出地址。「快。」我在最後加上一句。「你們得快點趕過來。」

瑪妮在啜泣，頭埋進查爾斯的胸膛。「他死了。」她大叫。「珍！他死了。」

「他好像死了。」我對著話筒另一端的人大叫，因為我不知道還能說什麼或做什麼。瑪妮每一次尖叫都讓我越來越歇斯底里。

「為什麼這麼說？多說一點目前的情況。醫護人員已經上路了。」

「瑪妮，妳是怎麼……？他的臉色很奇怪。」我說。「黃色的，身體扭曲變形。他好像是從樓梯上摔下來的。」

瑪妮再度尖叫，接著直視著我，眼神渙散瘋狂。她咆哮著說：「告訴他們我們可以把他救回來。」她起身來到他上方，雙手放在他的胸膛正中央，開始按壓。

「我們在做CPR。」我說。「大樓有門房傑若米——他可以——這裡有電梯，他們得搭電梯。」

「救護車已經在路上了。他們很快就會抵達。」

「繼續，瑪妮。」我說。「妳……？如果妳累了，我可以……我也可以接手。」我拚命喘氣，腎上腺素流竄全身。

「他有呼吸嗎？」接線生問道。「能不能告訴我他還有沒有呼吸？」

「他有呼吸嗎？」我叫道。「沒有。」我說。「我想沒有。」

「他們在路上了。」

「他們得再快一點。」我叫道。我是真心這麼說的。我真的希望他們加緊腳步，快點開車到這裡，即使我知道他們幫不上忙，即使我知道一切已經太遲了。

「他們很快就會到了。」話筒那一端的聲音說。「只管繼續做CPR。妳做得非常好。」

我們聽見救護車刺耳的警笛聲，瑪妮在啜泣，穿著雨衣的她渾身是汗。我站起來，手機仍貼在耳邊聽著空洞的陳腔濫調，一邊聽見急促的腳步聲。

「救護車到了。」我對她說。「是他們，就在附近了。」

瑪妮停止按壓查爾斯的胸口，整個人倒在他身上嚎啕大哭。我想她知道他已經回天乏術。從她開門看見他躺在那裡、腳踝扭曲、肩膀脫臼、頸部斷裂的那一刻就已經知道了。

我蹲下來輕揉她的背，一次又一次畫著小圓，希望讓她知道，無論她需要什麼，我永遠會在這裡陪她。接著，我們終於聽見電梯來到這層樓發出叮的一聲，電梯門嘩地打開。

我跳起來，從門邊探出頭。「這裡。」我大叫。「我們在這裡。」

三名醫護人員奔向我。一個男子年紀稍長、胖得連脖子都看不見。另一個男子比較年輕，動作迅速俐落，很快來到我面前。還有一個是年輕女子，怯生生地躊躇不前，八成是新人，不發一語，從頭到尾沒踏進公寓一步。

「請問他的名字是？」年輕男子大聲說。

「查爾斯。」瑪妮說著，爬著離開查爾斯的身體，讓醫護人員能湊到他旁邊。「他是我丈夫。」她說。「他叫查爾斯，三十三歲，他今天偏頭痛犯了。」

幾個禮拜後我們對此大笑不已。「我還是不敢相信我那麼說。」她說。「說什麼他偏頭痛犯了。我是說，天啊，偏頭痛。」

當年紀漸長，當你開始與死亡的多樣面貌共處，當死亡漸漸成為生活的常態，你會慢慢學到一件事。死亡在經年累月之下慢慢變得沒那麼可怕，會失去其尖銳的稜角；傷口不再劃得那麼深，以同樣的方式讓你血流不止。有時候你會嘲笑某件在幾天前剛哭過的事。但柔和的稜角仍是稜角，一句思慮欠周的言論、一次週年紀念日的到來，或突然想起的快樂回憶都會讓稜角一下子變得鋒利。悲傷沒有邏輯，沒有所謂的必經之路；只是有時候日子過得下去，有時候難以承受罷了。

我聽見她說那三個字——偏頭痛——即使在當時我就看出當中的幽默。我知道實際情況比偏頭痛嚴重多了，但就是那三個字打中了我的笑點。我看過她見到他的模樣，看過她歇斯底里地想要喚醒他，聽她放聲尖叫時，莫名湧上一陣興奮——又是那種輕飄飄的感覺。我遊走在慌張和失控的情緒之間，差一步就要彎下腰，像海邊那個小女孩一樣哈哈大笑起來。

但那三個字改變了一切。

突然間，這件事再也與查爾斯無關。這件事不再是關於他那具如手風琴般折疊躺在地上的僵硬屍體。不是再關於他的行為或我的怨恨或我們之間存在的矛盾。不再是關於他奄奄一息或一命嗚呼的事實。這件事不再與查爾斯有關。

而是與瑪妮有關。

我對她做出了這個世界對我做過的事。

你本來應該問我會不會後悔的。這一刻是我首次感到類似後悔的情緒。購物袋裡的水果掉到走道上，一路滾到廚房，仍包著保鮮膜的雞肉在木地板上曬著高溫，我的髮夾則在暖氣片底下閃閃發亮。但這些統統不重要。我滿腦子想的只有瑪妮。醫護人員在我的餘光下忙著急救，做些於事無補的舉動。我們都知道不久後他們會站起來，退後一步，然後清清喉嚨。

瑪妮縮在樓梯底層，雨衣已經滑落肩膀，纏著她的雙臂掛在腰間。她不再哭泣，但她在發抖，抖得非常厲害，彷彿有什麼東西急著逃離她的身體。她的嘴巴微張，雙眼紅腫，不停發出可怕的聲音，那細小的乾嘔聲，像嗆到的嬰兒。她看起來好嬌小，膝蓋曲起貼著胸口，用雙手環抱著。

我毀了她。當時我就知道我毀了她。

別開始說些荒謬的陳腔濫調。那些明明不懂卻愛把「我了解」掛在嘴邊的人是最糟糕的。你可不是那種人。

當時我就知道一切都是我的錯。是我把她逼到這個地步。是我說的那些話、那些謊言。對你，我不能否認我就是那個轉動他的腦袋、把他脖子扭斷的兇手。

懊悔來得出乎意料，要不是這件事種下一顆希望的種子，這股懊悔可能會強烈到讓我對自己的行為感到內疚。我和瑪妮曾經被愛情拆散。如今那些缺口空了，裂痕可以修復、重新填滿，直到看起來從未存在過。我創造了這個機會。對於她所承受的苦難，以及接下來即將經歷的事，我感到很難過。但我不覺得內疚。沒錯，我覺得有點後悔，但基本上覺得鬆了口氣。

那天起，一切可謂大大改變；你比誰都清楚。回想起來，那大約是一年前的事了。但你讓時間感覺起來無比漫長。

❖

那天稍晚，見過警察、醫生和殯葬業者後，我們回到我的住處。

我們搭電梯上樓，踏進走廊時，我非常清楚我的大樓一點也算不上豪華。這裡完全沒有那些成功的象徵：沒有拋光地板或鏡飾牆面。但我從這女人還是十一歲的小女孩時就認識她了，她從來不在乎財富或成功。我知道她仍是那個人。那些是她亡夫的偏好；他喜歡金錢、享樂和奢侈品。但我們知道——向來都知道——那不過是表象；用來美化的裝飾，但無法改變事物的本質。

瑪妮鮮少來我的住處，如今有她在這裡陪我感覺很好。我給她一套睡衣——我最喜歡的那一套——她好好泡了個澡，我替她煮了一杯加糖奶茶。

我躺在床上等她，聽見浴缸塞子被拔起，水流進水管時的咕嚕聲。我聽見浴室門打開，她踏出走廊拿起暖氣片上的睡衣。燈關上了，但我聽見她走進我的房間，爬進床鋪在我旁邊躺下。太陽準備升起，從地平線探出頭來，照亮了窗簾邊緣。

知道她在旁邊讓我無法入睡。她躺在床的另一側，背對著我，面向窗戶，呼吸平穩。我好奇她會不會是太累了，一下子就進入夢鄉。

我雙手放在肚子上平躺著，感覺一切都在掌握之中。這並非我計畫的本意——沒錯，記住這一點——但對結果頗為滿意。

「珍？」她的聲音哽咽。

我沒有回應。

「妳有聽見什麼聲音嗎？」她埋在枕頭裡低聲說。「一點點聲音都好？」

我仍然沒有回應。

「珍？」她又說了一遍，這次音量大了些。

「嗯？」我懶洋洋地說，儘管早已半醒。

「妳有聽見嗎？他跌倒的時候妳有聽見嗎？跌倒之後呢？有聽見任何聲音嗎？」她問道。

「妳當時在外面，對吧？說不定——」

「我什麼也沒聽見。」我說著，用手肘把自己撐起來，往她躺著的那片漆黑看過去。

「什麼也沒聽見？」她問道。「妳在外面待了那麼久，什麼聲音也沒有？」

「沒有。」我回答。「我不曉得……我什麼也沒聽見。我猜他可能——」

「死了。」她插嘴道。「是啊，我猜那時候他大概已經死了。」

那是我對瑪妮說的第四個謊。

我別無選擇，對吧？我豈能誠實回答那些問題？我不能。當時知道，現在也知道。但說也奇怪，正是我矢口否認、自詡無辜的舉動把我們倆重新推回到相同的人生道路。實話對她肯定是更嚴重的傷害。

因為這樣一來，她就一個人都沒有了。

20

一個人死了不代表他的存在就此結束。如果可以該有多好？如果你死了，所有關於你存在的記憶就這樣從主人的腦海蒸發，消失在九霄雲外，在死去的那一刻，從每一處和每個人的記憶中抹去。

我將不會記得強納生，不會記得愛過他或嫁給他。我不會記得他的雀斑、他強健的大腿或他手背上那一條條的青筋。當然，失去那些回憶我會很傷心，但我根本不會知道我失去了，所以也不會懷念。我不會感到悲傷。

我也不會記得查爾斯，不會記得恨過他或殺掉他。我不會記得他剛毅的側臉，或狹窄的鼻梁，或他思考時摸著下巴的模樣。我不會記得他求我救他一命。

瑪妮不會遇見他。她不會搬進那間公寓，不曾愛過他，不會嫁給他。他會徹底消失。

但這不是世界運轉的方式，沒有所謂的改過自新、重新開始、一刀兩斷。只有做過的每個決定所遺留的複雜後果。因為人生是線性的——這是我最大的遺憾之一。你做出的每個決定將一輩子刻在石頭上，永遠無法抹滅，也完全無法挽回。即使你找到辦法鬆開某個特定的決定，拆解那些盤根錯節的線繩，那個決定做了就是做了。

你選擇了你的第一份工作，以後再也不會有另一個第一份工作。你住進了某座城市某個區域的公寓，接下來無論世事如何變化，就算住進別的公寓，也永遠會住在那座城市的那個區域。一切就這樣不斷循環。每個決定總是互相影響。你挑了一個伴侶。或許你會和他結婚。或許他會成為你孩子的父親。於是從那一刻起，無論你做出多少決定，他將永遠是你孩子的父親；無論你接下來做了哪些事，那個決定將永遠成立。

這簡直讓人喘不過氣。我逃不掉自己過去所做的決定招致的無數束縛。

如果人生像一張蜘蛛網就好了，從一個中心點向外延伸出錯綜複雜的選擇。我們能做出各式各樣的決定，所有的決定都不是不可逆的，因為永遠有另一條回到起點的路。然而，我們卻只有一條筆直的路，毫無選擇餘地，止不住的動力，以及往一個方向前進的侷限。

強納生不在了，查爾斯也不在了，然而他們從未真正離開我們。

每次玩填字遊戲時，我都會想起查爾斯。我好奇如果他知道如何破解最後一條線索、如果他知道我想不到的答案的話會說些什麼。每次看見一個腳趾甲過長的男人，我會想起查爾斯，腦中浮現那雙醜陋的腳和他在夏天堅持穿著涼鞋在家中走來走去的畫面。每次我看見有人領帶繫得太緊，我會想起查爾斯。每當一個男人要來一份酒單，仔細研讀，最後必點最貴的酒時，我想起查爾斯。他的存在仍以各種方式嵌入我的記憶中，所以他不曾如我所想的遠去。

相形之下，強納生總是感覺不夠貼近。我無法觀賞倫敦馬拉松大賽，受不了看見穿著鮮豔運動衫的參賽者、他們別在胸前的號碼牌，以及他們的耳機、手環、綁緊鞋帶的運動鞋。我受不了看見慈善運動員打扮時髦、穿戴著酷炫裝置、他們臉上的微笑，以及他們引起的笑聲。因為這些都讓我想起強納生，但不是我認識且愛上的強納生，而是死掉的強納生。

依然有些事能讓我以比較正面的方式想起他，例如週末看見一群男人騎著單車呼嘯而過，離開城市，前往郊區，衝上山再飛也似地衝下山，一邊測量車速，然後在鄉間小徑的一間酒館停下來喝啤酒吃三明治的時候。那是強納生生前喜歡做的事。每當我到天使地鐵站的時候都會想起他，因為那裡是我們每天早晨吃完烤貝果和香蕉，在樓梯下方的儲物櫃匆忙翻找鞋子奔向月台前分頭的地方，我們總是會遲個幾分鐘。每當我從柳橙汁的紙盒倒出殘渣的時候也會想到他，因為我從不搖晃紙盒，最後一杯老是一堆果肉。

這就是所謂的繼續存在。這就是所謂揮之不去的鬼魅。

我和瑪妮困在同一條線上，與死者一起生活，不曾恢復到在那之前的自己。

你替我感到難過嗎？

你看見一個被內疚感折磨的女人嗎？

如果是的話，那你不必如此。

我不後悔我所做的一切；我不後悔我做出的任何決定。我只希望那些決定的可塑性能再高一些，讓我可以同時看見有和沒有那些決定的人生。比方說，我想看看多了強納生和少了查爾斯的人生會是什麼模樣。我和瑪妮的關係在這樣的條件下是什麼樣子？那會是一個好友與丈夫兼得的世界嗎？還是永遠得犧牲掉其中一個？我想操弄時間軸，找到最完美的人生版本，而不是存在於我所能想像的最糟版本。

我恨不得當初強納生逝世的時候，我的生命也跟著結束，但現實不是如此。因為傷心欲絕不會真的讓人喪命。只要你活著的一天就永遠感覺得到悲痛，即使你再想離開人世。除非你願意親手了結。然而我不願意，所以我別無選擇，只能過著沒有強納生的日子。

而現在，瑪妮同樣別無選擇，只能繼續過著沒有查爾斯的日子。

說了這麼多，只是想告訴你故事尚未結束。我希望你不介意我繼續往下講；畢竟我們有的是時間。你不會想要獨自留在這裡的。

重點是你要知道，查爾斯死後的那段日子裡，我知道我做了不可挽回的決定。我很高興能帶著這樣的結果繼續生活。當然，有時候看見瑪妮紅腫的雙眼，乾裂的嘴唇，寫在臉上的心碎表情讓我感到難過，但我不覺得內疚。事實上，我挺樂觀的。我想我找到了編織蜘蛛網的方法。我覺得安心許多，也鎮定不少。

我漸漸得意忘形起來。

你只需要知道這一點：我希望我最好的朋友回到身邊，而願望實現了。

但好景不常。

第五個謊言

21

葬禮上座無虛席。查爾斯的同事——大多是輪廓鮮明、穿著深色時髦西裝的男子——帶著妻子出席，個個都是穿著緊身黑色洋裝和蹬著細高跟鞋的金髮美女。他們由查爾斯的秘書黛比陪同現身，她是那群人之中唯一超過五十五公斤且身高不到一百六十三公分的女人。她大概六十多歲，短小精幹，頂著一頭白色短髮，身上夾克的鈕釦稍微有點繃。我以前見過她一次：約莫是幾年前，她曾在某個週五傍晚為了送文件來過公寓。

查爾斯高中和大學的朋友在同一時間抵達，個個頭上掛著墨鏡，脖子繫著黑色細領帶。他們在教堂門前徘徊，抽著菸，在柵欄上把菸捻熄，把菸屁股用力塞進腳下的石板路。有幾個人帶了孩子，一群穿著白衣黑褲、高至腰間的男孩，其中三個玩在一起，用不得體的音量放聲大笑。我好奇躺在棺材裡的查爾斯是不是也打著領帶，緊緊繫在那歪斜的脖子上。

查爾斯的妹妹露易絲從紐約回來。她的老公留在家中，第一次一打三，獨自照顧他們的大女兒和一對年幼的雙胞胎。露易絲不時擔心孩子們的狀況——有沒有吃飽，有沒有洗澡，有沒有換尿布——不時又企圖證明沒有人過得比她更慘。我想情況應該不是這樣，但她鼓足了勁表現得悲痛萬分，看上去誇張得有點尷尬。她似乎有用不完的面紙，放縱自己狂補睫毛膏，不停啜泣哽咽。查爾斯的母親原本計畫出席，露易絲說她的病情本來好轉許多，後來一下子又惡化，虛弱得無法負荷長途旅行。瑪妮的父母出席了，我們本來以為她的哥哥也會來，但他說工作忙翻天，沒辦法臨時跑開，而且從紐西蘭過去的機票太貴了，等情況穩定後，他會盡快回去，他打包票說。

瑪妮看起來不介意。她已經安靜了兩個禮拜，在我的房間、廚房和浴室之間來來去去，偶爾像座雕像動也不動坐在沙發上，看著多年前上映時我們一起去看過的電影合輯。她很少哭，但她曾經一個晚上醒來好幾次，突然坐起身子尖叫，清醒後說聲抱歉，然後又立刻躺回去。她仍處於暴風雨的中心，現實生活在四周盤旋，而她受困在其中，等著被捲起後甩出去。

剛開始的幾個禮拜，她完全捨棄網路世界，把通知關靜音，忽視任何破牆而入的訊息。她在頭一兩天曾想過回覆每一個人——那些傷心的人、為她擔憂的人和可疑分子——但是人數實在太多。關切的聲音太多，而時間太少。她不僅切斷了她的工作和手機裡的世界，也切斷了周遭更廣大的世界。她就只是目光呆滯坐在那裡，彷彿在等候指令。

她整整兩個星期沒有踏出公寓一步；第一次出門就是出席葬禮。

多數出席的人我都在婚禮上見過，但有幾個人卻是素未謀面。我發現自己特別注意到一個女人。她年齡與我相仿，穿著深色長褲、高跟馬靴和一件漂亮的深藍毛衣。她如模特兒般又高又瘦，站在那裡動也不動，幾乎沒人見到她。她有一頭非常短的黑髮和翠綠無比的眼睛，手上戴著一大堆銀戒，頸椎刺了一個像音符的小圖案，看樣子是自己一個人來的。儀式期間她站在後方，下葬時站在後方，後來的招待會上同樣站在不起眼的位置。她揹著一個黑色單肩皮包，我看見她拿出一本小小的紅色筆記本，起碼在上面草草寫了兩次。

「妳知道那是誰嗎？」我趁那個女人飛快走回大廳時，指著她對瑪妮說道。招待會在一個小房間舉行，房裡有許多眺望河景的大窗戶，與其說是私人會館，倒更像會議中心。

瑪妮搖頭。

她穿著恨天高的高跟鞋，走起路來有些搖晃，眼眶含著淚水。但她只有身體在場，心思則困在別的地方：困在她倒在老公屍體上的那些時刻，困在她假裝仍有一線希望的分分秒秒。她像一個受驚嚇的孩子，手腳發抖、噘著嘴唇、臉頰微濕。

我還記得我老公的葬禮。那些畫面彷彿透過魚眼鏡頭在腦中扭曲變形，呈現如氣球般的曲線和詭異的球根狀。我能看見前來弔唁的人群映入眼簾再逐一離去——頭微微側向一邊、勉強擠出笑容，神情茫然——所有人都站得離我的臉太近，氣息溫熱，緊緊捏著我的雙手和捧著我的肩膀。我好奇他們看著我的時候看到了什麼，是不是也一樣脆弱，一樣茫然？

那天下午過去了，我和瑪妮坐在一起看著查爾斯的高中同學打開露台的門，走到外面抽菸，又看著他的大學同學點了一輪烈酒，露易絲痛哭流涕，頭埋在某個遠親的肩頭。我努力融入群眾，與上半年見過的那些人交談，互相慰問，分享回憶，但我感覺到他們似乎寧願與其他人說話。我覺得——我向來這麼覺得——我就像那種大家會說「和妳聊得很開心，不過我得去找我朋友了」或「很高興得知妳的近況，我要去吧檯拿杯飲料」或「喔，我看見瑞貝卡了，失陪一下」的人。所以，當瑪妮抓住我的手臂，起身把我拉到大門口，求我帶她回家時，我也如釋重負。

我們在計程車上沉默不語。秋天越來越近，日落時間也跟著提早，太陽在後方準備西下，後照鏡反射出的橘光不知怎地有種寓意深遠的氛圍，彷彿電影裡的離別場景，讓我覺得心安，就像世界很感激我的介入。

我們回到我的公寓。我到廚房泡茶，瑪妮脫下洋裝，換上我最喜歡的那套睡衣。

「我不知道。」她說著走出來，在吧檯前的高腳凳坐下。

「我不知道這有多糟。當初妳經歷這一切的時候，我完全不知道這種感覺到底有多糟。」

「妳已經盡力了。」我說著，把滾水倒進兩個馬克杯。「話說回來——」

「我沒有。」她說。「謝謝妳這麼說，但我們都很清楚我沒有。」

我把一杯奶茶放到她面前的流理台上。「喝吧。」我說。「喝下去會好一點。」

她點點頭，雙手捧住溫暖的陶瓷馬克杯。

在強納生死前，我曾好奇經歷過喪親之痛的人是不是自然變得更有同情心。既然我有過自身的悲慘經驗，我相當確定答案是對也是不對。我確實有更大的包容心，但我也變得沒那麼感同身受。我非常了解瑪妮的傷痛，但我不怎麼同情露易絲，她總是一臉不高興的模樣，歇斯底里，滿嘴胡謅。

而瑪妮把我們各自的喪夫之痛相提並論的時候，我突然沒那麼同情她了。我知道她正遭逢一場撕心裂肺、悲痛欲絕的不幸。但失去一個善良體貼的好老公是一回事，失去一個從來就不夠好的老公又是另外一回事了。

22

我想跟你說說我老公死後幾個禮拜的日子。不用說，那是我人生中最糟糕的一段時期，那種感覺絕非筆墨可以形容。沒有言語足以描述失去丈夫對內心帶來的衝擊和顫慄。死亡本身存在於每場回憶，每個瞬間，時時刻刻都在，讓你恨不得能與他們在一起。但這只是悲傷的其中一個因素。從整體來看，與其說是失去一個親人，更像是失去一種生活。

最初幾個月，我不顧一切地放肆悲傷，為了那些從未發生過的時刻傷心，為了如今再也無法實現的事情難過。如果一邊的肩膀是我過去的回憶——我們的初識、婚禮、蜜月——那另一邊就是我們沒能創造的回憶，共同生活後有所期待的那些事情：未來生下的子女、可能住進的房子、一起旅行的地方。我被困在過去和未來之間，過去看似太多傷感，而未來看似一無所有。

面對這等沉重的事令我坐立難安，找不到生活的方向，只能努力為內心尋求一絲平靜。我無法坐下來，好好紀念他，哀悼他。我無法專注當下，因為有太多難以克服的事情。我反覆無常，心浮氣躁，心思根本不知飄去哪裡，所以即使現在的我也無法精確詳述那段日子。

但最初那幾個月很重要。在某些方面來說，那就是一切開始的源頭。

❖

就在他剛死的那天晚上，我前往沃克斯豪爾的公寓。我在以前的房間發現一些不屬於我的東西：角落椅子上摺好的衣物，一條明顯屬於男人的牛仔褲和三件掛在衣架上的襯衫。於是我爬進瑪妮的床。

我能嚐到嘴唇乾裂的鹹味。我口乾舌燥，頭痛欲裂，兩眼眼窩不停抽動，撞擊著我的顴骨。我覺得臉很腫，皮膚緊繃。我凝視天花板，望著窗簾和窗外街燈投射而出的光影。我努力放空自己，淨空腦袋，動也不動，想像自己置身別的地方，但根本無處可去，走到哪裡都有他的身影。我醒來聽見走廊上有人在說話，接著是鑰匙插進門鎖、嘻笑打鬧和踩在木紋塑膠地板的腳步聲。我立刻認出瑪妮的笑聲，但另一個是男人的聲音，聲調低沉，在寬闊的胸膛發出共鳴和回音。

他們走進廚房。我能聽見他們交談時平穩的嗡嗡聲，接著，大門再次開了又關，收音機被轉開了。我走進廚房，看見瑪妮俯在一個紙箱前，正在用氣泡紙把香檳杯包起來。

「可真快。」她說著，站起來轉身。「喔。」她說。「妳怎麼會過來？怎麼了？嘿，怎麼了？發生什麼事？」

查爾斯半小時後回到公寓。「我找到更多箱子了。」他從走廊上大喊。「六個，妳覺得夠嗎？我本來可以拿更多回來，可是我不確定，而且我好奇要是——」他在門邊停下腳步，簡單說了：「喔。」

我和瑪妮坐在沙發上抱在一起。我大概沒辦法告訴你哪裡是她的手，哪裡又是我的腳。我的頭靠在她的胸口，她的手搭在我的背上，我們的雙腳像觸角一樣纏在一起。

那是我第一次見到他，看起來聰明高大又帥氣。他有寬闊的肩膀，穿著一件燙得平整的粉紅條紋襯衫，塞在牛仔褲裡。最上面的釦子沒扣，我能看見他一路延伸到脖子下方的胸毛。他有強壯的下巴和精緻的窄鼻，眉毛近乎黑色，頭髮是很深的棕色，鬢角點綴著一些白髮。

「等我一分鐘。」她埋在我的頭髮裡低語，說完就離開了。走廊上傳來喃喃的說話聲，大門打開又關上，然後她回來了。

我好一陣子沒見到他；我印象中大概有幾個禮拜沒有踏出公寓一步。但瑪妮堅持要我出門，說我不能整天躺在這張髒兮兮的床上，流汗、哭泣、折磨自己，所以最後她開始派我去跑腿。她烤蛋糕需要奶油，吃麥片的牛奶不夠了，請幫忙到前面馬路轉角那家店買一本記事本。

大約一個月後，我從超市回家時，碰見他站在公寓走廊上，正準備離開。他穿著西裝，打著一條紫色絲質領帶。

「午安。」他說著，替我扶住門。「妳一定就是珍了，對吧？我得走了，很高興見到妳。還有，我很遺憾——妳知道的——請節哀。」

他從我身邊繞過去，消失在走廊上。

我趁大門關上的兩秒前扶住了門。

在那之後，他開始越來越頻繁出現在公寓裡。週間晚上突然來訪、送東西過來、有一個寄給他的包裹得拿或拿東西離開——到處都是他的東西：整齊堆成一疊的毛衣、整排的鞋子、一只又一只擺在窗台上的手錶。有時候他會在這裡過夜。記得幾個月前我還住在伊斯林頓自治市的時候，她曾提過她正在與某人交往。但當時瑪妮的男朋友總是一個換一個，總是出門約會，傳訊息給我聊著新男友的事，迅速陷入熱戀，然後又迅速冷卻。但很快地，他和我們在一起的時間比不在的時候還多。有一晚，我聽見他和瑪妮壓低聲音在爭執，因為他們有了一間新公寓。該死，他說，當初她建議他們一起在某個地方買房子的時候，他從沒想過會獨自住在那裡，更沒想到會持續那麼久，說真的，計畫到底是什麼。

向來對查爾斯漠不關心的我，第一次出現了別的感覺。

他至今的存在我幾乎沒有注意到。當然，我在公寓裡看得見他，但除了我的悲傷，其他一切我基本上沒有察覺。

但那一刻改變了很多事；甚至是改變了一切。我心中燃起怒火。突然間，我的恨意壓過我的悲傷。這份怒火很新鮮又刺激：我已經好幾個星期沒有這麼強大又激動的感覺了。我不敢相信一個大男人——成年的大男人——能如此麻木不仁。我不敢相信他認為他的生活安排比我遭逢的悲劇、比我的亡夫更重要。我不敢相信我在這沒救的爛男人旁邊待了那麼多個星期，卻完全沒有發現。

我想我知道接下來會如何進展。瑪妮會說出我腦中想的每一句話——說他既自私又任性，除非他改變態度，否則他們別想住在一起。他怎麼可以說這種話——有沒有搞錯？——要求她把他放在第一位，我們是那麼多年的朋友，難道他不明白那是多麼無理的要求？

我想像我們那天晚上對著這件事大肆嘲笑一番。我的怒火會很快平息，但當中的火苗會重新點燃我內心的某種感覺，那感覺令人煥然一新，好像餐與餐之間用來清除味蕾的小點心，讓我體驗除了疲倦、悲傷和恐慌以外的味道。

然而，對話的發展卻不如預期。我聽見她喃喃低語，沒有大吼——其實並不生氣——音量放得很輕，卻又不夠輕。

「我知道。」她說。「我知道，我也想跟你一起住。你知道我想的。這也不是我計畫中的事。」

隔天傍晚，瑪妮煮晚餐給我吃。她解釋我丈夫過世的那晚，她正在幫她的新男友打包他的公寓。再隔一天的早晨，他們就要開始清空這間公寓。她明白他們在一起的時間不長，但她看過我和強納生在一起時有多開心，我們的進展也很快，不是嗎？他們在城裡另一端的一間公寓開了價。雖然只認識短短幾個月，但妳碰到了就會知道；這是她的說法。而整件事完全是一時興起；他們在街上散步經過的時候見到那間公寓，而房仲剛好就在那裡——正好帶著一對夫妻參觀大樓附近的環境——所以他們走了進去，完全沒料到出價會被接受——他們出得很低；真的太低——但事實就是如此。在那之後，一切都發生得好快。她一直計畫打電話與我分享這個好消息。她想邀請我們過來吃晚餐，當他們的第一個客人。那是一間很漂亮的公寓，至少裝潢後會很漂亮。我很喜歡，她說。

很多事情暫時擱置下來——當然了，那些事可以再等等；她絕對不會有別種做法——因為發生在我身上的一切。但是時候開始思考我們的下一步了。她說她又要付這間公寓的房租，又要分擔新家的房貸，財務上很吃緊。總之依她看來，搬去那裡才是正解；那裡有好多事情得做，卻什麼都還沒完成。不曉得我有沒有興趣承接這裡的租約？如果沒興趣也沒關係，她會另外幫我找個新住處，如果我想要的話。

我想我早該知道她總有一天會墜入愛河，想搬離這間公寓。但我仍非常驚訝。我不敢相信事情發生得那麼快，也完全沒想到是像這樣發生。

那天下午我離開公寓，到艾瑪家過夜。但她的奇特世界對我而言實在太奇特：空蕩蕩的冰箱，一堆奇怪的規矩。於是我租了自己的公寓：生平第一次一個人住。這棟大樓在十年前建造而成，每間公寓的格局都非常方正：有一房一廳一衛，有如俄羅斯方塊放在適當的位置。前一個房客獲准漆牆：房間是深藍色的，浴室是橘色，沙發後面則是一面黃色的牆。公寓坐落在很好的地點，房租也不貴，基本上沒什麼可嫌棄的。但我討厭住在那裡。我想和瑪妮在一起。於是我經常咒罵查爾斯。我把一切怪到他身上——我的寂寞、我的悲傷、我的哀痛——部分是因為沒人攔得了我，部分是因為，老實說，從當時到現在的我仍然認為他真的幹了很不道德的糟糕事。

當初如果我知道我的生活很快就會再次少了他的存在，我還會那麼恨他嗎？要是知道天秤的兩端終究會自我平衡，我會因此獲得慰藉嗎？

我可能會找到一些感謝他的理由。我想，確實是他逼得我非得重新振作起來。當時我已經快兩個月沒工作，他的自私自利催促我找到自以為失去的力量。我已經好多年沒有獨自過夜——事實上這大半輩子都很少獨自過夜——然而他搶走了我的同伴，硬生生把我趕走。我的同伴、我的啦啦隊長、我的人生導師就這樣不見了。沒人照顧我，沒人能給我毫無保留的愛，沒人把我擺在首位。除了強納生以外，瑪妮更不用說了。

23

不久後，我會得知葬禮上的神秘女子名叫瓦萊麗・桑茲。她三十二歲，離過婚，是一名記者。她為當地一家報社工作十年之久，同時經營自己的網站，大多是誹謗性的文章。她決心要挖掘到一篇真正的故事，有爆炸性的、真實的——可以改變她名聲的報導。

蕾絲邊情侶雙雙弒夫

那是她挑選的標題。她使用大寫字母和深紅色字體，如鮮血般染上她部落格的白色背景。我們不知道有這回事——不知道報導即將刊在網路上，甚至不知道她在調查我們——直到事情已經發生。我們在葬禮結束的兩個禮拜後發現這篇文章，正是瑪妮看起來總算可能在未來某一天再次「好起來」的時候。情況逐漸和緩，儘管悲傷的影響力在擴散，但也沖淡許多，就像稀釋過的糖漿。我們開懷大笑過一兩次。那陣子我的情緒起起伏伏，有時出奇冷靜，因為警方不可能查得到我涉入其中，有時又驚慌失措，因為萬一查得到怎麼辦？不過，隨著頭幾週忙著籌備葬禮，接著又過去了幾週的時間，我才心安不少，恐慌感僅偶爾發作。

這起案件沒有引發太多問題——剛開始有一些，但沒什麼重要的——每個人都接受最顯而易見的事發經過等同於真相。查爾斯向來有偏頭痛的毛病，頭昏眼花的他在下樓途中不小心滑了一跤，落地時弄斷脖子，幾乎當場死亡。而且那天早上查爾斯確實偏頭痛發作；瑪妮已經在醫護人員面前證實了。查爾斯偏頭痛的症狀通常包括了頭昏腦脹，視線不清，偶爾覺得整間屋子都在旋轉。

每個人都在問的問題——她的親朋好友、點頭之交、那些不認識我們、純粹覺得訝異的陌生人——比較偏向相信與否的問題，而非與事實相關的問題。好好一個年輕人怎麼可能這樣活活摔死？他摔落之際有什麼感覺？摔死的機率有多高？有沒有其他失足摔倒的可能方式，讓他有機會活下來？

但我知道與事實相關的問題終究必不可免，所幸從驗屍結果得到的初步答案支持所有的理論。解剖後發現那天他吃得非常少；一些咖啡和為了治偏頭痛而服下的幾顆藥丸——劑量稍微高過醫生指示。他顯然傷得很重——腳踝骨折、肩膀脫臼——但頸椎斷裂證明了是死因。他全身佈滿瘀青，顱骨破裂，驗屍人員推測是摔下來的撞擊所致。但他們沒發現任何疑點，便替他縫合起來，運回殯儀館。所有人的結論是，整起事件只是非常不幸的意外，著實令人感傷。

真要說的話，我變得沒那麼害怕。我害怕的不是警方或牢獄之災或真相，因為那些專家都沒有半點想像力——無論是醫護人員或病理學家。這不是很奇怪嗎？雖說我不應該抱怨。不過一直到了後來，葬禮過後，那篇文章刊出後，心中的恐懼才再次燃起。因為現在出現一個決心要查出真相的人，不停在問問題，並看見某種邪惡陰謀潛伏在這場死亡意外當中。

瓦萊麗一直在尋找改變她事業軌道的故事。我猜她起初並不討厭替當地報社寫稿，只是在那裡工作太久，整整十年，而且總是派去報導一些不重要的社區活動——狗展、烘焙義賣會、偶爾在熱門高級餐廳追蹤名人。我猜她要的不僅如此。她想必很高興在一天的傍晚，她的故事就這樣走進大門，在她旁邊的沙發上坐下。

瓦萊麗和她的室友蘇菲住在一起三年。經過了多年不算悲慘只是空虛的婚姻生活後，她搭上火車離開了她的老公。她找到一個房間要出租，兩個女人很快成了朋友。蘇菲正在實習準備成為醫護人員，而瓦萊麗最喜歡聽攸關生死的血腥故事：那些命懸一線的時刻。蘇菲可能說了她這天與另外兩個男人共事，一個年紀稍長，身材過胖，另一個則是個年輕人。他們前往高級社區內一間公寓的意外現場——我想像她是如此形容——有個年輕男子從樓梯摔落，他的老婆和老婆最好的朋友回家時發現他扭曲的屍體躺在玄關上。而那兩個年輕女子說不上哪裡怪怪的，她可能這麼說。

瓦萊麗有了興趣。

她帶著好奇心，企圖把她的懷疑變成一則故事。她知道，這篇報導如果要改變她的事業，她就必須找到一些答案，找到對的人問些對的問題，揭發所有令人髮指的細節和鐵一般的真相。

然而剛開始，她一無所獲。她出席了葬禮，沒注意到任何異常。她和查爾斯的秘書黛比聊天，無意間證實他的確有偏頭痛的毛病。她在瑪妮家的大樓前徘徊——傑若米在閉路電視上發現她——但當時瑪妮不住在那裡，所以沒什麼線索可找。最顯而易見的真相仍是最有可能的真相。

我猜她就是在那個時候結束對瑪妮的調查，開始進一步檢視我。我在我辦公大樓的櫃檯見過她一次，她正在與接待區的警衛閒聊。他年紀不小，頂著禿頭和大肚子，而她年輕又高挑，一頭短髮，高聳的顴骨。我記得她靠在櫃檯上，誇張大笑時低胸針織衫差點走光。她綻開笑容露出整齊潔白的牙齒，我記得我很好奇她想從他身上打聽到什麼。

除了那次之外，我沒見過她打探我的生活，但這不表示她沒有。如果她找對地方，網路上能挖到很多東西——她八成也做了。我替大學雜誌寫文章，有幾篇是關於強納生的：關於他的死、他的馬拉松大賽，還有後來錄製的短片也找得到。公司網站上也有一兩篇用我的名字討論如何改善客服品質的文章。

她肯定在這些素材當中找到了激發她靈感的東西。或許她真的以為她破解了一樁疑案。但她在網站上刊出的文章又是另一個謊言。上面說我殺了強納生，把他推到那輛疾駛而來的車子前方。接著我賣掉他的公寓，大賺一筆，抱走他的壽險理賠金。用她的話來說，我因為殺掉自己的老公而發了財。

但不只這樣。她的文章繼續胡說八道，寫些毫無依據來源的內容。她聲稱我和瑪妮——蛇蠍心腸的神秘情侶——發現我們的策略竟如此成功，所以立刻決定要再次執行計畫。

婚姻；謀殺；金錢。

這幾個字醒目地放在網頁最下方。她寫道我們現在幸福美滿地住在一起，利用從亡夫那裡得到的財富成天狂歡作樂。

24

要不是那篇報導被一個全國性的小報選上了，我們可能不會聽到瓦萊麗這個人，也不會讀到她的文章。她的網站有上千人追蹤——大多是年輕的倫敦人——或許我們終究會偶然看見，或是被瑪妮的粉絲標注名字。但同樣有可能的是，我們的生活將不受打擾繼續過下去。

不幸的是，這件事最後出現在一份全國發行的報紙頭版上，文章在探討全國人民對真人真事的犯罪案件有日漸著迷的趨勢。網路上明明有成千上萬個部落格和podcast頻道，他們卻用了我們的故事作為範例。

報上說那篇貼文在網路爆紅，分享在Facebook和Twitter的次數超過了十萬次，即使算不上前所未見，也絕對非常驚人。或許他們說的是真的；或許大眾真的對兩個年輕女子謀殺親夫的故事感興趣。我想我不能怪他們；是我也會覺得好奇。可是個性中憤世嫉俗的那個我懷疑那篇文章會不會只是個幌子，是發表誹謗性文章的聰明辦法，既可以利用聳動的話題從中牟利，又不必付法律責任。他們好幾次引用瓦萊麗網站上的內容，但用詞只提到「涉嫌」謀殺，沒有直接指控我們任何事。

文章刊登在報紙後面幾頁的地方，但頭版印有一行小小的聳動標題，於是我和瑪妮很快就收到親朋好友鋪天蓋地傳來的簡訊。他們簡直嚇壞了，但不是被我們所指涉的行為嚇到，而是替我們感到震驚。他們一個字也不信，他們說。有誰聽過那麼扯的垃圾話？世界是怎麼了？這年代難道沒人查證事實了嗎？他們急著向我們保證，任何正常人都不會去理會那些胡言亂語。

那時，我們還沒讀過那篇文章——也不知道有個網站——於是我連法蘭絨睡衣都沒脫，就衝到街角的商店買了一份報紙，浮誇的睡衣圖案藏在黑色長雨衣底下。我把報紙帶回公寓，在吧檯上攤開。我和瑪妮一起讀著報紙，目光左右移動，同步掠過每行文字，在差不多的時間點皺眉蹙額，因為可怕的謊言沉下臉。

文章結尾有一行取自瓦萊麗所說的話。內容說：「我完全明白這些故事有極大的吸引力，但我認為刻意專注在兇殺這部分，假設死亡本身是吸引力的來源是不對的。對我而言——以及對我許多的忠實讀者而言——比起醜聞或離奇的情節，更重要的是找出真相。」然後是她的網站連結。

我從沙發底下拿出筆電，打開放到流理台上。網站跑得很慢——看來我們不是尋找原始文章的唯一讀者——最後紅色標題出現在螢幕上。

老實說，瓦萊麗的文章根本講不通。事實完全無法支持她的假設理論。我沒殺死強納生，他是被計程車司機撞死的，一個將近六十歲的男人，因為酒駕犯下過失殺人的罪行而遭到逮捕，如今正在坐牢服刑。而且把強納生的公寓賣掉償還房貸後，根本沒賺多少錢，主要是經濟衰退和次貸危機的緣故。他的鉅額壽險賠償金，我至今沒有花過一毛。

瓦萊麗暗示那次壓倒性的成功給了我們很大的自信心——又來了，說謊不打草稿——於是我們決定等個不多不少的四年時間，再度執行計畫。

「她們是如何二次犯案的？」她寫道。「我必須承認我很想在今天把故事講完。我本來考慮讓你們等到下禮拜再提供最新進度，但像這樣引人入勝的故事，我做不到。即使如此，我會在下方留出空格，花個一兩分鐘去思考一下：她們第二次是怎麼辦到的？」

我往下滑。

「下藥。」她寫道。「你們是這麼想的嗎？如果你們心中有更厲害的招數，那我想你們就低估這兩個女人了。珍·布萊克並不直接對她丈夫的死負責：她沒有開著那輛撞死他的車。她純粹是巧妙操縱局勢以達到她想要的結果。這說法也適用於瑪妮·格雷利—史密斯。她並沒有把丈夫推下樓梯——我們知道她丈夫死的時候她人在圖書館——但她可能在那天早上偷加了幾顆藥丸在他的咖啡裡。」

全是一派胡言。

但真相並不重要。因為，正如我所說，即使是最離奇的虛構故事也能讓人覺得如假包換。幾可亂真的謊言是了不起的成就，是一段精采的故事，而這才是最重要的。

我必須承認我沒有冷靜回應此事。我不夠務實。我真的他媽超生氣，怒火在胃裡燃燒，就像吃到壞掉的食物時會有的灼燒感。我感覺到腎上腺素激發的激動情緒在全身流竄，內心充滿憤恨，就像我起初開始憎恨查爾斯的時候差不多。我以為瑪妮會有同樣的感覺，但我回頭看她，她卻在哭。

「她怎麼可以這樣？」她低聲說，聲音細得像螞蟻。「她怎麼可以寫出像這樣的……？全是假的。她怎麼可以說謊？她說——喔，天啊——她怎麼能說這種話？這女人是誰？」

她指向螢幕中央的一句話，食指不停顫抖。那幾個字以粗體呈現，與其他內文隔開。

「『她們的感情一直非常好。』兩個年輕女人的一個共同朋友說。『總是躲在兩人的小圈圈裡。我會說非常親密。』這該死的傢伙是誰啊？」說完，她把空馬克杯往流理台上用力一放。「誰他媽這麼說？哪個王八——我們的老公都他媽死了。莫名其妙來個賤貨……到底是誰，珍？是誰？」

「瑪妮。」我說。我有點被她嚇到了，因為二十年來，我從來沒見過她發過脾氣——然而如今在我面前的她，生氣程度是我前所未見的。「先冷靜個一分鐘。」

「一分鐘？我們沒有他媽的一分鐘。珍，這件事會傳遍全國。這篇該死的文章已經擱在全國各地的門墊上，等著大家邊喝咖啡吃吐司的時候邊看，別忘了還有超市、書報亭和該死的機場。接著所有人都會拿起他們的筆電——我們就拿了，不是嗎？文章已經在所有人的電腦裡了，白底黑字在螢幕上發光。」

「瑪妮，我們暫時——」看她變得如此歇斯底里有點可怕。

「妳覺得我爸媽看到了嗎？」她說。「喔，天啊。我爸媽一定看到了。喔，該死。就算還沒看到，也用不了多久了，我現在就可以告訴妳。他們要不是會碰到鄰居過來敲門，就是會收到高爾夫球俱樂部的老友傳來的客套簡訊說：『喔，很遺憾你們的家人被刊登在該死的八卦小報上，真過分。』然後暗自竊笑。等到這時候他們總知道了吧？這刊在網路上耶，老天啊。他們一定會氣死。他們的同事也會看到。喔，天啊，珍。我們該怎麼辦？」

脾氣來得快也去得快，突然間，瑪妮又開始大哭，臉埋在手心，全身抖個不停，所有力氣都在她的四周消散了。

❖

曾經有那麼一刻，我的恐懼感再次浮現，有如一場高燒在體內越燃越烈。起初是從她的怒火開始的。我能看見那團怒火的形狀；感覺到它的烈焰。我知道總有一天會燒到我身上來。另外，就是發現在某個地方，有個人並不相信那些顯而易見的答案，那些已經被證實的事實。

瓦萊麗寫那篇文章的方式，那些句子的架構，總覺得比內容本身更危險。我隱約感覺到這件事僅僅是個開始。我懷疑最糟糕的情況恐怕還在後頭。

25

幾個鐘頭後，我們開始接到其他媒體打來的電話。我剛搬進來的時候就裝了市內電話，因為這讓網路便宜許多，但我很快就後悔做了這個決定。答錄機永遠有一堆留言，有些囉嗦冗長，有些簡潔有力，但數量實在龐大，新增的速度比我們刪得還快。不久，他們也開始寄電子郵件和傳簡訊給我們。這則故事引發了各界的想像力，無論是讀者、聽眾或電視機前的觀眾。到時候我們該怎麼說？我們該不該發表聲明？他們每一個人都向我們保證他們和其他記者、其他電台主持人或其他主播不一樣。其他人只在乎收視率和戲劇效果，只想跟著炒作。可是我們？這完全不是我們的作風。我們真的在乎。而現在就是澄清真相的大好時機——「這是妳們的時刻。」他們都這麼說。

別笑，這不好笑。你在笑什麼？「澄清真相？」嗯，是啦，我想這是有點好笑。我是絕對不會去那麼做的。

總之，我和瑪妮都知道謊言——兩個蕾絲邊殺人兇手的奇幻故事——比真相誘人。至少，比假定的真相誘人。兩個住在一起不擇手段的寡婦，誰不想看這個故事呢？

於是，我們什麼也不說。我們拔掉市內電話，手機關機，然後鎖上大門，整整十四天沒有離開公寓，每隔幾天就上網訂購食物，非法下載新電影。我沒有打電話給我的老闆，但我猜辦公室有人看到了那篇文章，因為我收到一則非常簡短的簡訊寫著：「保持聯絡，隨時等妳回來。」

我和瑪妮相信鬧劇總有一天會結束。永遠有更有意思的故事等著被報導。而且，幸好報紙用的那張照片解析度慘不忍睹。那是我們大一的暑假回家時拍的。照片裡的我們穿著化裝舞會的衣服，儘管非常性感，卻讓人難以分辨誰是誰。瑪妮的網站和社群媒體上還有她的其他照片，我知道在我公司網站的某處也藏了一張我的照片，但兩人合照肯定只有那一張。我們只得保持耐心。

話雖如此，我想知道更多有關那個陌生女子的事，她就這樣討人厭地介入了我們的生活，所以我上網搜尋情報。我找到與她婚姻相關的事；她的前夫、前夫的新老婆、他們的婚禮網站。我到處瀏覽查看，最後找到了婚禮會場，我在Instagram上找到她家的照片：上面有她現在與人合租的那間公寓；她的室友，一眼就認出來了；夏天坐在外頭喝著紅酒的陽台。我看見對街咖啡廳的名字，輕而易舉就在網路上找到位置，進而得知她住的地方。過去幾個禮拜，她開始上踢踏舞課，並上傳幾支影片，一行六名舞者快速旋轉，雙腳彷彿有彈性似地瘋狂舞動，劈啪作響。所有情報當中最容易找的大概是她的作品了；在她網站上的早期文章，沒有半篇稱得上引人入勝，比起我們那篇報導簡直差遠了。

當時的我沒想過追溯她過去幾十年來的生活——那是後來的事了——但我還是很訝異光用手指頭點一點，就能得到如此大量的情報。一想到我的生活也是同樣清晰可見，能夠輕易被看穿，就覺得可怕。我這幾個禮拜以來一直在觀察她，看她打卡上傳走遍各地的照片，寫文分享她的計畫以及附近即將舉辦哪些活動的摘要。

我很肯定她也在觀察我。

要是能再多等幾個禮拜，說不定風頭就會平息。但瑪妮等不了，她辦不到。網路上所寫的虛構故事在她內心越演越烈：謀殺、下藥、他的死，一天比一天真實。她夜裡帶著故事入睡，並在夢境中上演。她有時無精打采，有時焦躁不安，睡不了多久又開始惡夢連連。她彷彿可以想起在他的咖啡添加藥丸。她可以想像自己踮起腳尖，伸手拿取洗手台上方藥櫃裡的紙盒，彈開透明包裝裡的藥丸，對自己的老公下藥。後來，幾天沒睡的她，開始出現奇怪的幻覺，納悶自己是不是真的有推他下樓。她是不是從頭到尾都在那裡？她當時是不是也在樓梯頂端，就站在他的正後方？她看得見掛在牆上的相框和腳下的地毯。她知道觸摸他、指尖在他的肩胛骨游移、掌心平放在他的背後是什麼感覺。她食不下嚥；酒卻喝很多。她徹夜難眠，整個人瘋狂不安。她必須說出她知道的事實，否則謊言將把她摧毀。

「這不是為了我。」事後她說。「我這麼做不是為了我。我可以忍受這一切。但查爾斯呢？他絕對不會娶一個他們形容的那個女人。這讓他看起來又傻又天真，而他從來不是那種人。我不能讓那個故事去定義他。」

於是，在第一篇文章刊出的僅僅十四天後，她與瓦萊麗見了面。她從回收桶挖出報紙，找到記者的名字，回網站上發了一封郵件。接著收到回覆，邀她隔天早上在我家一樓的咖啡廳吃早餐。

如果早知道有這件事，我肯定會阻止她。但等我醒來之際，隔壁的床位早已冷清。

我猜瓦萊麗大概對瑪妮挺失望的。我猜她一直希望找到更多醜陋不堪的細節和內情，以及能夠證實她說法的某種證據。瑪妮可能會坦承分藥丸的那天早上，檢查使用劑量時不夠仔細，或根本沒有檢查，因為過分焦慮加上勞累過度，在匆忙中多給了一些劑量。但當然了，她沒有這麼說。

我只能猜測整個故事出奇無聊。瑪妮大概會不停提及查爾斯的偏頭痛。她想必會說——至少說兩遍——她一直擔心他長了腦瘤。但是醫生——他是個好人、優秀的醫生，他們信任他——總是堅持只是偏頭痛而已。每次偏頭痛犯了都非常嚴重；向來如此。她當初應該待在家的。她本來可以照顧他，幫他拿杯水、三明治，或任何他需要的東西。她本來可以救他的命。

瓦萊麗想必會看著瑪妮——嬌小又美麗，頭髮凌亂，眼底掛著黑眼圈，身體微微顫抖的模樣——進而知道儘管她的文章再有趣，卻不可能是真的。這個女人——抽著鼻子哭哭啼啼，如此嬌弱又傷心——沒能力犯下謀殺罪。

我好奇瓦萊麗是否很沮喪。我相信她曾希望能挖到其他東西。她要進一步的內幕去豐富第一篇文章：更多細節、更多刺激的戲劇性情節。沒想到卻恰恰相反，她的指控將經不起公眾的審查。

她想必面色鐵青，但她也不笨。所以她利用手邊現有資源，巧妙操弄她們的對話——從悲痛欲絕的寡婦口中好不容易問出的隻字片語和少到不能再少的內情——來揭露更有意思的最新發展。

瑪妮回到公寓，手裡帶著新鮮可頌——那是我們住在沃克斯豪爾公寓時的週末享受——我猜這對她是一大改變，再次展開正常生活的新開端。我沒有一絲疑慮，直到隔天早上接到艾瑪的來電。她之前有申請瓦萊麗網站的更新通知，並在幾個鐘頭前收到一封電子郵件告知她一篇新文章已經上傳。郵件裡說瓦萊麗基於一些「新證據」修改了她先前的文章。這次，她揭開了真正的事實，更陰險的事實，不僅揭露這兩個女人與她們亡夫之間的關係，也提供了兩人感情的進一步細節。

我用筆電打開網頁。

瓦萊麗寫到我心生嫉妒。她說瑪妮本來過得很開心——出乎意料的開心——而我見不得她和其他人在一起過得那麼好。我已經為她犯下謀殺案——不用說——而我擔心她不會為了我做相同的事。文章冗長又複雜，幾乎通篇都在胡說八道，但看樣子她想說的重點是，整件事全是我一個人的錯。瑪妮不會殺了查爾斯，因為「或許她真的愛他」，瓦萊麗寫道。因此，我不得不採取必要手段確保她不會背棄原本的協議。我是在背後操弄整個邪惡計謀的人。我才是真正的兇手。是我殺了查爾斯。

「同時瑪妮．格雷利——史密斯擁有不在場證明，但她最好的朋友珍．布萊克就不好說了。我會讓你們讀者自行下結論。」瓦萊麗寫道。「但在我看來，這樁疑案已經開始撥雲見日。」

你知道被人指控一樁確實是你犯下的謀殺案是什麼感覺嗎？簡直可怕極了。

什麼？

你為什麼像這樣看著我？

喔，我知道了。你希望我承認比起警察、病理學家和我們的親朋好友，她是最接近事實的人。而你好奇她是不是說對了。她是不是發現了真相的冰山一角？你想知道我是不是嫉妒瑪妮。

不，我可以自信地說我從來沒有嫉妒過她。沒嫉妒過她的人生、或點綴在她每天生活中的小確幸。我偶爾會羨慕她的自信、她的熱情和善良，但那完全不一樣。這有回答到你的問題嗎？

但你真正該問的問題是，我是否嫉妒查爾斯。我想我有吧。聽起來很幼稚，這並非我的本意，但他擁有某樣本屬於我的一份愛，一份曾經選擇了我的愛。

她沒有具體指出她說的是瑪妮。但從那些新證據，從她筆下一個淚眼汪汪的寡婦緊緊握著胸前的冰咖啡，抽抽搭搭無法喝口咖啡的描述來看，我明白是怎麼回事了。

我走進客廳，發現瑪妮坐在沙發上啜泣，她的筆電打開擺在面前，邊用力抽氣邊道歉。

「我把事情搞得更糟了。」她說。「都是我害她把矛頭全轉到妳的身上。這全是我的錯。她上面寫了妳是兇手。妳看過了嗎？我很抱歉，珍。真的真的對不起。」她蓋上筆電，放回茶几上。「我以為她看得出來我說的是實話。我希望她看得出來她弄錯了——我有夠笨——我以為她會刊登一篇撤銷先前所有言論之類的文章，一切就會銷聲匿跡。我不知道她錄下我的一言一行。」她低頭埋進兩手之中。「我以為她會說對不起。」她說，埋在掌心的聲音聽起來沉悶不清。

「這不是妳的錯。」我回答，雖然現在我得承認——基於誠實的精神——我有點氣餒。我跟她說過我們該怎麼做，她卻公然忽視了我的叮嚀。但她立意良善；她以為她能解決問題。「妳不可能知道。」我說。

我盡力保持冷靜，看著她身上的法蘭絨睡衣。她把褲管捲到腳踝，盤腿坐在沙發上。上衣的釦子解到胸口，皮膚佈滿紅疹。她需要我堅強，需要我照顧她。

老實說，我從沒料到會出現間接的負面影響。驗屍結果出爐，葬禮也結束了，原本的假設理論開始變得越來越真實。警方和法醫沒理由重新檢視他們最初找到的證據。但我知道仍有部分真相藏在別處。而這個冷不防出現在我們生活中的奇怪女人，似乎鐵了心要繼續打探挖掘，直到她找到真相為止。

我本來希望瓦萊麗對這些事的說法會很快隨著其他謊言和八卦新聞而銷聲匿跡。但刊出第二篇文章之後？我就不敢確定了。我不知道她為了追求真相願意做得多絕。

我想傳訊息給她，與她對峙，表明她的行為實在不可取。但我知道萬一激怒她，她的決心反而會更加堅定，這樣就危險了。

我深吸一口氣。我知道我們該怎麼做。我們必須相信緘默的力量；讓整件事拉長幾個禮拜，直到我的說法才是最後的真相，直到意外跌落樓梯成為僅存的事實。

與此同時，由於我太專心在處理瓦萊麗的局勢，導致未能注意到另一個日趨嚴重的問題。

瑪妮向來是樂觀、聰明、充滿活力的一個人，就連眼淚、悲傷和混亂也無法改變這些特質。她一直有種不可思議的能力——我想是創造力吧——可以把模糊的概念加以統一變得明確，把四散的拼圖組成完整的一塊。而我突然發現她正在這麼做。

「我當初就不應該聯絡她。」瑪妮繼續說著，音調忽高忽低。「我早該知道她不能信任。我不知道為什麼我總是期望大家是好人。為什麼呢？」

「別說了。」我說著，在她身邊坐下，牽起她的雙手。「妳越說只是讓自己心情越糟。事情發生就是發生了；多說無益。」

「而且這根本沒道理。」瑪妮繼續說，臉頰滿是淚痕。「她怎麼會覺得是妳殺了查爾斯？她第一篇文章至少理論上有可能。我有可能對他下藥。我是說，我當然沒有，但要的話辦得到。但他死的時候妳根本不在大樓裡。妳什麼也沒聽見。她簡直一派胡言。」

「瑪妮，別說了。」我說。「算了吧。」

「妳能怎麼做？把他推下樓梯然後回家？接下來呢？那天晚上再回到公寓？妳根本連他病了都不知道。妳肯定想說他在上班。」

「沒錯。」我說。我的心跳開始加快，又發現吞嚥變得困難。口腔後方的扁桃腺感覺腫脹又乾澀，慢慢堵塞我的喉嚨，阻止空氣進入胸腔。我能感覺我那牽著她的雙手越來越濕黏。

「而且妳何必呢？我是說，我知道你們不是什麼患難之交，這麼說可能還太客氣。我也知道最近情況特別糟——那場天大的誤會——但即便如此，還是不可能。」

她越說越大聲，嗓子開始顫抖，變得尖銳刺耳。她拚命揮動雙手，舉止激動，臉頰漲得通紅，表情憤怒。

「妳留他獨自死在我的玄關上，她的意思是這樣嗎？出現，殺了他，然後離開？接著怎麼樣？幾個小時之後再回來，只為了目睹我發現他的樣子？那女人真的有病。」

她無法停止說話，我也無法讓她住嘴。她繼續喋喋不休，列舉各種不合理、與事實不符、異想天開的情況。我聽著她一口氣說出許多我有可能——但絕不會——謀殺她老公的例子。那兩篇文章在她心中攤開了諸多問題，而我不知如何關上。我企圖把她導入別的方向，她卻頻頻回到自己的疑問上。我覺得我的肋骨緊繃得容不下肺部——內臟在擠壓著骨頭——我也擔心萬一她得出正確的結論，我是否有辦法維持面無表情。

「我們瘋狂相愛。她是這麼說的，對吧？妳和我瘋狂相愛？所以我們殺了妳老公。當然了，真是合理。然後我和查爾斯墜入愛河。」她那憤怒的語氣隱約傳來微弱的抽噎聲。「所以妳殺了他，好把我留在妳身邊？是這樣嗎？事情的發生是這樣嗎？」

我以為她會繼續往下說，繼續咆哮怒吼，想要繼續大聲解開自己的疑惑。光是這樣就夠令人驚慌了。但她沒有。她停下來，盯著我看。

「是這樣嗎？」她重複一遍，杏眼圓睜，噘起嘴唇顫抖著。「她是這麼說的，對不對？」

我搖搖頭——假裝一臉茫然、震驚、反感——而她始終默默無語，我只好主動開口說話，拚了命地想要結束話題。

「想像。」我說著，揚起眉毛，企圖大笑。「只是她的想像。」

我好奇她看到了什麼：她是否看見我的臉頰泛紅、眼神恐懼、屏住了呼吸；真相是否大刺刺地寫在我的臉上，正如她奪眶而出的淚水。

「想像。」她靜靜地重複道。

「我知道。」我說。「這不可能，我怎麼可能做出那種事。我絕對不會做出像那樣的事情。」

這是我對瑪妮說的第五個謊。我告訴她我絕不可能做的事，卻是我已經做過的。我告訴她我絕不可能傷害她，卻早已傷她至深。而當我坐在那裡用盡力氣欺騙她的時候，我相信她會繼續相信我。她也確實信了。她緩緩搖頭，嘆一口氣，靠回沙發上，用手指梳理頭髮。

我不認為她真的在質問我。她並不是在問問題，然後期待得到一個答案。但她語氣中的懷疑——無論多微弱——仍令人不安。我覺得真相有如卡在喉頭的骨刺，渴望得到釋放。一小部分的我渴望衝到前頭，獲得認可，動念說出：「沒錯，事情的發生就是這樣。」「是的，我這麼做都是為了妳。」

但我也知道，為了保護我們所擁有的，我願意一直說謊下去。

「我們得決定下一步該怎麼做。」最後我說。

她抹去眼淚，用睡衣把手擦乾。她的上衣在腰間擠成一團，她便把衣襬往下拉。「我們什麼也做不了。」她說著，起身走進廚房，現在冷靜許多，克制住情緒。「文章已經刊出來了。珍，相信我，妳不必與她多費唇舌。」她繼續說。「妳不必想跟她爭個明白。她只會在網路上發表更多垃圾文章。我們都知道事實是什麼，我們親朋好友也很清楚。說真的，這不才是最重要的嗎？我的意思並不是覺得這是公平的，因為我也很生氣，珍。真的很生氣。我痛恨她這樣口無遮攔卻能安然無事，這樣謊話連篇，完全不替別人著想。但我需要這一切統統消失。」

「好吧。」我回答。「那我們只好慢慢等風聲過去。」

腎上腺素開始慢慢退去，我也終於能大口呼吸。我本來以為我會昏過去，因為她曾經離真相——難道不是嗎？——非常、非常接近。

❖

你知道嗎？那第五個謊言把我嚇壞了。當時我明白那是我必須犯下的風險——雖是無心之過沒錯，但結果還是一樣——我也知道那個決定將影響我往後的日子。我得小心翼翼，繼續掌控全局。

我讀了接下來幾天的報紙。這件事再次充斥了整個版面：讀者投書、假新聞和匿名來源。但最終，風聲確實平息下來——另一樁政治醜聞成了新聞焦點，鋪天蓋地報導了好幾個月。

我把我們的相關剪報放在床底下的鞋盒裡，提醒自己並非堅不可破，提醒自己必須時時戒備，提醒自己不能停止說謊。

26

我想有些女人天生就是母親，而有些女人純粹就是不適任。這種說法有爭議，我知道，尤其對你八成更是不該這麼說，但我覺得值得一提。

我一直夢想能成為一位母親。小時候，我會把塑膠娃娃抱在懷裡，替她們洗澡，放進粉色嬰兒車裡推著她們走來走去，裡面有一張像吊床一樣會自行搖動的粉紅座椅。我會把娃娃排成一排，一個一個幫她們換尿布，替她們穿上有圖案的棉質連身衣，扣上兩腿間的釦子。她們全長得差不多——圓滾滾的硬肚皮，漆在臉頰上的粉色腮紅和眨呀眨的蔚藍雙眼——但我的最愛是艾比蓋爾。她頭髮稀疏，手腳卡卡的。一隻眼睛眨啊眨的，但另一隻眼睛不會動，被塑膠睫毛黏在一塊兒，睜開了就無法闔上，直勾勾地望著前方，另一隻眼則眨個不停。儘管如此，我還是愛她。

後來，我的喜好從娃娃變成嬰兒。經過街上的嬰兒車時，我會偷偷看一眼，在咖啡廳裡碰見時，我會彎腰往裡瞧，發出含糊不清的逗弄聲，問些必不可少的問題——好可愛啊幾歲了長得真好。我很樂意參與成年的這段育兒時期，我看見自己有一天推著嬰兒車，換另外一個女人對我輕聲說話的生活。

後來，在強納生死後的某個時間點，我開始質疑那個虛構的未來。我想要一輛嬰兒車嗎？我想要接受旁人的同情、質疑、批評，讓心頭的一塊肉永遠活在身體之外嗎？做些父母該做的事，照顧、養育、陪伴一個孩子？不，我不想。少了他我可不想。

需要的話，我可以把我這輩子認識的所有女人寫成一張清單，在那張紙上畫出一條直線，把那些天生具有母性和那些沒有的人區分開來。我和艾瑪會在同一邊。瑪妮則會在另一邊。

❖

重返寧靜對瑪妮的整體人生觀出現正面的影響。她不再那麼易怒，不再反覆無常，怕東怕西，怕失去丈夫後一切不復存在。我們找到方法與舒適安詳的感覺共存。她時常以淚洗面，但她也會大笑，下廚，甚至寫幾篇短文給她最喜歡的編輯。她把她的郵寄地址改到我家，讓我覺得異常安慰；我喜歡天天在郵箱裡看見我們的名字擺在一起。後來她的主要贊助商寄給她一個粉紅陶瓷作為禮物，是廠商最新的廚具系列，她甚至拿來拍了幾部影片。

有時候，她會轉向我——通常是早餐過後，或晚上穿著睡衣坐在沙發上不想去睡的時候——說：

「死亡真的延續好長好長的時間，是吧？」

「喔，是啊。」我會說。「非常漫長。」

「因為已經一個月了，」——或六個禮拜，或兩個月，她會說——「我還是不太習慣這就是我現在的生活了。我無法相信無論我再活一個月、一年，甚至十年、二十年，在這之間的每一天，他仍然已經離開人世。」

我覺得自己像個專家。有那麼一陣子，我的細心指導似乎奏效了。她能重回我的生活，我真的很高興。我們相處得很好，非常好。我們對彼此瞭若指掌，往來親密，知道對方所有的過去和一切大小事。我們一起抱怨我們的父母——他們不是離家出走、生病，就是對我們不聞不問。我們一起嘲弄我們的手足——其中一個過度依賴，另外一個卻又總是缺席。我們追憶那些代表我們青少年時期的大膽經歷——各種第一次、最後一次和絕對不再嘗試的事情。兩個人無話不談的程度，幾乎再次成為了一個人。

我看著她漸漸復原；當然不是百分之百復原，完全不是這樣，但是以微小且顯著的方式。看到她重新開始下廚令我激動不已。她塗了指甲油，隔天早上抱怨缺了一塊。一天下午，她看著自己鏡中的頭髮，用雙手拎起幾縷髮絲，然後皺起眉頭。那天晚上，她把髮尾修得整整齊齊回家。她聽音樂，看新聞。她照例經常哭個不停，但那些傷心欲絕的時刻已經得到其他美好事物的救贖。

就在這時，情況出現變化。瑪妮彷彿退化了，恢復最初幾個禮拜的一團混亂。她夜不成眠，筋疲力盡，身體不適，食慾不振。每次她打起精神想要做事的時候——即使是簡單煮一餐，烤些麵包，切點水果——都會狂吐好一陣子而宣告放棄。我也只好不再買食物放在公寓裡，省得碰到這種可怕的局面。她總是很餓。疲倦感也越來越嚴重。由於缺乏營養和休息，她完全無法擺脫那奇怪的病徵。

至少當時我們是這麼以為。

一天傍晚時分——我們才剛拉開窗簾，想看看外面正在施放的煙火——我和瑪妮坐在吧檯邊，安靜吃著米飯——各用一人份的加熱料理包，簡單又快速——即使不說話也不覺得尷尬。我們又漸漸習慣一起吃飯，我們的世界緊密相連，不再是各自生活之中的過客，倒像不尋常的一對。

「我的月經好久沒來了。」她說著，把叉子放下擱在碗邊。「我以為只是壓力大，妳知道的，發生了那麼多事。但已經三個月了。」

「一定是壓力的關係。」我說。「還有之前生的小病。妳瘦好多——看看妳——吐成那樣——喔。」

「我得驗一下。」她說。

我清清喉嚨，把變稠的一團米飯拿開，從餐桌前站起來。我走到玄關，拿下掛鉤上的手提包，接著出了門，進電梯，來到大街上。我沿路往前走——沒穿外套的我好冷——進入轉角的商店。

不到十分鐘，我拿著驗孕棒回來。

瑪妮就坐在我離開前的同一個位置上，手肘撐在碗的兩邊，頭靠在上面。

「來。」我說。「去驗驗看吧。」

她默默接過驗孕棒，走進廁所，塑膠袋軟趴趴地掛在她的手腕上。

不用說你也知道，驗出來是兩條線。

我喝得爛醉，直接就著瓶口狂飲龍舌蘭，然後又打開一瓶蘭姆酒，倒在一盎司的烈酒杯裡排成一列。那瓶蘭姆酒放了好久，喝不出任何味道，只剩黏稠的口感。瑪妮——在許多方面早已是個母親——把蘋果汁倒進塑膠小杯子裡，用比較節制的方法麻痺她的恐懼和慌張。凌晨兩點，我們穿著泳衣爬進浴缸，莫名其妙表現得很矜持泡在熱水裡。凌晨三點，我們在麵包上塗滿蜂蜜，慢條斯理吃光了整條吐司。後來，我們陷入了傷心、驚訝、歇斯底里的複雜情緒，又哭又笑直到睡著，不過沒睡太久天就亮了。隔天整個早上，我們的臉幾乎都貼在冰冷的陶瓷馬桶蓋上。

你要知道，沒人希望自己的生活會變得像我們一樣。我成了寡婦，做著沒出息的工作，日子總是不得安寧。瑪妮也成了寡婦，大腹便便，從本來幸福快樂的日子高高跌落。

「我得搬家。」隔天晚上瑪妮說。「我必須好好整頓生活。我需要看醫生，重新開始工作。我需要搬家。」

她當場在餐桌上打電話給她的清潔工。她希望打掃得一塵不染，她說。她希望查爾斯的東西打包裝箱，放進儲藏室——他的牙刷、衣物、任何只要看一眼就知道是他的東西。

幾天後，我們前往那間公寓。我們見到清潔工把一張帶有黑色細節的白色厚地毯鋪在玄關地板上時，都嚇了一大跳。我好奇底下藏了什麼——深色血漬，或光滑地板上的一道刮痕，或只是死亡的氣味——但我忍住掀起地毯一角往底下偷看的衝動。有些查爾斯的東西不見了——掛在門後的外套和本來沿著牆壁整齊排放的鞋子——但仍到處可見他的蹤影。他在書架的那堆書籍裡，在牆上的照片裡，玄關裡他的那把黑色大傘依舊倚在她的傘邊。

「妳確定嗎？」我說，企圖趕上在眾多房間來回穿梭的瑪妮。

她皺起眉頭，開始爬樓梯。

「妳確定妳想住在這裡？」我說。「真的確定嗎？我們可以幫妳找到其他——」

「不用了。」她說著，踏上最頂端的樓梯，轉身面向我。「必須是這裡。在這裡才是對的。我希望這個小傢伙，」——她伸手摸摸肚子——「能對父親至少有一點了解。而且這裡曾是我們的家。這很合理。必須是這裡。」

她看向我的後方。「就是這個位置。」她說。「大概就是這裡，我的腳現在站著的地方，他在這裡吸進最後一口空氣。他的孩子應該知道這樣的事情，妳不覺得嗎？」

你覺得呢？這是你會想要知道的事情嗎？我知道如果我接到電話得知我的父親剛剛過世了，我一定會傷心欲絕。不是因為我想念現在的他：一個拋妻棄子的不忠之徒，而是因為過去的那個他。

在我十歲前，他堅定、穩重、老實且真誠。他總是陪在我們身邊，總是鼓勵我們。儘管發生那些風風雨雨，他不再是個好父親了，但在離家前，他也從不是自私的人。破碎不堪、充滿瑕疵的他，反而決心不會讓自己個性中最糟糕的部分定義他這個人。後來，事情起了變化。那些潛湧在皮膚底下多年的缺點——缺乏耐心、優柔寡斷和反覆無常的個性——開始滲出毛孔。

我會不會想去看看他過世的地方？我想不會。對我而言，當初他拿著行李箱站在大門前、微笑著離開我們時，就已經形同死去。

「展開全新的生活也許比較——」我開口說。

「我想在聖誕節之前搬回來。」瑪妮說。

「那只剩幾個禮拜了——」

「我要辦聖誕派對。」她說。「我要佈置房子，還要煮上一餐——我需要聖誕樹和火雞——我要把派對辦得風風光光。」

「這不是一件小事。」我說。「瑪妮，一下子要做那麼多事，我聽了都快反應不過來，妳更是忙不過來的。」

「我已經決定了。」她說。「妳一定要來，艾瑪也是。我要把這件事搞定。」

「我們要去探望——」

「妳母親。對，我知道。妳們是早上去，對吧？那就中午過後開始。」

「我——」

「我心意已決。」她說著，表情突然嚴肅起來，眼睛睜得老大。「我現在邀請妳和我一起過聖誕節。妳要不要接受邀請是妳的選擇，但我會在聖誕節前住進這裡，我也決定了要辦這場派對。」

我和瑪妮的個性少有相似之處。

她率真、熱情、細心周到且大膽無畏。

我孤僻、冷漠、易怒又膽怯。她是明而我是暗，但我們都極度頑固。我非常清楚有些事情她絕對不會讓步；你無法收買她、賄賂她或輕易把她說服。

「那好。」我說。「我很樂意參加。」

「妳會幫忙我搬回來嗎？」

「當然。」

「好，那我們開始吧。我想幫新床量個尺寸。」

❖

於是我們動手丈量新床的尺寸，記錄下來。雖然她可以在亡夫的公寓裡睡覺，卻無法想像自己睡在他的床上。那天下午她訂購了替代品，一張標準雙人床——「只有我一個人睡而已。」她說——搭配粉紅色的帶釦床頭板——「他絕對不會選粉紅色。」——以及床底的收納——「可以放紗布巾、尿布和其他寶寶可能會需要的東西。」

她在兩週後新床抵達的那一天搬回來。我想幫忙，但總覺得身邊有什麼東西再次被奪走。我幫她打包行李和佔滿我家櫥櫃的廚房用具，幫她把大門後方的鞋子全裝進紙箱。我們一大清早把所有的東西放進一輛計程車，大包小包擱在腳邊和腿上，接下來，她就準備離開我了。

我太小題大作了，我知道。她要離開了我很難過，但我可以合理解釋我的悲傷，因為我同樣高興見到她有明確的目標，日子過得很滿足。我喜歡照顧她，關心她，做她的後盾，但這不是長久的生活方式。

這個世界充斥許多脆弱的人。他們總是依賴他人，需要額外的支持和力量。舉個例子，艾瑪就極度脆弱。但瑪妮不是。幾天前，她又開始工作了——打開手機，上傳影片，分享近況，與她一手打造的這個世界交流。不知怎地，站在踏腳台上的她似乎變得更堅強了。

「妳可以走了。」她說，在我們把所有東西扛到大廳，用手推車一車又一車運到電梯搬進公寓之後。「我想我就從這裡接手吧。」

「可是妳不需要有人幫忙拆箱嗎？」我說。

「不了，謝謝。」她說。不知為什麼，她站在門口——她家的門口——手撐著門框，雙腳筆直踩在木地板上，而我人在走廊，大門的另一端。「我自己可以。」她繼續說，「還是謝了。」

「可是——」

「我明天會打給妳。」她說完，關上大門。

我感到有點生氣又有點替她驕傲。

也有點不好意思。我左看看右看看，但四下沒有其他人，沒人在場目睹我被她趕出來。我盯著約三個月前所坐的那個位置，感覺彷彿是另一個人、另一個時空。接著，我回家了。

事情是這樣的。瑪妮有一個家——正如我們所有人一樣——卻從來沒有給我一種家的感覺。小時候，我相信家是不可動搖、堅不可摧的，是固定不變的東西。我有一個妹妹，她就永遠是我的妹妹，父母也永遠是我的父母。後來，父親離開了我，母親也與我斷絕關係，我才明白我一直都搞錯了。家根本不是固定不變的。但在形塑性格的整個童年時期，我都是這麼以為。直到很久之後，我才發現我需要打造出屬於自己的家。我不曉得我需要成為某個人想要疼愛的人。

但這是瑪妮在很小的時候就學到的課題。她的原生家庭總是來來去去——有時在家，有時不在——完全無法預測。她希望這個家——她的新家庭——能不一樣。她有能力打造這張安全網，建立她理想的家，而這就是她想要的。

27

秋天向來是我的最愛。我喜歡那種即將進入尾聲卻又還沒結束的感覺。我喜歡篝火和緊閉的窗簾、厚重的毛衣和包裹雙腳及保護腳趾頭的柔軟毛靴。我喜歡刺骨的寒風和讓天空變得柔軟的雲朵，以及踏出冷冽的室外和走進溫暖室內的感覺。夏天太熱鬧了，太多期待，太多需要保持快樂、活潑和開朗的壓力。而冬天甚至對我來說都太陰鬱了。

然而，十二月在這座城市一向是個奇怪的月分，是不太遵循曆法的異常現象。只有這個月，市容感覺很不一樣。隨著黑夜最長的日子逐漸到來，整座城市的外觀、氣氛和緩行的路人都變得與眾不同。

有些改變發生得很緩慢，為期好幾個禮拜。建築物之間掛著一串串燈泡，襯著日漸提早降臨的夜幕閃閃發亮。商店櫥窗全面翻新，用聖誕裝飾球、松樹、雪橇和雪景打造出節慶的氣氛。大街小巷上的行人越來越少。到了十二月的最後幾週，一整年坐火車通勤、在人行道上快步前行、在辦公大樓旋轉門進進出出的上班族，那些像我一樣的雇員，會利用國定假日加上特休假，窩在家中的沙發上。觀光客戴著有白絨球的紅帽，拿著購物袋和相機，胸前揹著孩子，開始成群結隊出現，在玩具店裡來來去去，前往在未開發區所打造的臨時溜冰場溜冰，站在手扶梯錯的那一側。然而，即使這樣，觀光客的人數仍不足以彌補缺失，不足以抵消因為待在家中的市民而空了一半的城市。

有些改變則幾乎是瞬間的——忽然間，我們開始對火車上的乘客微笑，在茶水間與同事客氣聊天，詢問他們放假的計畫，誰負責煮大餐，還有天啊，整整兩天和那麼多孩子共處一室，你可不是寡不敵眾嘛。然後，幾乎是在不知不覺間，我們開始向經過的每個人祝賀聖誕快樂——例如在櫃檯總是板著臉、如今在西裝外套上別起聖誕胸針的男人，在電梯裡笑起來和藹許多的主管，每天早上光顧的那間咖啡店店員、收垃圾的清潔隊員、打掃人員和在茶水間清洗馬克杯的女人。城市建築煥然一新，我們都成了比過去更好的人：更閃亮、更開心、更樂觀——成了最好的自己。

我們沒注意到那些失去伴侶、兒女遠在他鄉、雙親離世已久的同事們。我們仍然對坐在路邊那無家可歸的婦人視而不見。她的腳下鋪著破舊的睡袋，一張毛毯披在肩上，冷意滲進她的眼白。我們無法承認在這片歡樂的節慶氣氛中仍存在著悲苦。

在我人生的這個時期，兩者兼而有之。我能賦予歡樂，也能賦予悲傷。我有一個準備籌備午宴的摯友和美麗的妹妹，但也有一個缺席的父親、已逝的丈夫和受失智症折磨的母親。

我想今年我能賦予的歡樂不多；只有悲傷。我甩不掉那種感覺，你懂嗎？情況頻頻惡化，如今仍每況愈下。

如今回想起來，我想這是我最後感到快樂的一年。我在剛過午夜的聖誕節前夕打電話給艾瑪，說好隔天一早去探望母親。儘管沒有大聲承認，但我知道我們都希望盡早過去，速戰速決，剩下的時間就不必一直掛在心上。我知道艾瑪不想去，知道她非常抗拒，我也預期她想盡各種藉口，找到不用去安養院的脫身辦法。我打給她，聽著電話鈴鈴作響，好奇她會不會假裝沒聽見，故意忽視我以逃避母親。

「計畫是什麼？」等艾瑪總算接起電話，我問道。「我們先在火車站碰頭？再一起走過去？」

「她有沒有好一點？妳知道嗎？他們怎麼說？」艾瑪回答。

「他們說她還有點感冒，但我猜待個一小時左右應該沒關係。」

「喔，可是如果她——」

「艾瑪。」我回答。「別這樣。」

「我不知道，珍。」她說著，表現出過分擔憂的誇張語氣。「要是她人不舒服的話……我們又過去找她，帶進那麼多病菌……我們該不該改期？下禮拜再去？」

「艾瑪，她是我們的母親。今天是聖誕節。」

「妳不介意的話，我想我這次就不去了。」艾瑪說。「我在瑪妮家和妳碰頭嘍？大約兩三點的時候？麻煩妳傳地址給我好嗎？」

「艾——」

「謝了，珍。愛妳，聖誕快樂。」

說完，她掛斷電話。

我看著話筒，氣憤不已，但多年來，這段對話已經以各種不同形式發生過很多次了，所以我並不驚訝。

我是覺得艾瑪有權生母親的氣，她在艾瑪過得最慘的那些年幾乎沒有給予她任何支持。但我也很生氣，而且我同樣有權生氣。母親不僅與我斷絕過母女關係，完全把我遺棄，甚至在我的童年時期也大多不聞不問。艾瑪一直是得寵的那一個。但她從沒想過這一點；從沒試著從我的立場看事情。艾瑪總是很焦慮，緊張兮兮，被自己的問題搞得心煩意亂，專注於自己的情緒，這讓她看起來很自私。她之所以能拒絕探視，是因為她知道我不會那麼做。我辦不到，也從未缺席。因為這樣太殘忍了。

但如果是我率先開口說我找不到勇氣去探視她，沒辦法整整一個鐘頭不發脾氣，這次該換她去了呢？萬一我做出了她常做的事情會怎麼樣？萬一我不再當她的後盾，改而要求她支持我會怎麼樣？

我仍不知道這些問題的答案。一輩子都在依賴他人過日子的人，有可能給予支持嗎？我不認為他們辦得到。我想當你願意在另一個人的生活中扮演那樣的角色，就必須接受他們永遠會把自己擺在第一位，這樣的關係是不能逆轉的。他們寧願看你倒下也不會犧牲自己支持你。

❖

我提早抵達，因為計程車司機為了聖誕節一趟能收三倍車資，逮到機會就超速。我最討厭這種感覺：加速的衝擊力、路程的顛簸、那完全任由另一個人控制擺布的感覺。

我走進母親的房間。她坐在床上，穿著一件橘色T恤和左肩微微滑落的亮藍色開襟衫。開襟衫有著荷葉邊衣領，其中一邊的衣領上別著圓形的聖誕別針，圖案是一棵裝飾著七彩球飾的聖誕樹，閃著粉紅色和黃色的微弱光芒。

「早安。」我說著，咧嘴笑著走進門口，來到釘在門框的槲寄生下方。「都還好嗎？」

「很好。」她說。「我很好。」

我把角落的扶手椅拉到她的床邊，在她的旁邊坐下。她剛開始搬來這間安養院時，我雇了一個開小貨車的男人——從貼在郵局窗戶上的名片找到的——把她家的一些東西運過來。那張扶手椅是其中最龐大的物品。儘管當時收到幾位護理師的質疑，但我堅持這是必需品。我同時運來以前擺在家中大雙人床上的四顆枕頭、幾幅畫、流蘇燈罩、一疊書和她的珠寶盒。後來，我私自引進一些小東西，例如印有童年照片的止滑杯墊供她的水壺使用。還有插花用的斑灰色花瓶——前一天我在火車站附近的花店買了一把充滿過節氣氛的花束——和平板電腦，這樣她就能看電影，滑一滑以前的家庭影片，偶爾覺得行有餘力的時候，寄一封電子郵件給我。到了那時，我收到信的頻率越來越低。

如今回頭看當時花了那麼多時間照料她的我，如母親般呵護她——母親兩字可能不是適當的形容詞——卻不意外自己這樣的犧牲奉獻。小時候，我就得爭取關注：我在學校成績優異，獲獎連連，得到老師們諸多表揚；我在家中熱心幫忙，幾乎到了奉承討好的地步——幫忙擺餐具、淨空洗碗機的碗盤、換床單；努力表現得活潑有趣，對家裡帶來正面影響。這些事情——送來裝飾品和每週前來探視——只是近期我為了討好她的例子。

我拿起開襟衫披回她的肩膀，她瞪眼看著我，瞳孔放大。看得出來她服了藥——或許是為了治感冒，或許只是為了讓她情緒穩定——幸好，藥效似乎沖淡了艾瑪沒來的事實，就這樣神不知鬼不覺地矇混過去了。然而，那天儘管吃了藥，她對許多事情仍然相當敏銳，仔細盤問我來這裡的路程，追問著想要知道我下午的計畫。

「妳今天會和瑪妮和查爾斯一起過節嗎？」她問道。

「只有瑪妮。」我回答。

「沒有查爾斯嗎？」她問道，眉心皺成一團。

「沒有。」我說著，把頭歪到一邊。她的表情立刻從困惑變成擔憂，因為這個動作只有在傳達壞消息前才會出現。「我之前跟妳說過了，妳記得嗎？」我嘆口氣。「查爾斯已經死了。」

「他死了？」她很震驚，聲音變高，不敢置信地表情扭曲，與每次聽到這個消息的反應如出一轍。「什麼時候？」

「幾個月前。」

「怎麼死的？」

「他從樓梯上摔下來。妳已經知道了，妳只是不想記住。」

「喔，當然了。」她說。「我當然不想，這太可怕了。」

「我知道。」我說。「我當時在場。」我不知道我為什麼這麼做，因為我之前沒有跟她分享過任何細節，但我想我希望她明白這件憾事不是她的，不許她盜用。「我和瑪妮看到他四肢扭曲躺在樓梯底部。我們發現了他。」

「已經死了？」她說。

「對。」我說。

「他孤零零的死去。」她說這句話時表情哀傷，彷彿這件事特別難受。我才發現我們從沒討論過死亡。「真可怕。」她說。

「這件事發生的時候，我恐怕剛好就在他們的公寓外頭。我在等瑪妮回家。她到圖書館去了。我在那裡待了一個鐘頭，坐在那裡邊看書邊等。」

「妳怕妳本來有辦法做點什麼。」她說道，語氣一半像問問題，一半像陳述事實。

「或許吧。」我說。「我聽到什麼聲音，要是有鑰匙就好了。」

我不知道我為什麼要這麼說。但老實說，我想我知道。我希望她能保護我。我希望她能看透我的內在，發現我破碎的心，然後我希望她能幫忙修補。這不就是母親會做的事嗎？如果她做不到，如果她看不見或補不了那些裂痕，那我希望她覺得我是那種可以救人一命而非奪走性命的人。我希望她覺得如果我有能力做點什麼的話，一定會去幫忙，如果我有機會成為更好的自己，那我一定不會放過。

「鑰匙。」她說。

「我以前身邊有一把。」我說。「他們出門度假時，我去幫他們的植物澆水。但現在沒有了。我還給他們了。」

她點點頭。

「妳記得大衛嗎？」我問道。「住在隔壁的鄰居。以前我們全家外出時，他會幫妳澆水。」

❖

我在剛過兩點的時候抵達瑪妮家。她的公寓人滿為患，瀰漫著不可思議的氣氛，混雜了快樂、悲傷和矯揉造作。玄關放著一棵掛滿銀色小飾品的聖誕樹，一個閃亮亮的天使棲息在樹梢。鹹味餅乾巧妙散落在階梯上作裝飾，一只盤子上堆滿了迷你百果餡餅。歡樂的聖誕歌曲從喇叭流瀉而出，瑪妮在脖子上綁了一條金蔥絲帶。

我有點想拿那條絲帶勒死她。

「珍！」瑪妮見到我在敞開的大門前徘徊，立刻大聲叫道。「妳比我預期中早到。妳媽還好嗎？進來、進來。妳想喝什麼？飲料？紅酒？還是雪利酒？」

我交出一個小禮物袋。我費盡千辛萬苦，企圖找到一個既有情感價值卻不會太高調的禮物；周到些吧，我想。最後，我挑了一組餅乾模具——價格對我來說貴得離譜——是幾年前她在離我們第一間公寓幾分鐘腳程外的一家商店看到的。「太完美了，妳不覺得嗎？」她這樣說過。模具的形狀是成對的乳房，形形色色的胸型和大小應有盡有，另一組模具則是各式各樣的乳頭。我不太明白吸引力何在。

「謝謝。」她說著，沒拆開就放在暖氣片附近的地板上，旁邊還有其他幾個禮物和紅酒袋。「快過來，艾瑪已經到了。我想她在廚房裡。她看起來有點……妳最後一次見到她是什麼時候？妳剛說妳要紅酒嗎？」

「這些人都是誰啊？」我問道。我不認識在場的任何一個人，然而公寓裡起碼擠了二十個人——甚至三十個。

「很不錯，對不對？」瑪妮回答。「很有意思的一群人。那是德瑞克。」她指向一個穿著格子襯衫和印有麋鹿圖案領帶的中年男子。「他住在隔壁第三家。老婆今年初剛過世，癌症。所以我們有很多共同點。那邊是瑪麗和伊恩。」她指向一對看起來至少九十歲的老夫妻。男的正在吃著一塊百果餡餅，但大部分的餡餅都掉落在夾克外套上。女的有一頭精緻白髮，優雅別在一側後披在頸邊。「他們住在一樓。昨天我在大廳碰見就順道邀請了他們。那邊的是潔娜。她是替我做指甲的。還有那是伊索貝兒。她是替我打掃公寓的。妳以前大概見過她。她和她老公已經分居，聖誕節本來要獨自度過。但我心想，不行，這樣不對。所以我請她過來。妳不覺得很貼心嗎？」

「確實很貼心，瑪妮，貼心極了。可是妳確定……？妳感覺怎麼樣？我能做些什麼？」

「一切都在掌控之中。烤箱裡有兩隻火雞正在烤，妳聞到了嗎？很香，對不對？很多小點心也已經出爐了。妳的手機帶在身上嗎？要不要拍點照片？我打算發一篇長文，主題是如何辦一場

『人人歡迎』的聖誕派對。」

「肚子的寶寶怎麼樣？妳有休息嗎？」

「我的肚子真的越來越明顯了，妳看得出來嗎？」她轉到側面。「妳能相信嗎？」

「珍！」艾瑪抓住我的手臂，把我擁入懷裡。「聖誕快樂！妳好嗎？」

她往後退，但我多摟了她一會兒，只是想確定我摟住她的腰之後，掌心果真可以碰到兩側的手肘。這些年來，我沒見過比她現在更糟的樣子了。我退後一步，看一眼她的臉。她的臉頰凹陷，瘦得幾乎可以透過她的皮膚看見她牙齒的形狀。她那纖細的手腕從過大的毛衣底下伸出來，緊身牛仔褲鬆垮垮掛在兩條大腿上。

「那個男的。」她繼續說。「看見了嗎？穿橘紅色襯衫的那一個？他已經跟我聊了二十分鐘左右，但我滿腦子只想快點逃走。我沒惡意，瑪妮。我敢說他是很棒的朋友，但是——」

「穿紅色燈芯絨長褲的那個？」瑪妮問道。

艾瑪點點頭。「頭戴紙帽子的那個。」

「我不曉得他是誰耶。他有沒有說什麼——失陪一下。」她說著，離開廚房過去自我介紹。

「來點百果餡餅嗎？」我端起盤子。

「我已經吃了好幾塊。」艾瑪說著揉揉肚子，彷彿在說她已經吃得太飽。「等等還有火雞呢。」

我們凝視彼此，許多欲言又止的對話在我們之間默默發生。

「妳最近都沒吃東西。」

「我有。」

「妳騙人。」

「我才沒騙人。」

「別對我說謊。」

「妳憑什麼指責我說謊？」

或是：

「妳最近都沒吃東西。」

「我不餓。」

「妳一定餓壞了。吃點東西吧。」

「別管我。」

或是：

「妳的氣色很糟。」

「去妳的。」

「我是認真的。妳上次吃東西是什麼時候？」

「不干妳的事。」

這些話都無須說出口。

「什麼都別說。」反之她這麼說。

我點點頭。「我能幫什麼忙嗎？」我問道。

「不必了。」她回答。「媽還好嗎？」

「她很好。」我說。「有點累，但狀態好多了。」

「她生氣了嗎？生我的氣。因為我沒過去？」

我想說媽很生氣，覺得很失望，甚至有被拋棄的感覺，這樣好女兒就成了我。我也想說媽沒注意到，這樣被遺忘的、被拋到失智深淵的女兒就成了艾瑪。但兩者皆是愚蠢的謊言，因為我們都知道我從未是最得寵、最讓人難忘的那個女兒。

「沒有。」我說。「她沒事。」

艾瑪點點頭，鬆了口氣。「嗯，我想這算很大的進展。沒過去真的很對不起。我……我就是辦不到。」

「我們聊點別的吧。」我說。我好奇其他的家庭有沒有那麼多禁忌，那麼多不能說的話。

「這是她的毛衣嗎？」我問道。

「沒錯！」艾瑪咧嘴一笑。「妳還記得嗎？這件毛衣每次都讓我想到那年聖誕節前夕老爸打扮成聖誕老人偷偷溜進我們的房間，結果跌進玩具箱裡，發出超級大的噪音把我們都吵醒了，最後全家人進了急診室。」

「我記得。」我回答。

「我們穿著睡衣，媽就穿著這件毛衣，候診室其他人要不是喝醉了，就是也受了傷。妳記得嗎？還有那個被膠帶台割傷手的男人？」

「還有那個半夜給我們糖吃的護士。」

「她的頭髮是粉紅色的。」

「對！」

「在那之後我一直打算染粉紅色的頭髮。」

「那就去染啊。」我說。

「也許我真的會去。」艾瑪回答。

「沒事。」瑪妮說著，重新加入談話。「搞了半天我確實認識他。他在查爾斯辦公室的收發室工作。總之，危機解除。我去看看那些火雞。妳們不是要拍照嗎？」

那天有諸多感傷的時刻。始作俑者來自於壁爐上擺在一起的兩幅相框，那是他們度蜜月時拍的快照。掛在聖誕樹上刻著「新婚快樂、聖誕快樂」的裝飾球也叫人感傷。我猜那肯定是他們收到的結婚禮物。誰知道他們的婚姻撐不過一年？感傷化作鬼魂坐在我們所有人身邊：在我和瑪妮身邊，也在其他賓客身邊——飄散、流連——他們同樣隨身拽著他們失去的摯愛。

但那天也有歡樂時光，而且還不少。我照吩咐行事，忽略所有無法解決的事情，把注意力放在美食、閒聊和傍晚玩的遊戲，各種各樣的陌生人大聲喊著答案，與隊友擊掌。我玩比手畫腳的時候贏了，真不曉得怎麼贏的。玩拼字遊戲的時候輸了。伊恩拼出三組八個字母的單字，最後獲得的分數超過了五百分。我和艾瑪玩凱納斯特紙牌的時候大贏潔娜和伊索貝兒。

到了七點，大多數的客人都陸續離去。瑪妮已經脫掉圍裙，坐在沙發上，手臂擱在她微凸的肚皮上。

「我該——」

「很快整理一下？」瑪妮說。

我們的友誼可說是建立在「很快整理一下」這句話上。中學一年級的時候——也就是我們成為朋友的第一年——我們的級任導師卡萊兒對於整潔已經到了狂熱的地步。事後看來，她顯然是罹患了非常嚴重的強迫症。那個時候，我們以為她只是潔癖狂，但一如既往，真相在當下向來不明顯。

多數上午——通常不止一次——她會堅持要全班「很快整理一下」。這表示把外套和毛衣掛回教室後面的掛鉤上，後背包整齊擺到座位底下，教科書放回抽屜，馬尾鬆了重新綁好，手腕上不得有髮圈，衣領不得歪斜，鞋帶必須繫緊，衣袖不得捲起，以及其他數不盡的無謂要求。

我們總是乖乖照辦，但這句話很快成了口頭禪，成了定義兩人關係的一個笑話，最開始與彼此分享的許多事情之一，是我們的父母、手足、別班同學和校外學生所完全無法理解的。

瑪妮和艾瑪背靠著背看了兩部聖誕節的電影，就像我們小時候一樣，舒服依偎著彼此。我穿梭在公寓裡，把髒碗盤放進洗碗機，把杯碗瓢盆清乾淨，擦拭流理台，直到一切再次變得井然有序，我也能和她們一起窩進毛毯底下。我記得那間公寓儘管安靜，卻感覺很吵鬧。洗碗機嗡嗡作響，牆內的某個地方不停滴滴答答。這些聲音沿著踢腳板傳到樓上，我調高電視的音量把聲音蓋掉。

第三部電影的片頭照亮客廳牆面之際，我感覺到手機貼著大腿在震動。我拿出手機——不確定自己有何期待，但我想我很好奇會不會是父親傳來的意外訊息——反之卻發現是瓦萊麗寄來的電子郵件。

標題寫著：請讀；勿刪。

我覺得可疑，卻也充滿好奇。我們很久沒聽到瓦萊麗的消息：自從她發表第二篇文章後就音訊全無。我最初的焦慮感隨著這段期間逐漸消失。我把她的沉默當作是她已經金盆洗手。然而，在一年之中最私密的這幾天，在這屬於親友和家庭的日子，她又出現了，寄了一封電子郵件給她幾乎不認識的陌生人。

我已經不再頻繁在網路上追蹤她，只是偶爾沿著她的行蹤在腦海繪製她的一天。我看見她出席了一場表演會但沒有上台演出，是她現在一週起碼會去上兩堂課的舞團舉辦的。她也替報紙寫了幾篇聖誕節的文章：期間限定的溜冰場何時人潮最多，某個過氣名人何時幫商店街舉行點燈儀式，還有一篇頗有深度的文章，探討無家可歸的人和孤單過節的人。但我不再天天追蹤她去了城裡的哪些地方，或研究她的每個打卡地點。看樣子，即使我懶得理她，她還是死纏著我們不放。

我打開郵件，用毛毯蓋住明亮的螢幕。她說她知道她的第一個故事不完全正確；說她一見到瑪妮，就不得不忍痛承認她誤解了她的猜測。她說她不會重蹈覆轍，並祝我聖誕快樂。「可是，」——她說——「我也不認為妳的說法，妳的故事版本完全正確。」她說她的拼圖仍不完整，這無庸置疑，但她找到的數量已經足以讓她知道還有更多內幕、更多秘密、更多要說的故事。她鼓勵我回應，填補那些空白，說出我的真相。因為她保證，她終究會找到答案。

我刪除郵件，把手機塞進兩個沙發座墊的縫隙中。我又感覺到了：那急遽萌生的恐懼、內心重新燃起的恐慌。

但就在這時，瑪妮突然一陣慌張，披在她肩上的毛毯滑落，她的手一下子捧住肚子。「我剛剛好像感覺到什麼。」她說。「我想我感覺到了什麼。」

「什麼？」艾瑪說。「妳感覺到什麼？」

「我不知道。是寶寶嗎？感覺好像蝴蝶，像肚子裡有一隻蝴蝶。」

「我摸摸看。」艾瑪說著，拿開瑪妮的手，用她的雙手包住那塊位置。「沒有，我什麼也感覺不到。」

「現在停了。」

「喔。」艾瑪說著，失望地抽回她的手。「下次早點告訴我。」她說。「也讓我感覺一下。」

接下來的幾個月，我看著瑪妮的肚子越來越大，在她的體內膨脹、伸展，直到像一顆塞在衣服底下的大球。我看著她的改變有如翻書一般，一頁接著一頁，一週接著一週，同時我們又恢復了舊有的習慣，每週五共用晚餐。看著這個女人逐步變成一位母親感覺既美妙又奇怪——我初識她的時候，她還是一個小女孩。在這個過程的每個階段，我都在保護著她。起初是保護她不受父母的傷害；接著是她的男朋友、她的老闆，然後是她卑劣的丈夫。

最後，一如既往，直到今日我都在保護她不受真相的傷害。

❖

那天晚上我和艾瑪在那裡過夜。我們睡在同一張床上，彷彿又回到小時候一起睡在露營車上的時光。隔天吃早餐時，艾瑪問起瓦萊麗。瑪妮解釋她們只見過一次，說是她無意中促成了第二篇文章，一切都是她的錯，又說當初我是對的：我們只需要保持耐心就行了。我假借拆床單的名義先行離開，因為宿醉讓我無法駕馭那段對話。後來，正當我們離去前，艾瑪低頭看向樓梯底部的那張地毯說：「喔，看哪。這裡就是她放妳老公一個人死去的地方。」然後她翻了個白眼。她的黑色幽默邪惡不羈，讓人很不舒服，但瑪妮大笑出聲，因為她的直白而忍俊不禁。我也努力擠出微笑，參與這個笑話。

但那時我知道一切仍可能功虧一簣，真相仍可能找到我。真相一直沒走遠，一直在附近，從未完全歸屬過去。

28

每天早晨天色朦朧，下午同樣昏暗無光，夜裡更是一片漆黑。氣溫已經冷得足以下雪，天空瀰漫髒髒的白色。樹木光禿，只見枝椏，彷彿隨時會斷，空氣乾燥冷冽。我的皮膚乾得不得了，經常發癢，皮屑掉在寢具、浴巾上，每晚換衣服的時候，也在衣服裡發現。

月初起，我就一直在加班，替那些到了月中孩子開學後才能返工的同事代班。而多數的資深員工要等到月底才會回來，因為年初是前往加勒比海和東南亞的最佳時機。

每天早上來到辦公桌前，我都會重讀一遍瓦萊麗的電子郵件，然後在腦中模擬該如何回覆。我斟酌用字，準備好一份客套有禮的版本，希望她能退後一步，找別的故事去，然後是另一份憤怒惡毒的版本挑釁她。但上班時間開始後，我就會故意著手其他比較容易解決的問題來讓自己分心。

這聽起來很荒謬，我知道，但我總感覺她在暗中觀察我。我有時會看見她，起碼我認為我看見了：在我的公寓外頭；在我的辦公大樓裡；有時候是隔著地鐵車廂的塑膠窗，或在月台上，或隔壁車廂。我到處可見頂著俐落短髮的女人，往周遭一瞄總是可以看見頸背上的黑色刺青。

我發現自己在腦中重播他死亡的畫面。我並不是對那些腎上腺素升高、殷殷期盼、如釋重負的感覺念念不忘，而是務實地思索她有一天可能會找到的線索。現場沒有指紋，沒有目擊證人，沒有任何可疑之處，甚至連屍體也沒有了，只剩地底深處逐漸腐爛的骨骸。

我一下子充滿信心，深信她什麼都找不到，最後肯定會宣告放棄，但一下子又陷入無以復加的恐慌，就這樣擺盪在兩種情緒之間。但我必須承認我的恐懼開始加深，越來越相信她會找到那條遺漏的線索，揭發我涉案的事實。

我在月底回覆了她的郵件。那天是星期五。我本來應該去瑪妮家，但她在星期一打電話給我，說她受邀參加一間新餐廳的開幕活動，我們這禮拜能不能暫停一次。我在公司待到很晚，工作完成後——統統都完成了，甚至包括在待辦清單上擱了好幾個月的工作——我回覆她的郵件。

「抱歉花了那麼久時間才回覆。」我寫道。「不過很感謝妳能認錯道歉。」

你覺得怎麼樣？太諂媚了嗎？我希望她喜歡我。

「我擔心妳對我們有點太執著了。」我繼續說。「我們真的不值得浪費妳的時間。」

她的狂熱顯然不只是紙上談兵。

「再找也找不到什麼的。」我寫道。「我丈夫死於一場不幸的車禍事故，查爾斯也是同樣的情況。他是我摯友的丈夫，但我想妳已經知道了。這是極其可怕的巧合，但真的就只是巧合。我預料事到如今，回覆這封信已經沒有必要了。」

我不這麼認為。

「我相信妳的調查已經把妳帶到這個結論，所以我接下來要說的話可能也是白說，但是如果妳能就此打住，別再調查我們，寫些關於我們的事，我會非常感激。因為我們真的需要想辦法繼續把日子過下去。」

我按下傳送的幾秒鐘內她就回覆了。

「我們見個面吧。」她的訊息上寫著。

「不了，謝謝。」我說。

「我有樣東西，妳一定會有興趣看看。」

「我想這不太可能。」我回覆。「不過妳可以先跟我說是什麼事，我再告訴妳我有沒有興趣。」

我環顧空無一人的辦公室。現在時間將近九點，其他人早在幾個小時前就離開了。我稍微搖晃手機，彷彿這麼做可以把下一則訊息甩出來，但我的收件匣仍是空的。我用拇指對著手機螢幕往下滑，一再更新我的信箱。我在公司廚房的水槽裡清洗馬克杯的時候，把手機擺在流理台上。我替電腦關機的時候把手機拿在手中。我穿好外套後，把關掉的手機再次打開，彷彿手機通過衣袖的瞬間可能有訊息傳來。我離開大樓走向地鐵站的時候，依舊把手機抱在胸前。

那晚，我躺在床上，手機就擺在旁邊的枕頭上，音量開到最大。每傳來一條訊息我就嚇得半死：深夜自動傳來的最新客訴紀錄，零售商未經許可蒐集我的個人資料所傳來的電子郵件，隔天的最新旅遊情報。

但我再也沒收到瓦萊麗的回音。

我等啊等，後來想必是睡著了，因為過了一陣子，我手機上的鬧鐘就響了起來；是時候起床去探望母親了。我一如往常走進浴室沖澡，梳洗準備。想當然耳，訊息就是在這個時候回傳過來。

十分鐘後我回到房間時，發現那封訊息。我的一條浴巾圍在身上，另一條浴巾像繃帶包住頭髮。讀郵件時，努力不讓頭動來動去。

「前一個禮拜發生了一件事。」她寫道。「我不知道是什麼事，但半夜十二點妳的鄰居（她們似乎是一群有趣的女孩）準備出門玩樂的時候，剛好見到妳回來。她們說妳渾身濕透，看起來好像在哭。大家都知道妳每週五都會去瑪妮和查爾斯的家。她們說妳通常在十一點左右回到家。所以那個禮拜發生了什麼事？」

「沒什麼。」我大聲說。接著又說：「該死。」

我知道我必須回覆，因為默不作聲可能會遭到曲解。但我不知道該寫什麼，因為承認那天發生爭執就等於給了自己一個犯罪動機。而且我害怕的不只是她的郵件內容，而是她獲得情報的方法，她所謂的證據。原來她一直在我的大樓流連，一直在我公寓的外頭徘徊，一直在和我的鄰居對話。

我坐在床上，包在頭上的浴巾掉了下來，濕髮沿著後背冷冷滴著水。

「哭？」我寫道。「沒有啊。但我確實濕透了，所以看起來可能在哭吧。那天晚上我從他們的公寓走路回家，所以比較晚到家，也比平常濕了些，但僅止於此。」

我按下傳送。

你不應該這樣盯著我看，你知道嗎？這樣很沒禮貌。難道你不曉得有些人真的喜歡在雨中散步嗎？他們覺得煥然一新，覺得這樣接近大自然有種心曠神怡的感覺。

她沒有回覆。

我重讀她前一天的訊息，點選其中一封郵件下方的簽名欄所附的連結，立刻又被帶到她的網站。網站上，再次用紅色粗體字寫著的，是下面那句話：

更多精采內幕，敬請期待。

29

二月來了又去，我再也沒有收到瓦萊麗的消息，她的網站也沒有更新。我在公司仍忙得不見天日，即使到了日光節約期間，還是見不到白天。那個月除了瑪妮外，我幾乎沒見任何人。她如常為我下廚，聊起她懷孕的事：身體有哪些感覺——撐大的肚皮、疼痛和拉傷——也聊心裡的感覺——肩負另一個生命的重擔。

「少了他在這裡感覺好奇怪。」每次我們見到對方時她總會說。「我可以感覺到他在這棟大樓裡。我有時候可以聞到他的味道：他的鬍後水，還有一股帶點霉味的濃濃男人味，總是讓我想起他。」

「但現在最重要的是關注未來。」她會這樣說。她會告訴我一些新的工作機會：廠商最近寄了底座有吸盤可以吸住餐桌的幼兒學習碗，她考慮在網站上開闢兒童食譜區作為回饋。「我不能一直沉浸在悲傷中。」她說了不止一次。「我必須為了我和寶寶打造新的生活。」

她常常聊到幾年後的事，接下來會怎麼樣，以及少了他的生活可能會是什麼樣貌。有時候，她似乎忘了提到我。我覺得讓自己重新進入故事裡彷彿成了我的責任。

「我可以過來在這裡住一陣子。」我說。

「喔，妳人真好。」她回答。「但我想應該沒有必要。」

「我隨時可以過來。」我說。「幫得上忙的我盡量幫。」

「沒問題。」她說。「不過我想我們前幾週可能需要清靜一下。」

我很肯定到時候她會改變主意。我展望過有了孩子之後的日子，知道瑪妮在各方面仍是我生活的重心。我看見我們一起坐在咖啡廳裡，推著嬰兒車在公園散步，輪流抱著寶寶。我很肯定她會需要我。因為人人都說照顧新生兒非常累人，得靠整個村子的人才撐得住，又說有親朋好友住在附近非常重要。

我壓根兒沒想到在她人生的下一個階段，我可能不是最適合的朋友。

❖

我每天工作繁忙。我招募了五名新人，三男兩女。生意以倍數增長，每週訂單越來越多，新的零售商採用我們的平台，一股慌張不安的感覺久久揮之不去，因為我們的系統、員工、體制都證明了公司組織太小，無法跟上這樣的發展速度。

我坐在客服部門一張會議桌最前方的位置。我的桌子叫「珊蒂」。顯然女性的名字讓人覺得比較舒服自在，所以大樓裡的每個工作站——從卸貨區到八樓的辦公室——都分配了女性化的稱呼。怪的是，沒有珍這個名字。我想總裁可能比較喜歡淑女一點的選擇，以「蒂」或「靜」結尾的名字。

我的新員工坐在「珊蒂」兩側的長椅上。兩名五十多歲的女人，最近雙雙離婚，急需一份穩定的薪水。兩個剛畢業的年輕男子希望快速賺到一筆錢，填飽口袋，環遊世界，在正式上班前的空檔年衝浪、潛水、滑雪和誘拐十八歲的天真少女。年紀最大的男人大概四十出頭，名字叫彼得。他在銀行工作了十幾年，領六位數的年薪和數字相當的分紅，直到兩年前發生了那件事。當時他坐在城內一棟紅磚建築物的寬敞角落辦公室裡，忽然間，他的心跳開始加快，彷彿要在胸腔爆炸了。他覺得肺部積滿了水，心臟緊貼肋骨劇烈得砰砰作響，雙眼在眼窩裡腫脹。他死抓著胸口，呼吸越來越淺薄，直到最後失去意識。

經過一連串的測試檢查和掃描後，院方告訴他體檢結果沒有大礙，各方面都很正常。隔天他回到工作崗位，那天下午，他的心臟又彷彿要爆炸。翌日，同樣的情形再度發生。再隔一天仍舊如此。最後彼得乾脆不上班了，只是待在家中。他的醫生診斷出是壓力的緣故——「好像生病一樣」，他在面試的時候說道，「也是一種心理狀態」——然後幫他開了假條。這總算遏止了他的恐慌症，卻進而引發了嚴重的憂鬱症。

他是那麼誠實。他說他等了整整一年，才終於鼓起勇氣參加在郊區一間連棟小屋的狹小房間裡所舉辦的十二堂諮詢課。他努力把注意力放在俗氣的壁紙上和那些瞬間靜止的手繪藍鳥，或他坐的那張皮椅發出的嘎吱聲，或治療師人中的白色細毛和懸在她雙肩上方的耳環。但她比他智高一籌，他發現自己有點不情願地說出了真相：幾十年前他深埋心中的那些秘密，以及他對生活和人們及許多事情真正的想法（即便那些想法照理來說不是一個人該有的想法）。

我出於本能立刻被他吸引。他具備所有適合的技能——與客戶溝通應對，數據處理——他說他希望從頭開始學習，以比較慎重的方式慢慢向上升遷。他對自己的每次失敗侃侃而談，彷彿事不關己似的。而且他不僅對自己誠實，對身為陌生人的我一樣實話實說，同時我還是他的面試官。我完全無法理解。為什麼他會選擇誠實以對？

那時候，我絕對不會料到有這一刻：我一邊說著實話，一邊詳述說謊時的心境。

彼得是五名新員工裡面我最喜歡的一個。他也是最能幹的。他天生善於解決問題。顧客似乎都很喜歡他。電腦也喜歡他，電腦作業通常是這份工作最有挑戰性的部分。有他在場的時候，我快樂得多，工作做得更好，也更有效率，充滿動力和信心。我很慶幸我雇用了他。

三月的最後一天——雇用新員工的六週後——我在剛過八點抵達辦公室，打開收件匣，發現老闆在七點半寄來一封電子郵件，要我盡速前往他的辦公室，因為他有件重要的事需要和我討論。

我轉身回到電梯前，與十幾個人一起擠進去，每個人都穿著俐落的窄裙套裝和細條紋外套準備前往高樓層。我的運動鞋踩在打亮的磁磚地上吱吱作響。他們在五樓、六樓、七樓紛紛走出電梯外的時候，我發現他們在看我，好奇我去八樓到底要做什麼。我想他們也在猜我準備要被開除了。

我老闆的辦公室有一面從一側延伸到另一側的大玻璃窗，能俯瞰整座城市。他坐在辦公桌前，領帶隨意掛在脖子上，眼底掛著黑眼圈，臉色蠟黃，心中彷彿沒有半點熱情。大門是開的，但我還是在他的名牌下方敲了敲。鄧肯・布林。客服部協理。

他抽了一下，抬頭一看。「珍。」他說。「進來，請坐。需要點什麼嗎？咖啡？」

我搖搖頭。

「妳早到了。不過我不訝異。我聽過不少對妳的讚賞。」

我感覺到肩膀放鬆下來，腸胃不再糾結，身體慢慢沉進那張過矮的扶手椅，其實那只是一張普通的辦公椅偽裝成比較高級的扶手椅罷了。就在這時，椅子突然兀自轉了起來。我連忙使勁踩住地板，把自己穩住。

「事實上，我不僅聽到許多讚賞，也親眼看到許多優異的成果。妳明白我在說什麼嗎？我想妳應該明白。我們的主要職責是接電話，但我們也很了解客戶在想什麼——這對我們是好事——所以沒什麼好驚訝的。這方面沒有太多可以改進的地方。但我們能做的——這也是妳正在做的——是降低客戶二次回電客訴的比例，只因他們不滿意客服的初次回覆。除此之外，妳根據妳的團隊所蒐集的數據資料改善作業流程，大幅降低了來電客訴的人數。以整體訂單來說，我們今年第一季比起去年同期少了三分之一的來電量。挺厲害的，對吧？這都是妳團隊的功勞，妳的工作成果，妳那些新進員工的努力。公司希望加以表揚。別那麼害怕。這是好消息。我們想要替妳升職。」

他把手伸進抽屜，把一張信封滑過桌面。封面用小小的黑色大寫字母印上了我的名字。

「詳細內容都寫在裡面，但大意是公司希望妳成為我們客服部的資深經理。我們希望妳參與公司策略，鑽研市場數字，繼續做妳正在做的事——把團隊訓練起來——再更進一步把團隊擴大。妳辦得到嗎？」

我點點頭。我根本沒有機會插嘴，就算可以也不知道要說什麼。

「那好，把這個帶走，看一下妳滿不滿意，然後簽名，拿到人資那裡去。即刻生效。做得好，珍。我們要找的就是妳這種積極能幹的人。現在回去工作吧。樓下還有很多事要忙呢。」

我不打算假裝這次的會面一點都不荒唐。鄧肯．布林說好聽點就是個奇怪的人。他說話的時候只用簡短的句子，習慣用吼的，而且總是伴隨著一連串讓人摸不著頭緒的手勢。但奇怪歸奇怪，感覺挺棒的。

這裡是我有影響力的地方。這裡是我的付出受到認可的地方。我對某些人是有意義的。我回到座位上，把升職的事告訴我的新團隊。彼得趁午餐時間外出，從麵包店帶了一只棕色紙袋回來。

「這是慶功鬆糕。」他說。「給妳的，恭喜。」

30

我真恨不得這一天到此告一段落，卻事與願違。

我和彼得加班到很晚。我為了新的軟體系統已經忙了幾個月，再過幾個禮拜就要上線。另外四人在五點至六點之間陸續下班，奔回父母或孩子身邊，去見酒吧的朋友或觀賞國家電視台播放的最新球賽。但彼得沒有在家等候他的人——他的妻子在他罹患憂鬱症期間離開了他——而我家也一樣沒人等著我。

「妳很笨。」彼得說著，從螢幕上方抬起頭。

「什麼？」我回答，以為自己聽錯了。

「妳很笨，珍。」他重複一遍。

我嚇了一跳，但並沒有生氣。我在許多事情方面都懷疑自己是個笨蛋。我相信彼得是聰明人，我也等不及要聽他有什麼話要說。我希望能轉移一下注意力。

他露出微笑，朝掛在門口上方那只白色大鐘的方向點點頭。時間剛過午夜。

「懂了嗎？」他說。

我搖搖頭。

「愚人節到了。」他咧嘴一笑，我覺得很失望，同時也覺得自己很傻，竟然覺得失望，但又覺得他的黑色幽默頗有魅力。

「喔，好極了。」我說。「儘管同樣的話也能用在你身上。我們都在公司裡待太久了，外頭肯定有別的事情可做。」

我們對望了一會兒，感覺很好。在所有狗屁倒灶的鳥事似乎都一一浮上檯面的情況下，總算有件好事發生。那麼久以來，我的付出頭一次受到認可，此外，還有個不討厭我的人願意開我玩笑。我以為這一年的夏天可能沒想像中那麼糟；或許我值得快樂，適合活潑開朗的人生。但好景不常。難道你沒發現向來都是如此嗎？

因為就在這時，我的手機響了。我們同時在座位上坐直身子，飽受驚訝，不僅是因為噪音本身，也因為聲音在大半夜傳來，聽起來令人發慌，那刺耳的鈴鈴聲，宏亮又尖銳。

「我接個電話。」我說著，把手機湊到耳邊。「喂？」

「我想找一位名叫珍・布萊克的女士。」女人的聲音斷斷續續，她的談吐優雅，語氣正式。

「但我一直……我與很多人通過電話，但都不是珍・布萊克女士。我……？妳是不是……？」

「我是珍。」我說。我轉動椅子背對彼得。「妳找對人了。」接著我用類似她的語氣加上一句：「很抱歉造成妳的不便。」

「我的名字是莉莉安・布朗。我是一名護理師，從聖湯瑪士醫院打來的。院方這裡的家屬登記寫著妳是……」她低頭查看筆記本的短暫停頓彷彿一輩子那麼久，徒有翻閱的沙沙聲和手指劃過頁面尋找正確名字的嘶嘶聲。「艾瑪・巴克斯特的親人，對嗎？」

我突然覺得透不過氣。「對，我是她姊姊。怎麼了嗎？她是不是……？發生什麼事？」

「她昏倒了。以她的狀況來說算恢復得不錯，但我們確實有些顧慮。不知道妳能不能過來一趟？她剛剛到院。但她很堅持她不要留在這裡，我們恐怕還沒有立場幫她辦出院。」

「我立刻過去，大概半小時之後到。請妳告訴她我會過去。」

「謝謝妳，布萊克女士。非常感謝。」

電話掛斷。

「我得走了。」我對彼得說。

我本來打算最後一個離開，負責熄燈，但我沒時間等他關掉電腦，走進廁所洗他的馬克杯。

我抬頭看一眼天花板。「離開的時候，可以麻煩你關燈嗎？」我問道。

「沒問題。」他說。「希望一切安好。」

我點點頭，拿走椅背上的外套。

「謝謝。」我回答。

❖

醫院很寧靜。白牆、磁磚地板和熟悉的消毒水味給人一種圖書館的印象，我們沿著走廊安靜地拖著腳前行，只剩腳步聲和大衣衣袖摩擦身體的沙沙聲。

我幾乎是用氣音諮詢櫃檯，櫃檯要我前往三樓的觀察病房區。我跟著指示牌走，把注意力集中在相框內的照片上，那些綻著微笑的癌症病童、揮著手的老太太和抱著新生兒的母親，藉此脫離自己正在醫院的現實。

我去過許多不同的醫院探望艾瑪，我走進觀察病房區，櫃檯的護理師正在講電話，忙著取消隔天早上的轉院手續，因為病人忽然必須接受手術，短期內無法離開。

我在旁徘徊，等她掛斷電話，卻又希望她繼續講下去，拖延接下來必不可免的場面。

「輪到妳了，親愛的。」她終於說道。「妳來這裡找誰？」

「我妹妹。」我說。「艾瑪．巴克斯特。」

「二號病房。」她回答。「穿過這幾扇門就是了。」

「謝謝。」我說，但她早已轉身回到電腦前和成堆的文件旁邊。

二號病房有六張病床和五名病人，房內不停傳來穩定的雜音：微弱的打呼聲、斷斷續續的嗶嗶聲、電視裡低沉的說話聲。兩位老太太正在睡覺，棉被蓋到下巴，床單塞在她們虛弱的身軀底下。還有一名比較年輕的女人，三十到四十歲左右，一條腿吊在病床上方，面前放著一台預付電視。有一張病床是空的，沒有寢具，也沒有多餘的椅子或輪椅。另一張病床藏了起來，藍色簾子後方傳來輕柔的喘息聲，而斜對角離窗戶最近的位置，是我的妹妹。

她沒有馬上注意到我。她正在滑手機，背後的燈在她的臉上投射出泛藍的白光，襯托出她的骨架：擱在眼窩裡的那雙大眼睛，那凹陷的雙頰，頸部凸出的鎖骨。握著電話的手指看起來太修長，指節狀如球根，手腕的骨頭緊緊貼著肌膚。

我緩緩吐氣，揪在一起的腸胃發出聲響，彷彿企圖自行解開。

艾瑪抬頭一看，揚起微笑。「妳來了。」她說著，把手機放到桌上。

「我當然會來。」我回答，把一張木椅拉到她的床邊坐下。「發生什麼事？」

「我昏倒了。」她說。我肯定不小心翻了個白眼或挑了眉毛，因為她皺起眉頭，戒心變得很重。「真的。」她堅持道。「就這樣而已。醫院的人全是小題大作。還有那名護理師，我記得叫布朗吧——是她打電話給妳的嗎？——她一直管東管西的。」

「她大概只是對她的工作很在行罷了。」

「她真的很在行的話，現在早就送我回家了。」

「有人打電話叫救護車嗎？」

「有。」

「所以肯定不只是昏倒那麼簡單，否則在救護車抵達之前妳早就沒事了。」

「喔，珍，別說了。拜託別這樣。」

「他們顯然很擔心妳。」我說。「不然妳不會還待在這裡。」

「他們不必這樣。」艾瑪回答。

我嘆口氣，握住她的雙手，希望她信賴我，對我說實話，像幾週前的彼得一樣自信且開放。

「他們在擔心什麼？」我問道。

「我的心臟。」她回答，不好意思地別開臉。我想把她擁入懷中，向她保證一切都會沒事，告訴她不必躲著我，因為我明白不是每個人都能成為理想中的自己。

「沒事的。」我卻只是這樣低聲說。「我們會找到解決的辦法。」

她回頭看我，眼眶滿是淚水。

「我想很難。」她說。「我永遠都沒辦法，」——她皺起臉，幾乎是厭惡的表情——「變得健康。」

「可是——」

「別說了。」她繼續說。「我永遠不會是那種人。我已經這樣超過十年了。」她躲進棉被底下，轉頭面向窗戶。「這個病就快殺死我了。」她說。「妳知道，我也知道。這是唯一的結局。」

「好了，艾瑪。」我說。「快別這麼說。這不是真的。總有戰勝病魔的方法。妳比誰都清楚。看看妳；妳一直以來都在這麼做。」雖然我知道這句話對於某些人可能是真的，但對艾瑪而言永遠是天方夜譚。她說得對：我知道，我已經知道很多年了。

艾瑪向來堅強不屈，但到了某個時刻，我們也越來越清楚她病得很重，即使端出狀況最好的她也永遠都不夠。她開始在只有病人居住的邊緣地帶生活，其他人難以到達的地方。她過著倒數計時的日子，腦海深處有個時鐘滴答作響，估量她的鬥志。我們都很清楚，她的鬥志越來越薄弱了。

「妳可以的。」我堅持道。「妳很堅強。」

「我是很堅強。」她回答。「但我也病得很厲害，這兩者並不衝突。我不會放棄，就算知道人生快到盡頭了，我也會勇敢面對。」

「我知道。」我說。「這些我都知道。我只是──」

「我的情況越來越糟了。」她說。「妳看得出來，對吧？妳看著我的時候，表情透露了一切。掌控權已經不在我手裡了；病魔徹底征服了我。」

「我們可以找到另一種不一樣的正常生活。」我說。如今回頭一想，我知道當時的我幾乎是在苦苦央求。

「妳不明白。」她說。「而且這不是妳的錯；我不期望妳能明白。但這個病主宰了我。這就是我。」

「妳錯了。」我說。「妳遠遠不只這樣。」

就在這時，她的眼角湧出淚水，當時我想她肯定傷心透頂，但也許她只是覺得氣餒，因為沒人能了解她，加上一個她自己也無法理解的病而心灰意冷。

「不是。」她回答。「那是妳對我的期望，但我不是那個人。也許曾經是吧，也許，但再也不是了。還記得妳第一次遇見強納生的時候是什麼樣子嗎？」

「艾瑪──」

「不，閉嘴，讓我說完。妳記得嗎？因為我記得。妳完全被他給迷倒，開口閉口都是他，滿腦子八成也是他。就是這樣，這就是墜入愛河的模樣，強烈得無法阻擋。這個病也是一樣。」

「不。」我說。「妳剛才描述的聽起來既可怕又悲慘。愛是很美好的，嗯。等著瞧吧。妳總有一天會懂的。」

她放聲大笑，我卻想哭。「我可不這麼想。」她說。「我想我早就錯過那些人生大事了。現在人生道路的盡頭只剩下一件大事在等著我。」

我想把她搖醒，搖掉她那愚蠢的想法。我想把手伸進她的內心深處，拉出那隻惡魔。我知道我救不了她，但我也知道在某個時刻我本來一定有辦法的。我知道本來一定有什麼方法在她的骨頭變得殘破易碎，肌肉開始萎縮，心臟漸漸停止跳動前，阻止這一切。我肯定在沿途中的某個地方辜負了她，導致這樣的結局。

我們聽見腳步聲慢慢走近，於是突然安靜下來。一名護理師出現在床尾。

「布萊克女士？」她說。「我是莉莉安。我們先前講過電話。艾瑪，手續都已經完成了，妳準備好的話隨時可以回家。」

「可是——」我開口想說話。

「我已經辦出院了。」艾瑪說。「他們沒辦法幫我什麼忙。」

我企圖說服她留在醫院，她拒絕了。我企圖說服她到復健中心待上幾個禮拜，她也拒絕了。我企圖說服她跟我住一陣子，她還是拒絕了。

我搭計程車送她回家，帶她上床睡覺。

我害怕這可能是我最後一次見到她，但我實在筋疲力盡，有點反應過頭，更重要的是，大錯特錯。

❖

我恨不得這一天到此告一段落，卻仍然事與願違。

我的手機就放在枕頭旁邊，以免她半夜需要我。就在我睡意朦朧、快要睡著的時候，手機發出震動。我的手立刻彈起來，像磁鐵一樣被吸過去。

手機沒響——震動很快停止——但郵件圖示上出現一個紅圈圈。我打開信箱，她的名字映入眼簾：瓦萊麗・桑茲。

「妳在他們的公寓住了一整個禮拜。」她的郵件上寫道。

她就寫了那麼一句，其他什麼也沒說。我把枕頭推向床頭板，坐起來企圖理解她的意思。

她說對了，想當然耳。她幾乎每次都是對的。

查爾斯曾經請我在他們外出度假時幫植物澆水，我如實照做了。只是我也不請自來地在他們家住了快一個禮拜。

對於那件事她知道多少？

她又打算拿來做什麼？

有件事慢慢撥雲見日，開始變得明朗。那就是只有在友情受到威脅時，我才會出現恐懼。對於遭到警方逮捕吃上牢飯的可能性，我沒那麼擔心，因為沒有目擊證人、沒有動機，也沒有理由質疑早已白紙黑字寫下的報告。但我逐漸意識到從我的謊言鬆脫的線頭，只要一拉，就會危害到我和瑪妮之間的友情。

問題是，那些線頭似乎就是瓦萊麗最感興趣的。她鐵了心想看見我們四分五裂。

第六個謊言

31

查爾斯已經逝世超過六個月，這是我這些年來第一次睡不好。小時候，我雖然不容易睡著，但一睡就睡得很熟，通常在我抓著手電筒躲在棉被底下熬夜看書後睡著——但整個青少年時期，我幾乎都很難入睡。我整晚翻動枕頭，調整睡姿，替水杯加水。我知道強納生在旁邊的時候我睡得最好。

有時候很難相信一個簡單的動作能發揮那麼大的功效，他那麼容易就死了，死亡竟是如此唾手可得。我發現自己時常回想那個時刻，以不同的方式重述那段故事，慢慢發展出我的角色，但從不覺得可怕。老實說，我覺得挺療癒的。知道自己在人生的過程中擁有些許力量有一種安心感。

因此，我再次體會到，為了維持掌控權，採取行動是有必要的。當時，我不可能清楚表達這個感覺，但我總覺得自己的情緒越來越慌亂。那段穩定的時期只是暫時的——就短短幾個月——後來情況又開始變得時好時壞。

❖

現在是四月中的一個星期五，瑪妮分娩的日子，而我簡直累壞了。前一天晚上十一點半，我被準備出門的鄰居打斷睡眠——那永無止境的咯咯笑，酒瓶互相碰撞的鏗鏘聲，企圖壓低音量卻仍響亮如雷的喃喃低語——後來又在剛過凌晨三點的時候返回公寓。我在不同夢境之間跳來跳去：一下子夢到艾瑪，一下子是瑪妮，然後是查爾斯。

大學畢業後，大概有十年的時間，我再也沒有夢見艾瑪的屍體。然而，那幅景象又回來了，比過往更嚇人、更真實，而且是神不知鬼不覺地從完全不相關的夢境裡出現。我夢到我正在工作——上百通電話同時響起，卻沒有足夠的員工去接電話，等了超過幾個鐘頭，被叫到八樓那間窗明几淨的辦公室——總之，就是常見的那種令人焦慮的夢境，譬如全身赤裸站在一群人面前或牙齒突然掉光。接著說時遲那時快，我會在文具櫃或牙醫診所裡發現她沒了生命跡象的屍體，就這樣擠在一個角落，四肢僵硬，眼神失去生氣。然後我會瞬間驚醒，喘著大氣，渾身是汗地在冰冷又濕潤的棉被裡顫抖。

查爾斯出其不意地出現在我的夢裡也是常見的事。他會坐在我辦公室的另一張辦公桌前或牙醫診所的高腳椅上，要嘛穿西裝打領帶，要嘛穿著條紋睡褲和大學運動衫。他很少直接與我互動或對話；他只是站在那裡，現身在一場惡夢的角落，看著事情一一發生。我想知道我是不是對自己的行為難以忘懷，他出現在我的夢裡是不是意味著某種根深蒂固的內疚或罪惡感開始萌芽。但事實上，他的出現從未讓我覺得困擾。他只不過是站在那裡，跟在我真實生活裡的他天差地遠。

瑪妮在我惡夢做到一半的時候打電話過來。我困在衣櫃的鏡子裡，眼睜睜看著艾瑪的屍體在毛毯堆中腐爛。我能聽見割草機在外頭某處隆隆作響，貼著草地轟天震地，聲音不斷迴盪，引擎發出低鳴，直到我終於用力睜開雙眼。

我的手機在旁邊的床頭櫃上震個不停，一直震到櫃子邊緣，咚一聲掉到地上，但仍插著充電器。我在地板東摸西找，好不容易找到時，手機還沒掛斷。

「喂？」我說。我的聲音哽在喉嚨裡，發出的聲音又粗又啞。我用力一咳，清除卡了整夜的痰。

「珍？」

那是女人的聲音，但我認不出來是誰。她說起話來上氣不接下氣，語氣感覺很急迫。

我開始心跳加快。

我立刻知道那不是艾瑪——我對她太熟悉了；那不是她的聲音，而且她絕對不會沉默那麼久——但這有可能是她的一個朋友，或其他護理師，或母親的安養院打來的。

「正是在下。」我用了一種沒必要的正式說法回應。

話筒傳來急促的吸氣聲。「請……等一下。」然後是很大的吐氣聲。「好——謝天謝地——結束了。我——」

「請問是哪位？」我插嘴道。

「喔，是我。」那聲音說。「抱歉——說等於沒說。我是瑪妮。珍，是我。」

這簡直不合理。現在外面天都還沒亮。

「瑪妮？」我問道。「怎麼……？妳為什麼打電話來？現在還是三更半夜耶？」

「現在不是三更半夜。」她說。「現在已經快六點了。我以為妳已經起床。」

「怎麼了？」我問道。「出了什麼事嗎？」

我們曾經住在一起很多年，所以彼此日常生活的細節已經深植腦海，沒有所謂的秘密或未知。要我在某天早上醒來，過一天她的生活簡直輕而易舉：喝她平常喝的茶，去她平常去的健身房運動，用她平常用的沐浴乳，模仿她的聲音說話，學她的遣詞用句：簡單來說就是變成她。要她過一天我的生活，對她也不成問題。她很了解我的作息和習慣。她也很清楚我從來不曾在早上六點之前出門上班。

「聽著。」她開口說道。「現在沒必要慌張。我只是……我想可能已經開始了，妳知道的，生寶寶的事。不曉得妳能不能過來一趟。我想趁妳上班前見妳一面。我確定還有一點時間，但我一直感覺到挺強烈的陣痛。我凌晨三點左右就起床了。陣痛來來去去，妳知道的，這很正常，但我就是無法埋頭繼續睡。我一直等著要打電話給妳——就像我剛剛說的——我想妳到現在可能起床了。」

「妳什麼時候要我過去？」我問道。

話筒另一頭沉默了很久。

「妳要我現在就過去嗎？」我問道。「我可以收些行李在身上，到妳家再沖澡。」

「好。」瑪妮回答。「可以的話麻煩妳了。」

她告訴我她愛我，真的很愛我。這非常罕見，老實說，完全不像她的作風。我們不是——從來不是——這種類型的友誼。我們不用誠摯的方式公開說愛或做一些永恆的承諾。說不定這就是我們失敗的原因。但不管怎樣，在我眼中這表示了她真的非常害怕，她真的需要我。

我喜歡這種被需要的感覺，尤其是被瑪妮需要。我覺得我彷彿沿著一張蜘蛛網的絲線往後退回我們過去的位置，只有我們兩人的時候，而我們是最好的朋友，沒有任何因素讓這個簡單的事實變得複雜。

我穿上毛衣和牛仔褲，扯掉插座上的充電器，丟進手提包。那是我在強納生死前那一年為他買的聖誕禮物。我從房間角落的椅子上那疊乾淨衣物中拿了幾樣東西——內衣、備用T恤、一條小毛巾——跟著打包起來。我從浴室匆匆拿了盥洗用具包，把牙刷塞進前面的小袋子，也在裡面找到其他各式用品——洗髮精試用包、缺了齒梳的梳子、一堆塑膠包裝五彩繽紛的衛生棉條和蓋緣佈滿黑色結塊的睫毛膏——我拉起拉鍊，一併丟進手提包。

我兩步併作一步衝下樓梯，呼吸越來越急促的同時，聞到自己的口臭味。我不到半小時就抵達瑪妮家，滿身大汗，臉頰通紅。但她一開門，我就很慶幸能見到她頓時鬆一口氣的表情。

一名男子從我們身邊經過，他穿著西裝、打著動物圖案的領帶，頭髮仍是濕的，一只公事包在手上晃來晃去。他想必看到我滿臉通紅、氣喘吁吁的模樣，還有瑪妮，挺著一個大肚子，穿著粉紅色及膝睡袍站在門邊。他很快別過頭，喃喃說了一聲：「早安。」

「早安。」瑪妮顫抖著說。

他消失在轉角處時，瑪妮立刻伸出雙手抓住門框。

「喔，又來了。」她喃喃地說。

她頻頻往後退，雙手抱著肚子。

公寓亂成一團。我看見客廳的電視開著，廚房的收音機音量調高，音樂沿著樓梯傳下來。玄關散落一堆衣物：掛在樓梯扶手的開襟衫，堆在角落的圍巾，掛在牆上的大衣夾克氾濫成災。四面八方盡是滿滿的東西：印有茶漬的馬克杯和空水杯面朝廚房的方向，吃剩的餅乾和糖果包裝紙及未開封的洋芋片在客廳到處都是，嬰兒的紗布衣和連身衣及迷你小襪子散落在樓梯上。

我本來訝異的表情轉變成大大的笑容。

「妳就快生了。」我用一種吟唱的方式說道，跳了一段奇怪的舞蹈，一邊互換兩腳的重心，一邊拍手卻沒有真的把掌心分開。

瑪妮發出呻吟。

「沒事。」我說。「沒事的。是陣痛。」

「真要命。」她嘶聲說著，像鴨子一樣搖搖擺擺走回客廳。

我看著她走開，兩腳呈現外八，雙手按著腰椎，突然一陣激動。我努力提醒自己這一切完全正常，全世界每一天每一分鐘都有女人生孩子。但感覺就是遠遠與正常扯不上邊。我們還是孩子的時候初識彼此，後來長大成了年輕女子，然後嫁作人妻，但她要做母親了？那重要的程度令人覺得不敢置信。

瑪妮尖叫一聲。

我連忙追過去。

她在一顆巨大的藍色充氣球上坐下來。

「好。」我說。「當然了，對了。深呼吸。就是這樣。吸氣、吐氣、吸氣。然後——」

「妳在開玩笑嗎？」她說。「別這樣，安靜。」

「好吧，好。」我說。「我在這裡等妳。」

我在沙發邊緣坐下，手提包擱在兩腿之間。她使勁上下晃動，噘起嘴拚命吐氣。最後，她往後躺，把胸口和肚子向上舒展開來，然後嘆了口氣。她開始輕輕上下晃動，把她那頗有分量的體重一下抬起一下放低。

「我們是不是應該——」

「去醫院？」她說。「不，還不行，不過陣痛時間越來越長了。妳還好嗎？真抱歉，那麼早把妳吵醒。只是，」——她向四周的混亂大手一揮——「一切有點亂了套。」

瑪妮討厭雜亂無章；她就是無法忍受。說也奇怪，這是少數我們意見一致的事情。我們做事的方法非常不同，在南轅北轍的情況下才能表現出最好的自己。我喜歡安靜或細微的呢喃聲。她喜歡收音機、音樂或電視，最好三個都有。我內向含蓄，需要獨處和自己的空間。她則是典型的外向人，個性自信開朗，能夠與別人侃侃而談，出色應對他人的看法，以及那些讓我很快就心力交瘁的交際互動。

我已經說過了對吧？她是明而我是暗，但雜亂無章讓我們都落得英雄無用武之地。

我想她大概有辦法忍受疼痛不適和生產本身的恐懼——如今我好奇她做那些事情的時候是否真的需要我在場——但她就是無法在一片混亂之中正常做事。

「看得出來。」我說。「怎麼回事？」

「我知道。」她說。「這裡簡直像戰場，我想說盡量順其自然，吃該吃的東西，專注在陣痛上，後來我想乾脆打掃一下好了，妳知道，做準備什麼的，結果一切變得有點失控。呃，這個嘛，」——她伸手在頭頂繞了一圈——「就搞成這副德性了。」

「了解。」我說。

我知道她希望我替她做什麼。我知道她需要什麼。我向來知道。她也向來知道，無論她想要什麼，我一定會達成：毫無疑問，沒有怨言。

「要不妳好好待在這裡。」我說。「我很快整理一下？」

瑪妮露出微笑，即使在這個緊要關頭，在人生另一個階段的開始，仍能出現「很快整理一下」的時機，感覺很好。我想這件事的發生，讓我誤以為一切終究不會改變，沒理由因為這重大的一刻而感到不知所措，一切都會沒事的。

瑪妮坐在生產球上上下晃動，我腳步輕快地從一個房間走到另一個房間，把衣物收拾歸位，把垃圾丟進垃圾桶，然後把我見過最古怪、最迷你、最清香的毯子統統摺好。我打開窗戶，這天是今年初春數一數二晴朗的日子——我沒穿外套就來了——吹進公寓的微風令人心曠神怡。等公寓恢復整潔後，我很快沖了個澡，替我們泡茶——她的那杯加了很多牛奶，我的只加了一丁點——在沙發上坐下看起二十四小時的新聞台，一邊牽著她的手。

「妳能打電話給我媽嗎？」她問道。

我沒料到她會這麼說。「什麼？」我回答。「為什麼？」

「也許她會想在場呢？她起碼會想知道發生什麼事吧。」

「好。」我說。「妳確定嗎？」

她點點頭。

「那好吧。」我走進玄關，在那裡徘徊。我整理掛鉤上的外套，把一片羽絨踢進踢腳板底下的縫隙，然後打電話給她母親。聽到她沒接，我頓時鬆了一口氣。我留了一段簡短含糊的留言，八成聽不太清楚，幾分鐘後再回到瑪妮身邊。

❖

到了下午，瑪妮的陣痛頻率提高到每三分鐘一次，於是我叫了計程車載我們前往醫院。她換上一件輕薄的夏日洋裝。她說她太熱太難受，穿不了其他衣服。我們一起坐在後座，車子駛過顛簸的緩衝區時，她發出悶哼聲，雙眼緊閉，彷彿一片漆黑能讓疼痛好受一點。

我們抵達醫院，她拖著腳走過大廳，進入電梯。來到產房時，我簡直嚇了一跳。這裡的裝潢和一般醫院大同小異——白牆、磁磚地和消毒水的味道——但又有點不一樣。或許是燈光或員工臉上的笑容或顏色柔和的制服，但感覺起來沒那麼嚇人。

我們早先在走廊上穿梭時，沿途經過好多病人；如鬼魅般的老婦人躺在病床上看起來好嬌小，在走廊上被推來推去的。然而這裡的病人，個個鼓脹飽滿，渾身是汗，充滿生機——是真的塞了生命在肚子裡。

一位穿著藍白短上衣的助產士面露微笑帶我們來到隔壁的房間。

「來吧，親愛的。」她說。「讓自己舒服點，我五分鐘後再回來看妳。」

瑪妮握住床框，左右搖晃。她的兩頰鼓脹，再次閉上雙眼。

「妳會留下來嗎？」她小聲說。「一直待到寶寶出世為止？」

「當然了。」我說。「我當然會留下來。」

不然我還能去哪裡呢？

❖

奧黛麗．格雷利—史密斯在四月二十四日晚上的七點十分誕生。她嬌小、脾氣大、一張紅通通的臉頰和堅定緊閉的雙眼，力道差不多有如她緊握的粉拳。她有一頭稀疏的金髮和高高噘起的粉紅小嘴，膝蓋手肘和指關節佈滿皺褶。

瑪妮把她的小女兒緊緊抱在胸前，心情既開心又慌張。她一下子堅持寶寶可能會生病，一下子說她可能會把寶寶掉在地上，然後突然間又對著鬧哄哄的病房大吼：「這裡是誰負責的？」

我伸手過去放在她的手背上。「是妳。」我不想嚇她，但這難道不是事實嗎？「現在由妳負責了。」

「喔，該死。」她回答，接著不知所措地咧嘴一笑。「這可真令人擔心，不是嗎？」然後她開始啜泣。

我噓了一聲讓她安靜下來，輕輕撥開她側臉的頭髮。

「我媽在哪裡？」她問道。「她在路上了嗎？」她抬頭看我。

「我不知道。」我說。我不認為她母親有資格在場目睹如此重要的時刻。

「妳有打電話給她，對吧？」她問道。

「有。」我回答。

「真的？」她說。

「真的。」我說。

「她說她會過來嗎？」

「她沒說。」我說。「她沒有接電話。我有留言，我猜她大概已經聽到了。我不想讓妳擔心。我以為她會直接趕來醫院。可是我看……要我現在打給她嗎？讓她知道這個好消息？」

「不用了。」瑪妮說。「沒有必要。」

這正是我希望她會說的話。因為這一刻應該留給這孩子一生中最重要的那些人。

32

瑪妮留在醫院過夜，於是我獨自回家。我坐在計程車上，穿梭在城市僻巷裡的時候，忍不住思索光是這一天就改變了多少事，像這樣的日子肯定天天發生在不同的人身上。這些重大日子就是定義人生的關鍵時刻：喜獲某人的時候，失去某人的時候。一想到那些新的可能，我那一刻的生活樣貌，那為我而存在的新生兒，不禁感到一陣狂喜。

我一大清早離開家，窗簾也沒拉開，所以等我回到公寓時，屋內一片漆黑。我立刻注意到室內電話閃爍的紅色按鈕，一則留言在等著我。我沿著牆壁摸黑尋找電燈開關。

幾個禮拜前，我把電話線插回插座上，發現裡面存了一則又一則的留言。我聽了幾則：那些聲音彷彿從另一個世界傳來的，在寶寶還沒出生的幾個月前留下的。但後來，那些留言開始問問題——關於強納生的、關於查爾斯的——於是我全數刪除。

我按下一閃一閃的三角形按鈕。

「一則——新留言。」一個女性的機器語音說。「時間於——今天——下午——十點——二十三分。」

「喂？」另一個女性的聲音說，不過是人類的聲音。那聲音在玄關迴盪，碰到牆面反彈，拉長了「喂」的尾音。「我猜妳可能想知道，」她說著，語氣低沉，有點沙啞。「我已經把整件事深入調查了一遍：妳說過的話、發生過的事。我也找到一些線索。我就知道事有蹊蹺——我知道一定有——我總有一天會成功。我會找到真相。」

她說話含糊不清，有氣無力，音調拖得很長，字全部黏在一起，彷彿喝酒喝了一整天。我看了手錶一眼，時間將近十一點。

「總之，」她說。「我知道妳在那裡待了超過一個小時。我讀過警方報告：妳說妳在等人。妳知道嗎？公寓樓下的鄰居說她好像聽到有人在大叫。那天稍早的時候，她說，反正就是大叫聲。我心想這就怪了，因為他是當場死亡的，對吧？不可能有時間大叫。所以情況是否沒那麼單純？妳待在那裡的那段時間。為什麼要在別人家待那麼久？前一個星期也是，淋雨走路回家而已嗎？我可不這麼想。肯定發生了什麼事，對不對？我們都心知肚明，不必費心回電了。」

「您——沒有——新留言。」機器語音說道，單調又呆板。

我整個下午愉快的心情像酸掉的牛奶瞬間變壞。

那位鄰居聽到了什麼？我走進廚房，打開水龍頭，水打在我的手上冰冰涼涼的。

是誰住在公寓樓下？

我脫下外套，掛在吧檯底下的高腳椅背上。

他跌下來之後的那幾個小時很吵鬧嗎？我打開收音機，轉大音量。房間頓時瀰漫我聽都沒聽過的歌曲和旋律。

這個說詞將動搖他的死亡時間。

我打開電視。幾個月前遙控器弄丟了，所以我用螢幕旁邊的按鈕增加音量。

我坐在沙發上，內心的恐慌開始膨脹。我感覺胸口緊繃，呼吸急促。她越來越近了；我幾乎感覺到她就在我的正後方，挑弄我頸背的毛髮，輕撫我雙肩的衣服。我緊張不安，身體因為從狂喜墜至恐懼而抗議著，彷彿有什麼埋在心底。為了逐出那種感覺，我忍不住對著家中的那片喧囂——水聲、音樂、電視的說話聲——放聲大喊。

叫完，我靜靜坐著。

我感覺好多了：清爽、明快；也輕盈多了。

我站起來，關掉水龍頭，關掉收音機，關掉電視，然後坐回沙發上。

我必須集中精神。

我告訴自己要保持鎮定。

所以確實有人聽到了什麼。

情況不太妙。

但或許不到世界末日的地步。

因為只要是曾經與其他人比鄰而居的人都知道鄰居是很吵的，大多非常吵鬧。而那種數十間公寓擠在一棟宅邸的住宅，對我而言總是太過稠密。我們都聽得見嬰兒的哭啼聲，母親句句的輕柔安撫，以及放音樂的聲音和晚宴的狂歡笑鬧，洗衣機貼著地面拚命震動，還有甩門聲，沉重的腳步聲，鬧鐘或電話的鈴聲。我們都聽得見越演越烈的辱罵聲，一般常見的那些不滿和委屈，像

「你都不聽我說」和「還不是因為你每天唸個沒完」和「你能不能至少站在我的立場想一下」。

不可能有人會聽見他大叫，但這不打緊。沒有確切證據說他不是當場身亡的。一個男人跌倒的大叫聲，也很有可能是孩子在玩耍時的尖叫聲或正在發脾氣的青少年。他沮喪的嘶吼聲，這些憤怒的時刻，也可能是一對關係緊張的夫妻在爭吵，結婚結得太早又拖得太久的緣故。

這些發現全都毫無新意，不值一提。

她發現的那些細微證據都不足以影響任何改變，頂多算間接證據，警方八成會認為無關緊要。於是，我慢慢平息恐慌不安的情緒，一點一滴慢慢拆解，再依序拋諸腦後。

但更大的問題是她那股鍥而不捨的精神，這件事顯然需要解決，暫時無法輕易拆解。我需要擺脫她，想辦法讓她閉嘴。我必須確保她不會——也不能——進一步找到任何證據威脅我的友誼。

我在廚房裡翻箱倒櫃想找些東西吃。今天忙了一整天，我覺得有些疲憊，額頭後方不知道哪裡隱隱作痛。我在一只紙袋底下找到幾片麵包，挑掉發霉的地方拿去烤——四片統統丟下去。我在麵包上塗了厚厚一層黃色奶油，看著它融化成半透明的質地。一切都在掌控之中；我可以的。我在每片麵包擠上蜂蜜，拿著麵包左傾右倒，讓蜂蜜在表面均勻分布。麵包上濃郁的金黃蜂蜜和棕色烤痕，讓我想起了瑪妮。

我帶著麵包到床上，小心翼翼地吃著，注意不要掉屑。我傳了一封簡訊給彼得，解釋我沒進公司的原因，他幾乎馬上就回覆了，對我說恭喜。這讓我很興奮，重新燃起一絲喜悅，知道我也值得收到恭喜。

我把燈關掉，就著手機的藍光滑動螢幕，看瓦萊麗的最新照片。她上傳了一張她和室友在一間熱鬧餐廳裡拿著雞尾酒的照片，另一張是她家陽台後方的落日照。還有一部她和另外五個人圍成一圈跳舞的精采影片。影片下方的說明文字寫著他們正在為今年夏天的表演做準備。

我為隔天早晨設好鬧鐘，告訴自己要快樂、要勇敢、要無所畏懼。因為我要找到方法終結這件事。

33

隔天一早我回到醫院，期待見到瑪妮，期待見到奧黛麗。我在婦產科的入口處說要探望她們，對方便為我指路，告訴我病房在另一側走廊的盡頭。我遵從指示走到七號床，發現病床被一張輕薄的藍色窗簾遮住了。我找到窗簾上的縫隙，稍微拉開，朝著開口說話。

「有人嗎？」我說。

「請進。」她回答。

瑪妮坐在床上，毯子纏在腳邊，紅髮盤在頭頂上。她穿著醫院的淡藍色病人服，看起來美極了；皮膚吹彈可破，眼睛炯炯有神。

「早安。」我說著，在床尾坐下，床墊跟著下沉。

「瞧瞧是誰來看我們啦？」瑪妮唱道，聲音高亢刺耳，目光不是看著我，而是看著趴在胸前的寶寶。她把奧黛麗轉過來面向我，讓我看看她那張小臉蛋的睡痕，她的嘴巴張張合合。「這是誰呀？」瑪妮尖聲說。

「奧黛麗早安。」我說。

「妳好，珍阿姨。」瑪妮說著，聲音仍舊高昂。

「睡得還好嗎？」我問道。

「沒什麼睡。」她說。「不過沒關係；都沒有關係。」

她微微一笑，把寶寶放回自己的身上，從頭到尾扶著她的頭，卻能優雅地幫她轉身。

「妳感覺怎麼樣？」我問道。

「普普通通。」她回答。「有點痛，不過很正常。而且我很開心，我感覺很好。」

「這個小傢伙還好嗎？」我問著伸長了手，讓指尖在寶寶前方幾公分處徘徊。

「她完美極了。」瑪妮回答。

「我知道。」我說。

「喔，對了。」她說。「趁我忘記前，我有件事要告訴妳，挺奇怪的一件事：我收到那個記者的一則留言。妳記得她嗎？之前那一個？她昨晚留的。」

我好奇那一刻我的表情是什麼樣子。我知道我的手在面前愣住不動。我感覺到喉嚨裡的膽汁開始往上湧，一時之間想要乾嘔。我不得不把乾嘔變得像在打嗝，免得看起來可疑。

「妳聽到她的消息？」我問道。

「她給我留了一則留言。」瑪妮回答。

「她也給我留了一則。」我說。

病房突然間冷到不行，開襟衫底下的寒毛豎了起來。我緊咬著牙，唯恐牙齒打顫。但瑪妮沒發現到我的變化，她的注意力集中在奧黛麗身上，她的白色棉帽一直滑落蓋住眼睛。

「她想幹什麼？」我問道。我覺得噁心想吐，不僅是心理上的，生理上也出現反胃感，一直滲透到肌肉和骨髓，彷彿海浪一般，隨著體內細胞一層一層湧上來。

「我不知道。」她回答，仍企圖把帽子戴在奧黛麗的頭上。

「什麼意思？」我問道。

「妳懂的。」她說。「我不太喜歡去想到她。她不是好人，而現在我的生活有很多美好的事物。我不需要讓她入侵我的大腦。」

「妳有回電給她嗎？」我問道。

她抬頭看我。「我一直到今天早上才發現有那則留言。」她說。「其實我本來以為是我媽，否則我想我根本不會去聽。」

「然後呢？」我繼續追問。

瑪妮拿掉奧黛麗頭上的帽子，握在手中。「她的頭太小了。」她說。

「瑪妮。」我激動地說。「妳能不能看看我？她說了什麼？留言裡說了什麼？她發現了什麼事嗎？她是不是還在調查我們？」

「天啊，珍。」她拿起棉帽朝我丟過來。帽子飛過半空，掉落在我們之間的藍色床單上。

「怎麼？」我問道。「難道妳不想知道她是不是又要拿我們來寫些什麼了？上次之後，我再也不想出現在那該死的網站上了。妳想嗎？難道妳完全不在乎嗎？」

「妳得冷靜點。」她說。「這裡是醫院。話又說回來，妳何必那麼在乎？就算有記者在調查我們又怎樣？她喜歡浪費時間是她家的事。反正她什麼也找不到，我們何必管她如何打發時間？」

奧黛麗開始哭了起來。

「喔，不、不、不。」瑪妮說。「別這樣，來吧。」瑪妮把奧黛麗舉高，她的身體仍縮成一團，就在這時，一切終於講得通了。

那則留言無論說了什麼都無關緊要，內容沒有聳動的秘密、沒有證據、沒有未完待續的事件。因為如果有的話，這段對話從一開始就會大不相同。因為瑪妮從來不是那種保守秘密的人。她不是會讓怒氣在心中不斷累積擴散、最後一發不可收拾的那種人。如果有事要說，她早就說了。

但我太沉浸於自身的恐慌當中。我無意間在一片風平浪靜下製造了一場風暴，漫不經心洩漏自己的恐懼。我本來以為這個情緒會反映在瑪妮身上。但她不明白那些文章或留言或一直遭到干涉有什麼值得害怕的理由。我傻傻以為我們仍同步知道所有的事，擁有共同的感受，我們之間的裂痕已經很快癒合了，但這當然不是事實；再也不會是事實了。

我必須慢慢淡出這個話題，掩飾我的焦慮，因為她會被我的反應嚇到完全合情合理。

「她沒事吧？」我問道。

這個隔著簾子的小空間平靜安詳，與接下來可能被她發現的真相形成可怕的對比，讓人心神不寧。

「應該沒事。」瑪妮說著，再次把奧黛麗抱緊。她從帆布包裡撈出另外一頂與嬰兒連身衣和滾邊短襪塞在一起的小帽子，把帽子戴到奧黛麗的頭上，密實地擱在眉毛上方。

「對不起。」我說。「而且妳說得對。我們不要理她就成了。她總有一天會停手的。」

「沒錯。」瑪妮回答。

另一名助產士前來查看奧黛麗，測她的聽力，再量一次她的體重，然後正式宣布她已經可以出院，進入外面的世界。她年紀稍長，溫柔又面帶微笑，身形微胖但充滿自信。她突然現身打擾，我感激不盡。

「妳要怎麼回家？」她問道，目光在我們三人之間打轉。

「我會叫一輛計程車。」我回答。「我應該現在就叫嗎？」

「妳們有汽車座椅嗎？」她問道。

我朝整齊擺在病房後方的汽座仰了仰頭。

「好極了。」她說。「妳們準備好就可以出院了。」她搔搔奧黛麗的腳趾頭。「妳真是個幸運的小丫頭，有兩個那麼漂亮的媽咪帶妳回家。」

我沒有糾正她。

❖

「珍，我可以問妳一件事嗎？」我們在醫院外頭等計程車的時候瑪妮說。儘管陽光普照，穿著夏日洋裝的她卻在發抖。

「當然。」我回答。

已經繫在汽座上的奧黛麗裹在一堆毯子裡，開始哭哭啼啼，接著打了個噴嚏。

「妳看起來不太對勁。」她說。「什麼事讓妳不開心嗎？」

「我沒事。」我說。

「是因為那個記者嗎？」她問道。「那則留言？」

一輛救護車在醫院大門前停下來，警笛仍尖聲作響。

「珍。」她氣呼呼地說。

「什麼？」我問道。「妳說什麼？」

警笛靜止。救護車後方降下一張輪床，匆匆推進醫院大樓，旁邊跟著兩名綠衣服的醫護人員和一名身穿藍衣的醫師。

「妳還在因為那個記者不開心嗎？」

「可能吧。」我說。

瑪妮嘆口氣。「我懂。但真要說的話，我的感覺更糟。她騙了我。我們見面那一次，我以為她人很好。她其實很親切，而且非常漂亮。她看起來那麼善良有同情心。我真的以為我能信任她。但原來全是演戲，所以我們現在知道了：我們得到了教訓。我知道得忍受那些指控有多痛苦——別忘了，我知道那種感覺——但她已經不再重要。」

我點點頭，假裝理解她的意思，假裝她說得有道理，假裝我也是因為不實的指控而惴惴不安。

「還是我說錯了？」瑪妮問道。「是因為她說了什麼嗎？她留言的內容？問題出在那裡嗎？」

我搖搖頭。

「她跟妳說了什麼？」瑪妮堅持問道。

我停頓片刻，思索一個安全的答案。「我想她對妳說的應該和對我說的是同一件事吧。」我回答。

「我只聽了開頭的部分。」她說。「我一得知留言的人是誰就刪掉了。不過到底是什麼事？她說了什麼？」

一股如釋重負的安心感湧遍全身。當初沒有慌張果然是對的。她現在知道的情況跟之前差不了太多，但就在這時，暫時解脫的感覺被似有若無的恐懼取代。因為這表示瓦萊麗並不是留了一則無關緊要的留言，說了一些不值得關注的話，這本來是我的希望所在。我只是因為運氣好。要是瑪妮當初沒有刪除留言，誰知道她現在可能得知哪些真相？

「珍？」她問道。

「她打來道歉的。」我說。

事實是——我簡直不好意思說——我不由自主捏造了一則虛構的留言，完全不加思索，就像其他謊言一樣輕輕鬆鬆對這個謊言加以渲染。

「她說她一直過得不順利，她前夫最近再婚，所以她才對工作太過投入。她說她對自己造成的傷害感到很抱歉，希望我們可以原諒她。」

這是第六個謊言。

我會說謊都是為了相同的理由，但是這個謊言感覺不一樣，因為它沒能解決問題，只是按下暫停鍵。瓦萊麗來找過瑪妮，就會再來找她。

採取行動的壓力已經刻不容緩，我必須趕快處理這件事。

「喔。」瑪妮凝視著我說。「真奇怪。她最開頭的留言聽起來挺焦慮的。我想想她說了什麼……？」

「這不重要——」我開口說。

「我知道。」她說。「可是現在我很在意。她說了一件立刻就把我給惹毛的事情，妳知道嗎？所以我馬上知道是她，然後就不想聽下去了。因為我確定內容一定帶有敵意，充滿各種荒謬的謊言。但老實說，我當時沒心情聽。可是……喔，我想不起來。」

「我覺得她喝了不少酒。」我回答。

「可能吧。」她說。「不過我敢說不只如此。」

她知道了嗎？她在懷疑我嗎？我看不出來。但我想可能性不高。因為這名記者是個不穩定的存在，她跟蹤我們，騷擾我們，在網路上發表居心不良的謊言。而我是她可靠的朋友：穩重、永恆、值得信賴。要是我們互相對峙，我知道我對哪一邊的話有信心。即便如此，我仍感覺到那似有若無的疑慮，因為她過去從沒那麼快和我出現分歧。

「對。」一輛計程車在我們面前停下時她說。「肯定是這樣。」

❖

我把奧黛麗的汽車座椅固定好，和她們一起坐車回家，然後拿著她的東西——尿布、毯子、備用衣物——搭電梯上公寓。我在門前徘徊，看瑪妮拿著鑰匙奮力對門鎖又戳又刮，最後終於把門打開。

公寓正是我們離開前的模樣：除了客廳中央的那顆藍色瑜伽球外，一切都井井有條，玄關乾淨整潔，黑白兩色的方形小地毯不偏不倚鋪在樓梯底部。

我站在那裡，兩手的行李提在腳邊。瑪妮轉向我，然後她說：「到這裡就行了。」

就這樣，我被請了出去。

再一次被請了出去。

34

春天的腳步開始慢慢往夏天邁進，我覺得心情沮喪。

我想花更多時間與瑪妮在一起。

我們安排計畫，但她總是無預警取消。前面幾個禮拜我探望她好幾次，送日用品過去——新尿布、藥品、製冰盒——但都待不久。因為總是有事要處理，有人來打擾，例如護理師打來的電話，或助產士到府拜訪。

她下定決心要靠自己面對人生的這個新階段。她信任其他女人，其他新手媽媽，因為她們可以提供我不懂的意見。我覺得很無力。她信任醫學專家，因為他們能開出在新生兒剛出生前幾週必備的各式藥膏。我想參與——我真的想——我向你保證我努力想要提供幫助。但我常覺得自己是個累贅，不曉得那些陌生的嬰兒用品如何使用，如何支撐寶寶的頭，或搞不清楚尿布的正反面。

我極其渴望參與她們的世界。我想和瑪妮一起學習，站在她身邊一起發現新挑戰。我想像過我們的未來應該是什麼樣子，想像過三個世界互相交織的生活樣貌。但像這樣相隔兩地，似乎根本不可能。

奧黛麗一個半月左右的時候，我們去吃過一次早午餐。我好興奮能見到她們兩個，買了叮噹作響的塑膠玩具當作禮物送給奧黛麗。但她對禮物沒興趣，一直哭個不停，被陌生的噪音和氣味，以及咖啡廳的刺眼陽光給干擾。她大發雷霆，慌張不安，小臉蛋漲得通紅。瑪妮抱著她上下晃動，發出噓聲安撫，弄得一身是汗。

「該死。」她說。「電風扇，該死的電風扇。」

「什麼電風扇？」我回答。服務生端著餐點來到桌邊：瑪妮的炒蛋和我的培根麵包捲。

「我本來要去取貨的。」她說。「公寓太熱了。老實說，簡直是惡夢一場。她都不肯睡覺。我有個小溫度計，一天到晚都紅通通的，因為實在有夠熱。我不知道春天可以熱成這樣，可是我也沒辦法控制天氣，對吧？所以我訂了三台電風扇。三台可能太誇張了，也許我只需要一台，但當時我的心情很煩躁。總之，我必須在中午前取貨，可是她現在這個樣子，我八成去不了了。我看只好明天再跑一趟。這表示我又有整晚的尖叫聲可受了。」

「我可以去嗎？」我提議。「在哪裡？」

她猶豫了一下。「妳確定？」她問道。「妳是認真的嗎？妳現在就得出發喔？」

「當然確定。」我回答。我想幫忙。

「嗯，讓我先……」她在手提包裡翻找，拿出一張收據。「如果走快一點的話，大概只要十分鐘吧？」

「好。」我說著，拿走她手中那張薄薄的紙。「沒問題。」

「可是妳的食物，妳難道不——」

「我剛才吃過一些麥片。」我說。「我不餓，真的。」

「那，這個拿著吧。」她說著，右手再次伸進手提包。她拿出一把金色的小鑰匙，我立刻就認出來了。「飯錢我會出，我們回我家見。不過我得先把她搞定，所以妳可能會比我先回到家。妳真的確定嗎？貨款都付清了。」

「沒問題。」我說完，伸手拿走鑰匙，感覺到那扁平的圓形鎖頭的刮擦觸感，我知道那就是我以前留在身上的同一把鑰匙。「回妳家見。」

我取了貨，帶回她的公寓；電風扇又重又難拿。我自行開門進去，屋內感覺變得不太一樣：有人味、忙碌、充實。我在玄關拆開三個箱子，把電風扇組裝起來，把插頭一一插進散熱片旁邊的插座，檢查是否能用。蹲在地上的我，再次被那張黑白地毯吸引過去。我掀開其中一角往底下看。空無一物。我進一步往後掀，但樓梯底部一點汙漬都沒有。

我把電風扇留在樓梯底部，坐在沙發上等瑪妮和奧黛麗回家。我什麼也沒碰，我不想弄亂這裡的感覺。她們在剛過下午一點回家。瑪妮說她很累，需要休息，謝謝我幫她拿電風扇，又說我們一定要盡快再約去吃早午餐，或是午餐也行，她會再與我聯絡。

在那之後，我們一直沒機會見到對方。

上禮拜，我本來約了她吃晚餐，但下午她打電話到我的辦公室說她沒心情煮飯，說她累壞了，能不能改期？我說別擔心，來我家，我煮吧，或者我可以去她家煮，不然叫外送也行。但她很堅持。今天不行。

我們已經超過一個月沒見。

於是，我利用這段時間——這個空檔——把注意力轉移到瓦萊麗身上。但願我能說結果令人滿意，但事實不是如此。我保證要對你說實話，所以實話是，我發現自己考慮——怎麼說才好呢？——用一勞永逸的方法阻止她繼續找碴。我知道她住在哪裡。我知道她在哪裡上班。儘管我不知道她的秘密，不像她對我了解得如此透徹，但我有自信能製造出一些致命的意外。

但情況沒那麼簡單。我找不到一個乾淨俐落的下手方法。我喜歡把她推到一輛車前的想法，這會是絕佳的對稱美。我想過各種辦法，用更致命的藥掉包她本來的藥——我見過她上傳過敏藥的貼文。但每次這些想法變得越來越真實，越來越不像異想天開，我就會嚇得寒毛直豎。這在在都證明了她的想法是錯的：到頭來，我終究不是一個殺人兇手。

所以，我需要不同的計畫。

❖

那天下午，我發現自己再次滑起她最近上傳的內容——照片、時事文章，Twitter貼文——結果看見一張今天早上才發布的新照片。照片上是一排踢踏舞鞋，內文寫著：最後一次彩排——加油！我進入舞團官網，發現他們的表演即將在幾小時後於市中心的一座教堂大廳舉行。他們沒有提前賣票——先來先贏——而是為了新成立的心理健康慈善基金會募款。

我決定過去。我想見到她。

我準時在七點抵達現場。門口拿著捐款桶的女人問我以前有沒有看過他們的表演，我說沒有，她便問我是不是認識舞團裡的成員。

我想都沒想便回答：「瓦萊麗。」

「桑茲？」她說。「瓦萊麗・桑茲？」

我點點頭。

「舞團有她的加入真是太棒了。」女人說。「我們都很高興她能成為我們的一員。她十幾歲之後就沒跳舞了，但她學得很快，一下子就找回舞感。我敢說她今晚一定會大放異彩。妳會非常替她驕傲。」

我微微一笑，再次點頭，客氣接下一張亮粉紅色的節目單。瓦萊麗的名字就寫在開場表演的六名舞者之一。

我踏進教堂內部，對裡頭的規模大感吃驚：天花板高聳入天，裝潢華麗無比；厚實的木頭長椅；藏在綠色幕簾後方的舞台。長椅上坐滿了人——孩子坐在大人的大腿上，青少年擠在一塊兒——於是我走到舞台附近，站在幾個落單的人旁邊。我後方的人潮開始聚集：各方親朋好友和心愛的人們。

就在這時，燈光一暗，幕簾拉開，我看見她走上舞台。她是三名女舞者的其中一人，後方站著另外三名男舞者，所有人穿著黑色寬褲和黑色緊身衣，樣子看起來平凡又無趣，直到音樂響起，旁邊的喇叭開始震動，他們立刻變得亮眼非凡。他們動得好快，身體敏捷，與音樂完美搭配，腳下的踢踏聲氣勢洶洶。那股幹勁讓我充滿活力，我完全沉浸其中，直到她往舞台前方看過來。她在尋找某個人，沒想到卻見到了我。

她絆了一下，又立刻站穩腳步。她恢復得很快，但能擾亂她的步調感覺很好。我喜歡這樣。終於有那麼一次，換她被我嚇得措手不及。

音樂快到尾聲時，我偷偷溜了出去。我也喜歡她總算知道冷不防被嚇一跳是什麼感覺了。

35

那是星期六的早晨，我正在前往探望母親的路上。我很想賴在床上，但她知道我會過去——至少該說她可能知道；她也可能忘了。

天氣暖和，潮濕得不適合睡懶覺，也算不上舒適的早晨。過去三個禮拜氣溫一直高達二十七度以上，將近一個月沒有下雨。城裡各處的草地枯成乾草，連清晨的空氣都讓人覺得濕熱沉悶。這種天氣正適合在公園吃冰淇淋，坐在樹蔭下，前往海水浴場，在戶外享用晚餐度過長長的炎熱夜晚，而不是坐火車前往沒有窗戶的安養院，履行責任與家人培養感情。

車上人聲鼎沸。我們仍停在滑鐵盧站，距離預定時間還有幾分鐘才會出發。我坐在火車門邊、一排共四個的座位上，所有座位都背靠窗戶。在我對面坐著一對年輕家庭：爸爸、媽媽和兩個年幼的女兒。他們把後背包擺在大腿上。我好奇他們是不是要去海邊或鄉間，那裡氣候比較涼快，空氣也沒那麼窒悶。

在他們後方，有另一輛火車準備出發。列車長探頭查看月台，然後吹起哨音。那輛火車嗚嗚作響，開始前進，我的胃猛然一震，彷彿也跟著前進。我往後靠，閉上眼睛。

下午我就會回到城裡，結束孝女的角色，等待下個禮拜的來臨。

等我睜開眼睛，已經到了沃克斯豪爾。

「請你不要這樣。」一個站在火車側邊的女人說。她臉朝外，雙手往外抓住門框擋在門口。我看不見她的臉，但從那顫抖的聲音聽得出來她快哭了。「別上這輛火車。」

「小姐，拜託一下。」月台上的一名男子說。「妳有什麼毛病啊？」

她吸口氣，胸膛隆起。我看得出來她很害怕，但努力不表現出來。「不好意思。」她朝月台上的警衛大喊。他背對著她，拿著對講機在說話。「這個男人在跟蹤我。不好意思。」他沒有轉身。

「我愛搭哪班火車就搭哪班火車。」男子繼續說。

「這班不行。你一直在跟蹤我，大聲說些下流的話。我不能再容忍下去了。」她把手提包的肩帶越過頭頂斜揹在胸前。她的毛衣是亮粉紅色的——這讓她看起來比較年輕，比較好欺負——牛仔短褲下露出一雙結實黝黑的大腿。

我看了一眼坐在對面的女士。她的丈夫張開雙臂，摟住兩個年幼女兒的肩膀，我們則默默討論著該不該介入。

「喔，去你的。」男子大喊著說。

「好了，夠了。」坐在對面的父親說，聲音慎重且冷靜。「就再等個兩分鐘吧，老兄。後面馬上接著有一班火車。不必鬧得那麼難看，對吧？」

男子動也不動站在月台上，彷彿在考慮這項提議。「去你們的。」最後他說，氣沖沖離開月台。

我鬆了口氣。被一個穿著牛仔短褲和粉紅上衣的嬌小女人逼退？真沒男子氣概，是軟弱的象徵。然而向另一個男人讓步——年紀比較大的、身材比較壯的——卻是理所當然。

查爾斯被女強人威嚇過。他會在晚餐時把女同事當空氣，替她們貼上太情緒化或脾氣太好的標籤。那些擁有快樂子女、美好婚姻和成功事業的女性合夥人，都讓他覺得備受威脅。又或許那純粹是我想看到的。我把他的每次失敗加在一張清單上，細數各種他配不上像瑪妮這種女人的原因。

粉紅上衣的女人按下按鈕，門在她面前闔上。

「謝謝。」她說著，轉向那位帶著兩個年幼女兒的父親。「謝謝你挺身幫忙。」

她轉過身，走向我旁邊的空位。

我認識她。

我立刻就認出她來。

我走到哪裡都認得出那張臉。

36

她好面熟。我認得她梳得整齊滑順的黑髮，左手腕和大拇指上的刺青就和照片裡如出一轍。她近看不太一樣：五官鮮明，引人注目。我以前也見過她像那樣站著，重心傾向身體一側，臀部往左邊翹，揹著她出席葬禮時同一個黑色皮包。但還不只這樣：不只是她的外表、她的站姿和她身上的物品。我覺得自己彷彿知道她的大腦是如何運作的，她是如何形塑一個想法。

「我認識妳。」我說。

「妳確實認識我。」她回答。「雖然妳本來不應該看到我。但話說回來，我不可能料到那個怪胎會引發這番騷動。其實我有點害怕。他很恐怖，對吧？那是他第二次跟蹤我了。我想被陌生人跟蹤的感覺不可能好到哪裡去。」

她揚起眉毛，接著放聲大笑。

我被她的自信折服；她是如此胸有成竹、無所畏懼的樣子。我應該覺得害怕，我知道。事實證明了她一直抱著不良的居心，對我窮追不捨，可能有好幾個月了。然而，在那一刻，我覺得很放心。我一直以來都是對的，我一直以來都被人跟蹤。我沒搞錯。

「妳沒有妳想像的機靈。」我回答。「我見過妳。事實上，見過不止一次。」

「喔，真的嗎？」她回答。「可惡，這可真叫人失望。」我以前沒有注意過，但她的五官、她那張臉有種非常漂亮的氣質。

「妳想怎麼樣？」我問道。

「我想知道妳每個星期六都去哪裡。」她回答。「介意我坐下嗎？」

我搖搖頭，因為我不想她坐在我旁邊，假裝我們是朋友，彷彿沒事發生過。

「介意。」我回答。「我介意。」

「喔，別這樣嘛。」她說。

「妳剛剛才間接表示妳一直在跟蹤我，現在又想坐在我旁邊跟我聊一聊？不了，我沒興趣。」

「妳實在很大驚小怪。」她說。「跟我想的完全不一樣。我以為妳非常謹慎，有點冷漠，結果妳很情緒化呢。真奇怪，因為我跟蹤妳這件事算不上什麼秘密。」她繼續說。「畢竟妳早就知道了。」

我討厭這樣。我討厭她暗指我歇斯底里，我明明拚了命想要表現出截然相反的情緒：冷靜沉著，自我克制。

她不管三七二十一，仍在我旁邊坐下，手肘與我相互推擠。我靜止不動，不讓她毛衣上的小絨球摩擦我裸露的皮膚。我感覺到一股怒火在內心燃燒，但我知道我必須視而不見，必須小心，要謹慎行事，不得衝動。

她嘆口氣，伸手撥了撥頭髮。

我想賞她一巴掌，儘管知道暴力解決不了問題，但她整個人——那得意的笑容、粉紅色的毛衣、全身散發的氣魄——都令人惱火。她不止一次，而是兩次指控我殺人。她曾經指控我殺死自己的老公。等瑪妮總算漸漸找到平息悲痛的途徑時，就是坐在我隔壁的這個女人把希望強行奪走，延誤我們繼續走下去。

「妳應該在下一站下車。」我說。

「可是這樣我就不知道妳要去哪裡了。」她說著，抬起一條腿放在椅墊上重綁鞋帶。

「妳可以直接問我。」我回答。「答案挺無聊的。老實說，如果妳的調查指引妳來到這裡，那絕對該是停手的時候了。我正要去探望我母親。我每個禮拜都會去看她，一直都搭這班車。」

「她住在哪裡？」

「最後一站。」

「能給我她家地址嗎？」她對我會心一笑，彷彿我們是一夥的。她把腳放回地上，開始不停踩著後腳跟，小腿也在上下移動，黝黑的大腿肉跟著輕輕搖晃。

「她住在安養院。」我說。「失智症。」

我想我必須表現得誠實，彷彿自己沒什麼好隱瞞的。我自願提供她想知道的消息，好讓自己看起來清白無辜。

「我很遺憾。」瓦萊麗說。「這真的很可惜。」

「為什麼？」我直言不諱地問。「因為她不能告訴妳任何情報嗎？」

她看起來一臉驚訝。「不是的。」她很堅持地說。「這樣說太難聽了。完全不是這樣。」

「好吧。」我說。我不知道她說的是不是實話，但其實不重要。

她隔著肩膀回頭一看，望向窗外快速掠過的灌木圍牆，一片模糊的綠色。「妳覺得我是怪物。」她說。「我不是。我只是知道這裡還有其他故事沒有曝光，所以我必須繼續查下去。情況恐怕越來越糟了。」

我想我的表情肯定有點走樣——或許她看見了藏在我心中的那份恐懼——因為她的眼神突然改變，看起來幾乎流露著憐憫。

「抱歉。」她說。「這聽起來有點像是威脅，對吧？」

「難道不是嗎？」我問道。

「不，妳說得對。」她說。「可能是吧。妳是不是覺得我越來越接近了？」

「根本沒什麼能接近——」

「別狡辯。」她說。「妳看得就和我一樣清楚。妳的故事有很多小漏洞。而在某處，肯定有顆大鐵球能把一切粉碎殆盡。我要把它找出來。」

我聳聳肩。「妳錯了。」我說，語氣聽起來沒有說服力。

「不過我不認為妳殺了妳丈夫。」她說。「如果這樣有安慰到妳的話。」

「並沒有。」

「我想我也應該跟妳說聲抱歉。這種事很難受。」

「慢慢就習慣了。」我回答。「習慣這些鳥事。」

「喔，我懂。」她說。「有時候連視線都還沒開始模糊，我就等不及喝下第四杯伏特加……」她開始轉動戴在大拇指上的銀戒。「我剛剛才想起那則留言。」她說著，露出苦笑。「我留了一則留言，在妳的答錄機上。總之，隔天早上我覺得糟透了；我喝了太多酒，但我說的每一句話都是認真的。」

「認真要繼續調查我們？」我問道。「我只是慶幸瑪妮沒聽到妳那些胡說八道就把留言刪了。」

瓦萊麗微微歪過頭，瞪大眼睛，就在那時我知道我犯了個錯。

「什麼意思？」她問道。「她沒有聽留言嗎？」

我搖搖頭。

「我以為她聽了，只是選擇不理會。」

我沒說什麼。對面一家四口在里奇蒙下車。一家人忙著戴上帽子，拽起背包，找防曬乳，經過一番折騰後，那位母親對我們尷尬一笑，趁車門響起關門的嗶嗶聲前，匆匆隨大家下車。我們沿著月台繼續出發。

空調傳來奇怪的噪音，吱嘎吱嘎一陣子後，咻一聲停止運作。少了風扇的咻咻聲和吹進車廂的冷空氣，火車突然變得很安靜。氣溫開始上升。我起身想開窗，但窗戶封死了。所有門窗都是封死的。

「好了，小公主。」我背後傳來一個聲音，回頭一看，發現那名男子又回來了，正坐在我們對面，就在那家人幾分鐘前剛剛坐過的位置。

我始終站在原地，但不發一語。

「妳剛剛在那裡說了什麼？」他的聲音宏亮，火車上的其他乘客開始騷動，側目旁觀，等著瞧情況會如何發展。我好奇他們是不是從頭到尾都在偷聽，好奇我們之間的爭辯他們聽到了多少。

「嘿。」他叫道。瓦萊麗低頭看著皮包。「妳剛剛可沒有不理我，是吧？」

「前面還有一些位子。」我說。「就在那邊。」

「我沒有在找位子，是吧，親愛的？我是想跟她說話。」

瓦萊麗拒絕抬頭，只是擺弄著捲成一團的褪色舊收據、空了的水壺和她的手機。我應該掉頭走開。我應該讓她自己去應付他，但女人之間有種不成文規定，存在於公共場所，尤其是在大眾交通工具上，那就是面對挑釁的男人必須團結起來，所以我不可避免——甚至是不加思索地——留在她身邊。

「看著我。」他咆哮道，接著，出於本能地，她果真抬起頭看。

瓦萊麗吸口氣，然後站起來。「聽著。」她說。「我只是想跟我女朋友開開心心出個門。」

我感覺到她的手指沿著我的手腕往我的手爬過來。我讓她牽起我的手。她還在演嗎？現在掌控局面的是她嗎？還是他？「我們真的不想惹麻煩，所以你到底想幹什麼？」

「喔，原來是這麼回事。」他說著站了起來。

我全身緊繃，但他沒有再靠近一步。

「妳是同性戀。」他大笑。「妳幹嘛不早說？看妳氣成那副德性，我想我早該猜到了。」

他走過我們身邊，伸出中指頂著後腦勺，消失在前方的車廂裡。

我們看著他離開，然後坐回位子上。

「他一直在跟蹤我。」她非常小聲地說。「我們出去喝過一次酒，是為了我要寫的一篇文章。後來我看見他來參加我的舞蹈表演，就站在舞台前方看著我。真的搞得我很煩。總之，希望他以後不會再出現了。」

「我要妳在下一站下車。」我又說一次。

「我不會跟蹤妳。」她回答。

「我不相信妳。」

她大笑。「我想我不能怪妳這麼說。」

「我要妳馬上停止調查我們。」

「辦不到。」

「辦得到。」我回答。「沒什麼可找的，而且妳現在等於在糾纏我，這本身就是違法。」

「我會把我已經找到的證據告訴警方。」

「妳以為他們在乎嗎？在雨中散步的我和傳出噪音的公寓？那些東西不是證據，瓦萊麗。一點用都沒有。妳什麼也沒找到。妳在浪費時間。妳這個人有問題。」

「我才沒有問題。」她說。我看得出來我找到讓她不安的說詞了。

「這種行為不正常。」我努力不要兇她，但怒火在體內的每根血管熊熊燃燒，劇烈流竄，拚了命想竄出體外，讓我無法控制。「妳不正常。」

「妳沒資格說我。」她氣得表情扭曲：她緊咬著牙，雙眼瞇成一條線，一臉怒容。

「這是什麼意思？」我說。「妳在暗示什麼？」

「暗示妳殺了妳好朋友的老公。妳想談談什麼是鬼迷心竅？妳想談談什麼是不正常？我就快逮到妳了，妳很清楚。妳只是還不願意相信。」

「妳知道嗎？」我說。「我想妳在嫉妒我。」

這是一個全新的念頭，到了那一刻我才恍然明白。不過這念頭肯定已經在腦海潛伏許久，因為實在太合理了。

她張嘴想說話，但什麼也沒說。她的臉頰微微凹陷，縮進齒間，抬頭紋一下子不見了。

「我沒有。」最後她說。

我聳聳肩，像她先前做過的那樣，故意擺出輕浮的態度。

火車在月台邊停靠。她把手伸進手提包，拿出一張名片。名片的一側印著鍍金鋼筆的插圖。

「我會走。」她說。「但收下這個，然後打電話給我。我真的希望妳撥通電話過來。我是認真的。」

「想都別想。」我回答。

37

房門一如往常開著，我輕輕敲了敲門框。母親坐在房間角落的扶手椅上。椅身是淺白色的木頭，配上光滑的木椅腳。我以前沒注意過扶手椅的樣式——座墊的花色是繁複的綠色漩渦——配上她的紫色毛衣有種催眠效果。她沒穿拖鞋而是穿著鞋子，我好奇她是不是用了生日時我買給她的保濕乳液，因為她的皮膚看起來平滑柔軟。

「早安。」我說。

她對我微笑，拍了拍椅子的扶手。她有時候仍會開口說話，但頻率越來越少，反之使用一些小手勢來傳達她的意思。她形容過話到嘴邊卻說不出來是什麼感覺。她說就像護送小孩上學，每個字代表一個孩子，但他們難以控制，在錯誤的時間到校，甚至有時候根本沒來，只是站在路上不停轉圈圈。或是更糟的情況，到校的孩子是不認識的孩子，是別人的孩子，根本不是她要的。相較之下，沉默不語是比較不可怕的替代方案。

她把頭轉向床邊，鼓勵我坐在床上。我依她的意思坐下，儘管床墊一點也不舒服。

「妳。」她說。她的意思是——跟我說說從上次見面到現在妳都發生了哪些事，妳最近、這禮拜、今天過得怎麼樣。

「沒太多可講的。」我說。這是實話。最近的生活單調乏味，成天在公司和住家往返。「不過我待會兒要打電話給艾瑪。」

我說這句話的時候，母親的臉稍微抽了一下。我繼續往下講，不讓她有機會回應，或開始拚命打手勢。

「我說不定會突然過去看看她。她上次去完醫院後已經好了很多，不過去探望一下應該還是好的。」

母親皺起眉頭。她一直不願承認艾瑪受病痛折磨，直到疾病已經完全侵入骨頭才不再逃避。她僅僅把我看作寡婦，而非一名妻子。但儘管擁有這些缺陷，她卻很了解我們，大概就像只有母親了解女兒的程度。例如，她知道我沒有實話實說，因為我很懦弱。我無法承認艾瑪的狀況沒有好轉，依我看反而更嚴重了。她的頭髮日益稀疏，左邊太陽穴禿了一小塊，身體一天到晚抖個不停，經常用層層毛衣、毯子和毛襪裹住自己。咳嗽也是久治不癒。

但我之所以無法承認這一切，是因為我難以面對現實。而我母親知道這一點。她也知道艾瑪沒有能力好轉，頂多知道她在受苦。

母親在扶手上敲打指甲，接著說：「強？」

「強納生？」我問道。

「明天。」她回答。

她指向掛在牆上的月曆，那是我幾年前的聖誕節買給她的普通月曆，上面只有日期沒有標示星期，每個月都有不同的花卉照片。她一直很氣餒自己沒辦法記住重大節日——例如我們的生日——所以我們坐下來，把重要日子一一寫上。強納生已經過世好幾年了，但他的重要日子仍是我的重要日子，所以我一併寫下，彷彿那是屬於我的日子。

我起身走到月曆前。每天早上，母親的護理師會把一張黃色小貼紙移到當天的日期。如果不曉得今天的日期，就算知道重要日子落在哪一天也沒有用。

隔天是強納生的生日。

我忘得一乾二淨。

如果他沒死，我肯定在幾個禮拜前——甚至幾個月前——就開始準備禮物、蛋糕、卡片和氣球了。我可能會在一家不錯的餐廳訂位或安排一場驚喜派對。我可能會去找符合他個性的包裝紙——印有腳踏車或板球拍或動物的圖案——或去麵包店買一大堆可頌。

早在幾年前，隨著這天逐漸接近，我也會感覺到一種撕心裂肺、無法克服的悲傷。我會變得焦慮又慌張，看著日子一天天過去，想起如果他在世的話我會張羅的所有事情。但我不能，因為他已經死了。

「沒錯。」我說，希望她以為我沒有忘，以為我早就知道了，因為什麼樣的老婆竟然會忘記自己老公的生日。「我大概會去墓園看看他，明天的第一件事，在我去醫院探望艾瑪之前。我想我會帶些花過去，也許再帶一顆氣球。不對，不要氣球。」

她點點頭。「爸？」她問道。

她有時候——應該是經常——忘記他不再屬於她生活中的一分子。她以為他有來看她，偶爾告訴我他來探望她的情況。她告訴我他買了花，儘管出現在房間裡的花向來都是我買的。她說他搭起了家裡的書架，儘管她多年來要求他，而他從未去做。她說他過得很好，這個我知道，但他是在千里之外與另一個不是我母親的女人過得很好。

有一次，我和艾瑪在吵著職責分工的問題。艾瑪暗諷說我定期探訪不是因為那是我母親，也不是因為家庭責任，而是因為我羨慕母親有能力遺忘。母親不知道她最愛的那個人已經不在身邊。

我盡可能避免與母親談論這個話題：我要嘛假裝沒聽見她的問題，要嘛回答得含糊不清，暗示他可能很快會來探望，卻沒有真的承諾替她轉達消息，或突然登門拜訪親自見他一面。

也許她從未想要記得父親已經離去。也許她很開心能遺忘。

「瑪妮？」她改而問道，臉上帶著微笑。

「她過得非常好。」我說。「奧黛麗也很好。她前幾週剛做完健康檢查，胖了很多。不過最近幾個禮拜我很少看見她。她們好像很忙。」

「母職。」母親說著，打了個哈欠，彷彿這也是話題的一部分。

「我知道。」我回答。「可是友誼也很重要。我一直在想我應該過去給她一個驚喜。」

母親點頭如搗蒜表示贊同。

隔壁傳來響亮的碰撞聲，接著是挫敗的抱怨聲，母親的鄰居把某樣東西掉到地上了。我們聽見在磁磚地上疾行的腳步聲，兩名護理師匆匆經過門口前去協助。

「我考慮為她煮晚餐。」我繼續說。「妳記不記得我們以前每個禮拜會一起吃頓晚餐？我在想我應該恢復這個傳統。找到一個保持聯絡的方法挺不錯的，妳覺得呢？」

在其他場合、與其他人在一起的話，這些沉默會被其他宏亮的聲音填滿，但在這裡，我就是唯一的聲音。

「我考慮下週五提早下班。」我說。「其實沒什麼關係。因為天氣的關係，大家似乎都在午休過後就溜去度週末了。接電話的人力變少了——不過又怎樣？——電話響起的頻率也減少了，因為全國各地所有人都跑去度假。總之，我知道瑪妮每週五下午三點固定會和幾個媽媽見面——她為了每週能準時赴約而空下時間——所以我知道她不會在家。我計畫偷偷進去，煮些連她都驚豔的美食。」

母親皺起眉頭。

「我有鑰匙。」我說。「所以別誤會了，我可不是要破門而入。」我放聲大笑，覺得有點尷尬。

母親開始搖頭。

「鑰匙是她給我的。」我說。「妳是怎麼了？」

「不。」她說著，頭搖得越來越激烈。「不。」

「別這樣。」我說。「這是好主意。這會是很棒的驚喜。」

「鑰匙。」她堅持道。

「對，鑰匙。」我說。母親不再搖頭，只是直視著我。

我是這個家唯一可靠的成年人，她卻仍然仗著這種傳統的母親角色，擺出無所不知的銳利眼神，把頭一歪興師問罪的模樣。她花了好幾個禮拜才接受父親真的離開的事實——我們本來很肯定他在虛張聲勢——等她總算接受了，整個人瀕臨崩潰。他從泰國的一處沙灘寄給我們一張明信片，解釋他現在辦了新的電話號碼，雖然不會告訴我們，但他想我們必須知道他不是不接我們的電話或簡訊，只是純粹收不到了。她成天酗酒，以淚洗面，把自己關在房間裡。我定期會進去在她的床頭櫃上留幾瓶水和冰箱的微波食物。那時她可算不上什麼母親。

「沒事的。」我說。「別發脾氣。」

她對著椅子扶手用力拍了一下，然後又縮回去，捧著胸口直拍，企圖甩掉疼痛。

「住手。」我說。「快點住手。妳在做什麼？」

她用另一隻手拍自己的臉，把放在旁邊托盤架上的那杯水打到地上。

我跳起來衝過去。「妳是怎麼了？別把這裡弄得一團亂。」

「鑰匙。」她嘶啞地說。

「鑰匙是我剛剛才拿到的。」我說。這是實話。「這跟那個……這完全不干……」

一名護理師在門口停下腳步。我和母親轉頭看著她。

「早安，珍。」她對我說。「早安，海倫。」她對母親說。「這是怎麼回事？」

母親再次用手拍打大腿。她瞪著我，想說些什麼但說不出口，無法找到確切詞彙傳達她的需求。

「現在是怎麼啦？妳女兒來這裡探望妳，這是很開心的事。」護理師跪在母親面前，牽起她的雙手合攏，阻止她繼續拍打。

「鑰匙。」母親抱怨道。「鑰匙。」

護理師看著我，我聳了聳肩。

「我不知道是什麼讓她那麼生氣。」我說。

「喔，親愛的。」護理師說著，認為自己應該對這場混亂負起責任。「我恐怕也不太確定。到底是什麼事讓她氣成這樣？親愛的，妳要不要深吸幾口氣呢？」她的嗓音溫柔鎮靜。「很好。我們待會兒再一起想辦法解決，不過現在先幫妳整理一下。我們這週過得很愉快，是不是？理髮師之前來過了，她的髮型現在看起來很漂亮，對吧？」她大手一揮，示意母親的頭髮。「妳有沒有把這件事告訴珍啊？我們全都準備就緒迎接訪客的到來，對吧？」

「鑰匙。」母親仍堅持地說，氣憤看著我。

「好吧、好吧。」護理師說著，往後坐在後腳跟上。「妳需要什麼？妳想要一把鑰匙嗎？妳要我把窗戶打開是嗎？」

她把我想得很壞：她認為鑰匙一直在我身上，她認為我在對她說謊。

母親往托盤用力一拍，整個托盤架翻倒在地，衛生紙、水壺和相框散落在整個房間。

護理師看著我。「我們可能要——」

「沒關係。」我說著站起來。「別擔心，我下禮拜會再回來。她可能是晚上沒睡好之類的。」

我慌了，失去控制，犯了大錯。

我之前告訴她我沒有鑰匙。更糟的是，我說過如果我有鑰匙的話，一定會用來救他一命。這全是一派胡言。我是用那把鑰匙奪走他的性命，而現在她知道了。

我現在沒說謊，但過去確實說了。我等於是作繭自縛，被她逮個正著。

「爸？」母親說，於是我轉身面向她。她之所以找他，是因為她需要他。她希望他挺身而出，做好父親的職責。她知道不能信任我，她也知道她太軟弱無力，無法撥亂反正。

「妳知道他不會來。」我用最溫柔的嗓音說道。「我們以前談過了。他已經不住在這裡了。妳記得嗎？他已經好多年不是我們家的一分子了。」

說完，我便離開了。

❖

直到後來，在回家的路上，我才發現她會不會根本不是在譴責我，根本不是想懲罰我，萬一她不是生氣而是害怕呢？她想保護我嗎？她是不是在警告我，告訴我要更謹慎，要照顧好自己，不要被逮住？

因為，這難道不就是一個母親會做的事嗎？

她替我害怕。她曾經看穿我的內在，見到我心碎一地，見到我出現裂痕，明白我可能不是在最好的狀態。儘管如此，她仍想保護我。

38

我一到家就打電話給艾瑪，但她沒接，所以我看了三部電影，叫了外送，然後上床睡覺。隔天早上我再打了一次，還是沒人接。我沒想太多，因為她八成還在睡——她很虛弱，經常覺得疲倦——也因為每當她覺得無所適從的時候，習慣讓自己與世隔絕。

星期一下班後，我又打電話給她，她仍然沒接。我決定帶些水果去她家一趟——她即使在狀況最糟的那幾週，還是會偶爾吃幾片蘋果——提醒她我愛她，我想幫助她。

這三天下來，我從沒想過她可能出事了，有危險，或覺得情況不對勁。

我到她家之後敲了敲門，沒有回應。

稍晚，警方問我在那一刻有沒有聞到任何味道，儘管我永遠忘不了那股可怕的惡臭，但當時我並沒有注意到。

但我確實開始害怕起來。那一刻我知道不好的事發生了。

我下樓找到警衛。自從一名年輕人在附近的停車場遭人刺傷後，他就被請來這區巡邏。他坐在一道矮牆上，我打斷了他漫不經心在手機上看到一半的影片，尋求他的幫忙。他重重嘆了口氣，說他無能為力，說我必須去找警察過來才行。

我立刻報警，大聲解釋我妹妹身體不好，幾個月前才住過院，幾乎足不出戶，告訴他們我無法聯絡上她。我站在警衛前面來回踱步，繼續打擾他，一邊等待警方到來。

我覺得有些荒謬，因為儘管我非常確定發生了不好的情況，卻又擔心自己只是過於大驚小怪——也希望是如此。

警察來了，我想他們也知道她已經死了。

在警方的堅持下，警衛聯絡了技工陪同我們上樓。

「妳想在這裡等嗎？」女警問道。「我們可以先進去。」

我搖搖頭。「沒關係。」我說。「我想進去。」

我知道我那渺茫的希望不會成真，我知道她已經死了，但這次我不想再當個膽小鬼，因為害怕而別過頭。

他們把門打開，我一踏進屋內就聞到了。我走進去，她就躺在沙發上，身體前所未有地腫脹，皮膚死灰，佈滿屍斑，雙眼睜得老大，爬滿蒼蠅，其中一隻就停在她的眼皮上。

我站在原地瞪大了眼，女警從旁邊衝過去摸她的脈搏，但我們都知道為時已晚。站在我後方的技工一陣乾嘔，我聽見他掉頭衝回陽台。

我好多年前就知道她將難逃一死。

這話聽起來很病態，大概是吧，但她患的是不治之症，一輩子也無法康復。結局只有一種。

女警起身搖了搖頭，然後朝我走來，摟住我的腰，把我轉過身帶回樓梯間。

我不害怕。我知道前方等著我的是什麼。我經歷過悲傷，我也做好準備了。

「我可以幫妳聯絡誰嗎？」她問我。

這一次，沒人可聯絡了。

❖

身邊有人可以聯絡的時候，下列就是你所擁有、對我卻不復存在的東西：穩定感、踏實感、某個關心你的人對你溫柔的嘮叨聲；出糗時想把故事講給別人聽的本能反應；在路邊、醫院、警車後座時有可以打電話聯絡的人；知道自己絕對不會死在床上久久沒人發現，因為有人在找你的安心感。

少了這些東西，活著有什麼意義？少了愛和歡笑、友情和希望？

我不想知道答案。

我不想過那樣的生活。

我已經決定——這決定聽起來很大膽；感覺很大膽——要不惜一切代價重新奪回那些東西，讓人生值得繼續活下去。

我再也不想像那樣過日子了。

這表示有些事情非改變不可。

第七個謊言

39

艾瑪在一個星期前死去。

不是很久，是吧？

我仍震驚不已。毫無疑問。

然而，與此同時，我想我已經準備好迎接悲傷的第五個階段。我知道她離開了；我能接受她離開的事實。

我想我一直都知道她不會活到老。我從不覺得她會變成皮膚乾癟躺在醫院輪床上的那種恐怖老女人，感覺就是不可能。或許是因為她在各方面老早就像那些擠在醫院走廊上的老女人。

她大多時間都是一個人度過。我以前從未見過她像最後幾週那樣虛弱。她的骨頭彷彿一碰就碎，她背痛，關節腫脹發炎。她爬樓梯回家很吃力。她說是髖骨的關係。她罹患那麼多錯綜複雜的小病，長大後的生活大多花在平衡生與死的危險界線。

所以我很久以前就知道這一天遲早會來。我可以看見天上的繁星每晚在那裡閃爍真相，等待裁決的那一刻。但這不是失去心愛的人最糟糕的方法。

那些意外發生的死——閃電對比夜空——才是最糟糕的。你往窗外一看，閃電就忽然出現在眼前，比任何星星還要明亮，打下的速度飛快無比。你根本沒時間準備，或趁腳下的大地震動前站穩步伐。

那些死才是你無法接受的。它們來得兇猛，狠狠降臨，摧毀他人的生活和未來，徒留殘骸。因為你在一瞬間突然感覺一個生命掉進大地的裂縫，彷彿水流過指間。

發現她的屍體後我立刻回家。我大哭一場，但只有一下子，然後我倒頭睡去。

我起得很早——太早了——感覺自己嚴重失衡，彷彿拼湊出我一生的拼圖統統在一夜之間改變了位置。我穿上毛衣和牛仔褲，走到街上提醒自己樹木沒有搖晃，地底下的樹根沒有震動，柏油也沒有從地表脫落。我想提醒自己這不是最糟的，我早已在更慘烈的情況下存活下來。

我看見天色仍黑，唯有頭頂的月光和街燈的溫暖光暈把天空點亮。我在城市裡前行，走進隱藏在城外的小廣場。路邊整齊停放一排車子，輪胎緊緊貼著人行道邊緣。我走過一家咖哩店，霓虹招牌在夜空下激烈閃爍，大門用鎖鏈鎖上，一盞日光燈隱約在店內亮著。我走過兩家房屋仲介公司、三間理髮店，發現這座城市依然如故沒有改變。

我回到我的公寓，看見臥室和廚房飄著灰塵，於是開始動手打掃。因為世界不會特別注意到個別的小損失。灰塵依然會積累。我沖個澡，換上最喜歡的睡衣，在沙發上坐著一動也不動，只有上廁所或斟滿酒杯或烤幾片吐司時才站起來。我告訴自己要有耐心、要堅強，這一樣會過去的。

❖

隔天下午，我拉了一張餐椅到房間，放在敞開的衣櫃前，使勁爬上去，尋找十幾年前我們還是完整的一家人時，母親所製作的舊相簿。我在上面找到相簿：厚厚一疊，佈滿了灰塵，裝訂在紅色皮套裡。

我坐在床上翻閱，想找出我和艾瑪的合照。一共有十幾張。其中一張我穿著牛仔吊帶褲和粉紅色涼鞋，坐在角落的一張扶手椅上，她就坐在我的大腿上被我抱在懷裡。她肯定才幾週大，因為她的鼻子仍插著管，彎彎曲曲掠過臉頰。

另一張是我們穿著同樣的學校制服，手牽手靠在一面磚牆上。她站在我旁邊，頭靠著我的胸膛。還有一張很可愛，是我們坐在田裡的合照。香腸捲、三明治和各種餅乾放在周圍的格紋野餐墊上，她手裡拿著飛盤，背景站了一群健壯的牛。有一張我們穿著同款的橘色泳衣，她的嬌小身軀就是我的迷你翻版：一樣筆直的大腿、一樣寬闊的肩膀。在相簿的封底，有兩張過節時拍的照片。第一張我們穿著睡衣並肩坐著，禮物色彩繽紛地堆放四周，身後的聖誕樹閃閃發亮，我們臉上掛著燦爛又興奮的笑容。第二張我們穿著同款的粗呢外套和橡膠雨鞋，站在一個用紅蘿蔔當鼻子、樹枝當手臂的雪人旁邊。然後，在最後一本相簿的最後一頁，是搬進新家的那一天，一家四口站在房子前面，我們分別站在爸媽的左右兩邊。

我知道我必須如實告訴母親。

這天是星期三，我從來不曾在星期三探望她，但我知道我不該等到星期六。我前往車站，搭上火車，看見自己映在窗上的臉，雙眼紅腫，皮膚慘白又浮腫。我揉揉臉頰打起精神，努力不在半路上哭出來，但願抵達後臉色看起來會好一些。

我按下櫃檯的門鈴，接待人員朝我走來。我說我需要和我母親談一談，說是緊急情況時，那人重重嘆了一口氣。

「今天不是妳探望的時間。」她說。

「如我所說，這是緊急情況。」我重複道。

「她可能在休息室——」

「她不會在那裡。」

「院內有固定的探訪時間……」

我轉身走向通往母親房間的走廊時，她的聲音也越來越小。

她見到我時似乎沒有很驚訝。我在床尾坐下時，她露出微笑；她大概以為今天是週末。她又穿了那件藍色開襟衫，袖子捲到手肘，看樣子底下仍穿著睡衣。

「我需要和妳談一談。」

她點頭。

「不是好消息。」我說。

她再次點頭。

延。

「媽。」我說。「真的是壞消息，天大的壞消息。」

我已經幾年沒喊她媽。從嘴裡說出這個字總覺得不自然，彷彿不屬於眼前這個女人。

她把頭歪向左邊，再次點頭，這次比較激動，催促我快說，快告訴她，停止這無意義的拖延。

「是有關艾瑪的事。」

她凝視著我。我繼續往下說。

「我去看她了。」我說。「就像我之前說過的，我想去看看她好不好。她一直沒接電話。等我到了她家，她也沒應門。最後我不得不打電話報警，因為沒人願意讓我進入公寓。後來警察來了，他們把門打開。」

我希望她說說話，但她只是安靜坐在那裡，於是我繼續告訴她到底發生什麼事，滔滔不絕說著事情經過、我的想法、我的恐懼、所有可能讓結局不同的做法。我知道她困惑不已，但我沒辦法慢下來。我用不曾用過的詞彙、用內心醞釀已久卻恨不得永遠不必說出口的字眼告訴她她的女兒死了。

「媽。」我說。「她走了。警方認為死因是她的心臟。」

我想就是這個時候她才總算明白，因為她倒抽一口氣，瞪大了眼，露出飽受驚嚇的眼神。她的嘴巴張了又合，最後把臉別開。

我試圖牽她的手，但她把手抽開。

我試圖和她說話，但她開始非常小聲地哼起歌來。我知道她沒在聽。

在那之後，她甚至連看都不願再看我一眼。我走向她，彎腰直視她的雙眼，但她目光呆滯，彷彿直接穿透我。

我知道一切都結束了，過去這些年來她一直在對抗的黴菌準備暢行無阻地在她的大腦蔓延。堅守自我是一場長期奮戰；每一天都需要花費非常大的努力。而這些努力將再也沒有意義了。

於是，我離開了。

40

多年來，我一直是母親唯一的家人。我是她的丈夫、她的大女兒，也是她的小女兒。沒錯，我有時候會心生不滿。沒錯，每個禮拜去看她簡直無聊透頂。沒錯，其他人不去看她竟然都不會有罪惡感確實讓我很挫折。

他們全都如此自私，完全不在乎，壓根兒不當一回事。

早知道我也不該在乎，不該他媽的心煩不安；花時間陪她只是在浪費我的時間、我的耐心和我的人生，以為自己在做好事，努力成為更好的人，為她犧牲，結果她那可惡的傢伙卻無法為了我努力把日子過下去。

喔。

抱歉。

我嚇到你了嗎？

拜託別哭。

我在這週剛開始的時候發現妹妹死了。母親又在幾天後退回失智的狀態。所以要說現在誰有資格哭的話，我想也應該是我才對。

她少了小女兒活不下去，卻不肯為了我而活。

這一週簡直爛透了。

❖

這天早上，我收到瑪妮傳來的簡訊。她說她萬分抱歉，但她必須取消今天的晚餐約會，這如今似乎已經成為常態。她的理由——她總是有難以質疑的好理由——是奧黛麗最近身體不舒服，昨天整晚沒睡，體溫燒到了三十八度以上。

我回覆說別擔心我，並祝福她一切安好、早日康復。

但我不覺得同情，只是覺得傷心。

因為我們不再是小孩子了，只需在房間的窗戶之間串起一條連接兩個紙杯的毛線就能保持聯繫。

我們就這樣相隔兩地，斷了聯絡，脫離彼此的生活。

瓦萊麗提過大鐵球這個形容詞，在某處的某樣東西會讓這段友誼宣告終結。我希望把我們的牆壁蓋得結實強壯，固若金湯，再大的東西也敲不碎那些磚塊。我必須強化我們的友誼，鞏固地基，讓它經得住真相的摧殘。

我打算把瓦萊麗的諸多發現若無其事帶進我們的對話中，提及一些吵鬧的鄰居，提及她家大樓的牆壁和地板隔音差到不行，公寓之間的聲音似乎會互相擴散。我打算隨口提到我待在公寓的那個禮拜，用某種藉口解釋我住下來的原因：水管在半夜發出吱嘎聲或她房間的時鐘不停滴答作響——再對她想當然耳的驚訝之情表示錯愕。

「查爾斯沒跟妳說過嗎？」我會說。「這是他的建議。」

我會告訴她在火車上的遭遇。我會透露——至少這部分是真的——我一直被那個邪惡的記者尾隨，甚至是跟蹤，然後問她覺得我是不是應該報警。瓦萊麗。我會說出她的名字，而且我不會害怕。因為這一次，她的故事是屬於我的。我會把她塑造成別的模樣，變成一個不可靠的騙子。

但我必須有時間與瑪妮相處才能做到這些事。

雖然我很失望她取消了約會，但我相信一旦她得知我妹妹和我母親的情況，一定會為我抽出時間。因為儘管死亡是最終的分離，卻也讓人團結。只有在處於悲傷的震央地帶，威力大得看不見盡頭的時候，才知道自己有多受疼愛。因為這時，磚牆頂端會很快冒出一張張的臉，遞下卡片、信件、花束和食物。那些人就是你的人，他們會找到方法把你拉出去。

瑪妮第一次找到方法把我拉出去。

我知道她可以再次拯救我。

這樣的友誼很重要。你不能輕易放棄像這樣的愛。

❖

另一方面，瓦萊麗似乎也完全無法放棄像我們這樣的愛。

今天稍早，我發現她在我家的大廳等我。我先前去了超市，起初沒有注意到她，但在我收信時，她大聲叫了我的名字。她坐在一張等著被收走的舊辦公椅上，邊轉圈圈邊把骯髒的鞋印留在剛漆過的牆壁上。她有了新刺青——一朵小花——就在左邊耳垂的後方。她的牛仔褲鬆垮垮的，膝蓋破洞，上半身穿著黑色的緊身毛衣。

她停止旋轉，露出微笑。「真開心在這裡見到妳。」她說著，抬起雙腳在椅子上盤腿而坐。「我想跟妳聊聊上禮拜的事。」她說。

「現在不是時候。」我站在電梯門邊回答，信件抓在胸前。在這裡見到她我並不驚訝。說真的，我應該待在一個感覺完全屬於我的空間才對，但我們之間的關係有了改變。我現在比較認識她了——認識到她那份頑強——所以不太能用同一套方法嚇到我。

「這很重要。」她說。「我對妳很不高興。」

我放聲大笑；我控制不了自己。這些話聽起來有點可愛，讓人感覺一陣舒心，但緊接而來的卻是難過和內疚。「妳對我不高興？」我說。「真的？」

「妳在火車上說的話，說我嫉妒妳什麼的。」她回答。

「難道不是嗎？」我問道。

「我沒有。」她回答。「不過那不是重點。」

她出現在這裡，那份真誠的態度，話語中的簡單樸實，都帶著孩子般的天真。過去幾個禮拜，我一直在網路上追查她，從學生時代開始——十六歲的時候，她寫了一篇池塘生物的文章刊登在學校網站上——直到她上大學。她在大學擔任校刊編輯。

我找到她以前的社交平台：她的好友、興趣和她希望能遇見的人物名單。我追尋她一路下來搬到哪些地方，以及她在嗜好和習慣上的改變。二十九歲的時候，她愛上去露天游泳池游泳。一週起碼去一次。三十歲離婚後，她搬到了象堡區。從那時起，她每過一次生日就會在身上刺一個新的刺青；頸背上的就是她的第一個刺青。

但其中最引人注目的——直到這一刻我才注意到——是她十七歲所結交的每一個好朋友再也不曾出現。他們沒有出現在Instagram上，也沒有在Twitter上追蹤她。

「只管回答我這個問題，我就馬上離開。」她繼續說。「妳們怎麼可能仍是那麼好的朋友？」

我沒有回答。

「拜託啦。」她說。「就這樣，我最後一個問題。因為我實在覺得不合理，在我們這個年紀哪有所謂最好的朋友。這有點孩子氣，不是嗎？」

「我想這份友誼是挺特別的。」我說。

「我的想法不是這樣。」她開口說道。「因為這不是真的，這——」

「妳沒有老朋友嗎？」我問道。「就好像已經成了妳的一部分，妳根本想不起來沒有他們的生活是什麼樣子的那種朋友？」

「沒有。」她說。「我沒有那種朋友。」

「聽起來很寂寞。」我回答。

她聳聳肩，解開盤起的雙腿，放回地板上。

「我認為，」她企圖繼續往下說。「那個——」

「一個人都沒有？」我問道。

「我想和妳說話。」她說。「我對妳有興趣。」

「但我對妳沒有興趣。」我回答，拿出我前方的信件，努力裝得漠不關心。一封是銀行寄來的信，另一封是我的大學寄來的。另外，還有一張住在一樓的住戶所留的潦草字條，強調全體住戶應該要多加注意，正確關閉大門。

我回頭一看，她咧嘴笑得開懷。「沒興趣卻問了我一大堆問題。」她說。「我了解妳，珍。妳巴不得我不了解妳。」

「妳一點都不了解我。」我說。我感覺到這段對話開始失衡，掌控權來到她身上，把我像傀儡般拉扯。

她聳聳肩。「妳很寂寞。她是不是取消了今天晚上的約會？我好奇她知不知道妳有多生氣。我想她不知道。她不像我那麼了解妳。而且——」

「我要走了。」我說著，轉身往電梯走去，按下按鍵。

她放聲大笑。「妳可以繼續嘴硬，但我了解妳——我想我真的了解——妳根本沒有趕著去哪裡。」

「妳說完了嗎？」我問道。其中一部電梯從電梯井緩緩下降傳來嘎吱聲。

「還沒。」她說。「我來這裡是要告訴妳別的事情。難道妳不想知道是什麼嗎？」

「不想。」我再次按下電梯按鍵。

「妳騙人。我知道妳想知道。」

「那就說啊。」我說。

我可以對自己假裝——對你假裝——這是一種手段。我可以說我只是在催促她加速話題，只是給她機會說她想說的話，但願她說完後就會離開。但她說得沒錯，當然了：我想知道。

「我已經不想跟蹤妳了。」她暫停片刻看著我。「妳連笑都不肯笑一下嗎？」

「我不在乎。」

「妳在乎，妳鬆了一口氣。反正就這樣了。這就是我想說的。這不表示調查工作已經結束，不是的。我仍希望瑪妮發現真相。因為除了我第一次留言所說的內容外，還有更多內情對吧？還有很多她不知道的事，但我打算放慢步調。」

「瓦萊麗——」

「妳自己會把這一切搞砸。」

「喔，老天——」

「到時候我會一併寫下來。」

電梯震著震著就定位，門嘩一聲打開。我走進電梯。

「等一切落幕後打電話給我。」她低聲說。

41

這禮拜我沒去上班。鄧肯寄給我一封電子郵件，氣憤地責備我怠忽職守。我收到彼得傳來關心的簡訊，但我同樣沒有回覆。

我想，我一直對自己感到可憐，而今天一次發生那麼多壞消息，更讓這股負面情緒達到頂點。

但就在這時，出人意表地，情況開始好轉。正當我覺得肚子餓，想要吃晚餐的時候，我接到瑪妮打來的電話。她還是老樣子，急躁又慌張，無法冷靜下來好好說話。她說奧黛麗又開始發高燒，說她在最後一刻好不容易和醫生約到時間——他人非常好，總是願意為寶寶破例——他診斷出是耳朵感染。她手上有從電腦印出來的處方箋影本，但診所也寄了一份給藥局。我能不能順道幫她去拿藥，她說。因為藥局在我們的公寓之間，還有一段時間才關門，不知道可不可以？

「當然。」我說。「我盡快過去。」

我穿上舊牛仔褲和毛衣，以及我的深褐色靴子，淋雨走到地鐵站，坐在擠滿家庭的車廂內，身上的派克大衣滴著水，車窗也佈滿了凝結的水珠，而我卻覺得充滿希望。因為這是好消息，對吧？這是重聚，是解方，是重新修補裂痕的辦法。

我完全可以想像接下來會怎麼樣。我可以想像她得知艾瑪的遭遇時，臉上會是什麼表情：那份震驚、那份難過。我能看見她煮著一壺熱水，訂外送，又改變主意認為茶不是療傷的正確選擇，改而打開一瓶紅酒。奧黛麗很快就會睡著——抗生素和止痛藥的緣故——然後我們就能互相吐露這份悲傷。

但情況沒那麼簡單。因為我照吩咐前往藥局，卻發現比預期早了一個小時關門。門上招牌是正確的——星期五：早上八點至下午七點——但消息不知怎地搞混了，亂成一團。我打電話給瑪妮。我說我先去她家拿那張處方箋影本，再去找另一家藥局。她開始慌張起來——因為萬一找不到另一家藥局，今晚就拿不到正確的藥怎麼辦——我對她再三保證一切都會沒事的。我想像，今天稍晚的某個時刻，會換她這樣給我安慰。

我搭上下一班火車，抵達她家附近的車站時，天空、大樓和地面都瀰漫著一片灰濛。我沿著平時的路線穿過廊道，經過一小排商店往她家前進。我踏出的每一步，逝去的每分每秒，都是正面積極的。這裡是我的地盤，沿著這條路就能找到我的人。我哭了一會兒——當時哭泣對我而言稀鬆平常——但是以一種奇特的方式，一種情感的宣洩。

我在大廳遇見你的鄰居。你還記得你出生那天，拿著公事包急著去上班的那個男人嗎？他剛剛下班回來，站在大門口對著街道甩掉雨傘上的水珠。他對我微笑致意，甚至輕輕點了個頭。

傑若米很快朝我揮手打招呼。

我感覺自己屬於這裡。

我敲了敲門，她把門打開，看起來很高興見到我。

「妳來了。」她說著，微微一笑。

她穿著深色牛仔褲和米色T恤，褲頭很鬆，上臂的袖口卻很貼合。她像往常一樣把頭髮隨意盤成一個髻，短短的髮絲落在臉頰邊，看起來美麗極了。

「真的很抱歉。」她說。「他們說八點。我確定他們是說八點。」

公寓一塵不染：地板光滑閃亮，所有檯面全部清空，我認不出任何曾經屬於查爾斯的東西。

「發生什麼事了嗎？」她問道，傾身靠近我，彷彿想看個仔細。「妳剛剛在哭嗎？」

我猜我想必是點了頭。

「怎麼了？」她問道，帶我走進客廳。

奧黛麗全身只穿著尿布躺在地板的黃色地墊上，臉頰如蘋果般紅潤。

「來。」瑪妮堅持道。「坐下。發生什麼事了？」

她站在我面前，我看著她的黑皮帶和金釦環，努力想集中精神。我已經不哭了，但雙眼酸痛。我好奇我的眼睛是不是又紅又腫，還是掛著兩個黑眼圈。

我坐在沙發上，胸前抱著一顆灰色抱枕。

「我這週過得糟透了。」我說。「艾瑪……」

我不知道如何說完這句話，但後來我也不需要多說了。

「不會吧。」瑪妮說著，倒抽一口氣。「喔，天啊。什麼時候？怎麼會這樣？妳為什麼沒打電話給我？」

「我發現她的屍體。」

「珍！」

「星期一的時候。」

瑪妮在客廳來回踱步，手指梳過頭髮，繞著茶几兜圈子。茶几由四根木腳和玻璃桌面組成。我仔細一看，可以看見上面沾滿了小汙點——指紋和水痕，馬克杯和玻璃杯留下的白色圓印。

「妳應該打電話跟我聯絡的。」她說。「我馬上就會趕過去。我簡直不敢相信。他們是怎麼……？妳告訴妳媽了嗎？」

瑪妮關上陽台門，拉上窗簾遮住玻璃窗。少了喇叭聲和樓下人行道上的說話聲，房間感覺突然變小了。

就只有我們兩人。

「她的魂根本都飛了。」我回答。「我告訴她的那個當下，她彷彿瞬間消失了。在那之後，看也不肯看我一眼，也不肯聽我說話。她仍坐在原來的位置，就像幾分鐘前一樣，但她整個人都不見了。」

「喔，珍，我真的很遺憾。」瑪妮在我旁邊的沙發上坐下。

「這很合理。」我回答。

「這不合理。」瑪妮說。「我是說……這根本完全不合理啊？」

「她向來比較喜歡艾瑪，不是嗎？就算是失智症還是……這有關係嗎？她從來不曾在身邊支持我。」

瑪妮的喉頭發出短促細小的尖叫聲。「發生這種事實在太可怕了。」她說。「簡直糟透了。我是說……可憐的小東西，這肯定是很大的衝擊。妳有去上班嗎？」

我搖搖頭。

「妳一直在家？待了一整個禮拜？自己一個人？妳為什麼不……？」她牽起我的雙手。她的指甲留得好長，塗了粉紅色的指甲油。她把我的手放在掌心之間給我溫暖時，我的皮膚被長指甲弄得發癢。「我本來可以陪在妳身邊的。」她說。「我本來可以照顧妳。一想到妳獨自度過這一切，我就覺得心痛。」

「沒那麼糟。」我說。

「別傻了。」她說著，對著我的手臂拍了一下。「經歷了像這樣……這樣的創傷，獨自面對簡直瘋狂。我一直會在話筒的另一端等妳。妳應該要打給我的，但現在沒關係了。我在這裡，在這裡陪妳，我永遠都在。葬禮是什麼時候？妳母親會出席嗎？需要幫忙安排葬禮的事嗎？還是幫忙打理她的住處？我能做些什麼？」

「我已經答應明天要把她的公寓清空。」我說。「星期一會有新的租客搬進去。我本來希望別那麼趕，但這種公寓很搶手，房租很便宜，妳知道的，而且——」

奧黛麗開始哭啼，沒一下子就放聲尖叫起來。她的小臉漲成紅色，小手握緊拳頭，拚命敲打地面，雙腳在半空中狂踢。

「喔，我知道、我知道。」瑪妮說著，奔去把她抱起來。「我知道妳不舒服，我可憐的小寶貝。」她拍著奧黛麗的屁股，慢慢原地旋轉，一下子面對我，一下子轉開，但從未往我的方向看。「我知道、我知道。」她伸出手背靠在奧黛麗的額頭上。「喔，我的小傢伙，妳又發燒了。現在幾點了？」她看一眼掛在牆上的時鐘，看著大大的羅馬數字和小小的金屬指針。「我們想辦法好好處理這場高燒，媽咪會拿那張處方箋給珍阿姨，我們很快就會讓妳恢復正常了喔。」

她們走進廚房消失了。

「珍。」她叫道。「妳能找找哪間藥局還開著嗎？」

我告訴自己保持冷靜，要有耐心，別過度解讀根本不存在的事實，害得肺腑出現滿滿的遺棄感，內心也湧起恐慌。我逼自己照她的話去做，最後找到附近只剩一家藥局還開著。那間藥局和公寓只有幾公里的距離，但離火車站很遠，周圍也沒有公車站牌。我聽見奧黛莉在嚎啕大哭，以及瑪妮持續不斷的陳腔濫調——「好了。乖，別哭。媽咪在這裡。」——我感覺到內心的憤怒越堆越高，一邊又努力壓抑下來。

「怎麼樣？」，她說著走回客廳，聽我解釋了交通問題後皺起眉頭。我告訴她到那裡得花上一個鐘頭的時間——我大部分的路程都得用走的——回來可能更久。

「喔，太扯了。」她說。「我們住在全世界數一數二的大城市裡，我卻找不到一間該死的藥局。好吧，好。我要把她放下來，親自跑一趟。我開車去，這樣比較快。妳會留在這裡陪奧黛麗嗎？可以嗎？」

我點頭。

「很好。」她說。「給我幾分鐘。」

她們上樓，我打開電視，企圖尋找想看的頻道，選擇很多，卻都不吸引人。我走到冰箱前，裡面有一瓶白酒，所以我把酒打開——我想她不會介意——替自己倒了一小杯。我在櫃子裡東翻西找，想尋找有趣的電影或書本，注意力卻無法集中。五分鐘過去了，接著是十分鐘。我盯著漆黑的電視螢幕，煙囪正中央的一塊黑洞。

「好了。」瑪妮說著，跑回客廳。「她不肯睡，我好累，我實在懷疑我們有沒有睡著的那一天；她好神經質，但目前起碼比較平靜了，也沒有一直哭，算是好的開始。」她東奔西跑，拿錢包、拿手機、拿車鑰匙，再一併塞進她的黑色手提包裡。「我想應該都帶齊了。」她說。她從玄關的木掛鉤拿下風衣，披到肩上。她指指樓上。「妳能不能每隔幾分鐘去看她一下？確認她的體溫有沒有下降？房間有體溫計，那種量耳溫的耳溫槍。如果她情緒太激動，試著餵她吃點東西。需要的話冰箱裡有。她的尿布袋放在樓梯底下，不過我想她的房間應該什麼都有了。好，那我出發了。我去去就回，頂多半小時。等我回來，我們再好好聊一聊。抱歉了，珍。我不會拖太久。」

我沒說半句話。我想不到什麼話可說。我湧上巨大無比的失落感。而我本來以為我會生氣，但我沒有。我只是覺得難過。

於是我上樓，來到妳的房間。

開始把這個故事說給妳聽。

因為有些話妳值得一聽。

畢竟，這是妳如何來到世上的故事，是妳的人生故事，也是促成我們兩人來到這一刻的那些人之間的故事。這個故事本來是關於妳的父親，關於他的無能和他的離世。這個故事本來是關於妳的母親，關於她的聰穎和支持我們友誼的所有微小方式。這個故事本來是用來讓我安心，提醒我過去的點點滴滴，讓這個晚上變得沒那麼不可饒恕。

但從開始到現在，始終沒能發揮作用。

42

世界上有很多事情意在讓人開心，卻反而讓人覺得更糟。比方說，外賣食物。當下吃起來很美味：濃郁蕃茄為主要成分的披薩、淋上酸辣芒果醬汁的印度圓薄餅、包著脆皮烤鴨的潤餅。但那些食物到了肚子裡讓人覺得很撐。每次吃完，總是沒有吃之前想像的那麼美好。我本來期待我和瑪妮的對話會有非常不同的走向。我沒料到聊完之後心情變得更差了。

因為我以為我了解她。你問我的話，我會說差不多每場對話我都可以精確預測她的回應。例如，我可以告訴你，她喜歡五分熟的漢堡肉，多加一片起司，蕃茄多多益善。我可以告訴你，如果你問起她的父母，她一定會翻白眼，不管你是誰，問的問題是什麼。我可以告訴你，她會在你訂下的截稿日的隔天交稿，不過就是晚幾個鐘頭罷了。我可以告訴你，她不會回你電話，也不會留言給你，因為她可能根本沒聽答錄機的留言。我可以告訴你，她吃不了——也絕對不會吃醃黃瓜，而且如果你能快點吃完你的那一份她會更開心，這樣她就不必眼睜睜看著醃黃瓜躺在你的盤子裡。

這些事情仍然沒有改變。

但是，那場對話的發展完全不在我的預料之中。我為我們雙方完美編寫了對話的劇本——她的擔憂、她的支持、她的注意力全心全意放在我身上的樣子——然後，毫無預警地，她即興創作了起來。

我很失望，很害怕。我想我整個腦子都亂了。

我知道妳身體不舒服。我也不是笨蛋。我明白讓妳獲得適當的藥物治療，照顧妳，養育妳是她的責任。但在我話說到一半的時候打斷我，自然而然轉到其他的話題上，毫不體貼地公然藐視我的喪親之痛？我認為這不是身為一個好朋友該做的。你說是吧？

她一個多小時前傳了簡訊給我，說藥局關門了，門上掛了招牌寫著家有急事——週一營業，於是她決定再去找一間藥局。接著我把手機關機，因為我希望就只有我們倆和我們的故事獨處，也因為我需要空間思考，獨自釐清我的痛苦。

❖

我父親總說，愛上某個人的時候，最好盡全力讓對方多愛你那麼一點點。這是保護自己的唯一辦法，他這麼說。

可是現在已經太遲了。我能在幾個鐘頭後走出這間公寓，然後再也不回頭，再也不打電話給妳們嗎？我想我辦不到。放棄像這樣龐大的愛太困難了。我不知道該如何解開層層纏繞在我軀幹、關節和肌肉的線繩。即使可以，我也不想解開。

總之，我的父親錯了。我認為如果你愛一個人愛得太深，就應該不惜代價確保對方也愛著你。而我確實愛她：我愛她的率真、她的熱情、她的自信和她發自內心的樂觀態度。這些都沒有變，但已經不夠了。她的率真——給了妳——熱情——給了妳——她的細心體貼——也給了妳。

她再也不會為了我散發光芒了。

我能說我希望妳母親愛我的程度就像她愛妳一樣嗎？

大概不行。

但這是真的。

因為她曾經這樣愛著我。我們在一起發現了友誼，明白其中的與眾不同，比那些因為血緣關係不得不愛我們的親人相處起來更融洽。我們發現這段友情成為我們生活的支柱。接著，幾年後，我們親手放棄了它。我恨不得可以告訴妳，妳不會犯下這些相同的錯誤，但妳會的，因為大家都是這樣。我們都為了追求其他更好的東西而犧牲那些最完美的愛。

喔。

喔，不。

就這樣了，對不對？

我不知道還剩下什麼。我看不見。

但我說得沒錯，對吧？

一切完全都說得通了。

你脫離你的原生家庭，然後是你的朋友，四肢、骨髓、回憶，一樣接一樣抽離，直到曾是一個人的你們再次成為不同的兩個人，進入另一段浪漫愛情的一部分。我以為那就是最後一站。我沒發現這個模式會再重複最後一次，沒發現這個過程不是一條直線，而是一個圓圈。你從一個階段進入到下一個階段，直到最後又回到了最初的起始站：重新回到一個家。

你創造出新的四肢和骨頭，你不再是一個人，這次你真的成了兩個人。你的軀殼住了另一個生命，存在於你的體內，完全無法逆轉。那些手腳和骨頭——那個新生命——將離開你的身體，而有一部分的你將永遠存在於你的身體之外。你的心拆成了兩顆，而其中一顆永遠留在別的地方。

過去的我沒看出來。

但就是妳的緣故。

妳用妳的小手小腳和胸膛跳動的那顆小小心臟拆散了這段友誼。妳創造了這份索求無度、吃力不討好的失衡的愛。

我以為是我的緣故——是我做錯了什麼——但不是，根本就不是。

你記得這個故事開頭的兩個女人嗎？一個高挑美麗，一個瘦小抑鬱，輕鬆自在陪伴在彼此身邊。你還記得她們那些強壯的枝幹，互相纏繞的長樹根嗎？我眼睜睜看著那棵樹枯萎凋零。但我可以讓那棵樹重新活過來。我失去了我的愛情，然後我摧毀了她的。我找到方法讓我們回到最初的友誼。我需要我們的關係比以往更堅固，要達成這個目標只有一個方法。

我必須再下手一次。

這似乎太極端了。難道不覺得太極端了嗎？但如果放任不管，我就得困在這悲慘的人生，所有人離我而去，只因為我不夠格成為他們活著的理由，而這不是我想要的人生。如今只有一條路能帶我前往值得活下來的人生。但我很抱歉，妳不包含其中。

❖

「有任何問題立刻打電話給我。」她一邊大叫，一邊消失在走廊上，一隻手仍忙著穿進外套袖子裡。她轉了個彎。「好好照顧我的寶寶。」我聽見她說。

「交給我吧。」我叫道，接著大門砰一聲關上。

我想這就是我的第七個謊言。

43

很久很久以前，我差點擁有屬於我的寶寶。

我記得他流掉的那一晚。所謂的他也有可能是女生的她，但在我的心中他永遠是男生。我只認識他短短一個晚上。

我們和幾個朋友外出吃晚餐——不多，就幾個人。我邀請了瑪妮。強納生邀請了學生時代就認識的丹尼爾和班恩，班恩的女友露西，還有卡蘿，單車隊唯一的女生。晚餐吃得很愉快。我們去了當地的咖哩店，不小心點了太多食物，喝了一瓶又一瓶啤酒，最後以蒸餾酒結束夜晚。我們互相擁抱道別，瑪妮說她有一個興奮的消息，說我們得再找時間敘舊，她說她正在和一個男的交往，一切進行得很順利，我們什麼時候能聊聊？卡蘿和她的女友隔天早上要騎單車環法國，她答應寄一張明信片給我們。班恩和露西週末要和雙方家長吃晚餐，儘管沒人說出口，但我們都知道他準備在接下來的幾個禮拜內向她求婚。

那是個平凡的夜晚：愉快又美好的平凡夜晚。我真的很懷念，你知道嗎？懷念你環顧四周或桌邊時，發現你被那些愛你、需要你、選擇與你當朋友的人給包圍。我懷念感受那股始料未及的幸運。我已經好久沒有那種感覺。

❖

那晚我血流不止。我坐在我們家狹小浴室的馬桶上，肚子痛得不得了，腸胃在體內不停翻攪。我把睡袍拉到腰間，內褲撐在腳踝之間，上面染了一片深紅汙漬。

我記得眼淚滴到膝蓋上，沿著小腿往下流。我不知道我懷孕了，所以我想我並不傷心，只是害怕，全身發抖。接著突然間，我很生氣。我記得那個可怕的聲音，從肚子深處傳來的隆隆聲，在體內快速四竄，填滿了冷清的浴室。

「珍？」我還記得他在叫我，還記得他說話的聲音：至今還是聽得見，彷彿他仍在身邊。「珍，怎麼了？」

我沒回應他，因為沒有言語能解釋這一切。

「珍，拜託，快開門。」

我不發一語。

「珍！」他大叫。「快開門，快點。」

我沒開門。幾秒鐘過後，他跌跌撞撞走進房間，我記得他穿著深藍色的牛仔褲。他沒有繫皮帶，所以褲頭鬆垮垮地掛在腰間。他的灰色T恤下襬處有塊汙漬，我記得是黃色的油漆。他繃緊下顎，眼神專注，嘴唇又薄又小，看起來很焦心。

「沒事了。」他說著，在我面前的地板上跪下。「一切都會沒事的。」

他傾身在我的頭頂親了一下。他是個好男人，世間少有。我記得他牽起我的雙手時，才注意到我滿手是血。他下意識縮回去，但接著又強迫自己把我牢牢牽好。他想讓我知道，不管發生什麼事，他仍擁有我，我們仍是夫妻——一輩子的夫妻——一刻都不容改變。

他起身，幫我脫掉睡袍。

「我去幫妳拿件新內衣。」他說。「可以嗎？妳會乖乖待在這裡？」

我點頭，他揚起微笑；用最輕柔的笑容告訴我不要慌張。

接下來，我聽見他奔向我的化妝檯。我猜他是不想離開我太久。他回來時，帶了一條本來是白色、現在成了灰色的舊內褲以及一件厚棉睡袍。

「妳還需要……？」他看了一眼手中的乾淨內褲。

我點點頭，指向洗手台底下的抽屜。

「這個？」他拿起一個裝在紫色塑膠袋裡的衛生棉。

我點點頭。

「妳想要……？」他的眼神在求救，彷彿在說拜託，這妳可以自己來吧。我會心一笑，知道如果我開口要求，他也願意幫我去做。他轉過身，我在兩腿間反覆不停擦啊擦，直到覺得沒那麼濕了才罷手，但並沒有比較乾淨。我換上新內褲，張大雙腿把布料撐開，貼上衛生棉。強納生拿著一條毛巾到水龍頭底下沖洗。他擦拭我的雙手，擦完一隻換另一隻，指縫也不放過，最後輕輕擦著他送我的戒指。我站起來，他替我披上睡袍。

「我需要睡褲。」我說。

「褲子也要？」

我再次點頭。

「好。」他說。「到床上去，我去找。」

我走進臥房，雙腿仍然黏乎乎的，衛生棉也已經濕透。我拉開棉被，鑽進被窩，一見到我的雙手嚇了一跳，看起來好乾淨，一點汙痕都沒有。

強納生遞給我一條他自己的睡褲，紅綠格紋的圖案配鬆緊帶褲頭。他一天到晚穿著這條睡褲：早上喝咖啡看報紙的時候，晚上一起窩在沙發上看電影的時候。我至今仍留在身邊。

「可是你的褲子會——」我開口說。

他搖搖頭。「沒關係。」他說。

❖

當時我不知道我懷孕了。我回想前幾個週末——我們到過的地方和見過的人——才發現自己大概已經有一到兩個月的身孕。然而我一直過得忙碌又開心，根本沒注意到時間過得那麼快。

但由於不知情的關係，我覺得這段經歷彷彿被否定了——當時我發現自己不知該如何表達這種感覺。我很傷心，但我無法理直氣壯地解釋這份悲傷，因為你怎會想念某個從不存在的東西呢？

話雖如此，這件事確實發生了，不是什麼大事，也不算小事，但仍是一件事。我看見那幾片細胞有天可能組成的那個人。我看見一個長得像強納生的小男孩。我看見一個騎在腳踏車上、下巴小巧可愛的小男孩。我看見一個想牽我的手、想在我們之間擺盪、在我們的保護下成長、知道爸媽永遠都會愛著他的小男孩。

❖

幾個禮拜後，強納生跑完最後一次的馬拉松練習回家。他在我身邊又放鬆下來；我走進房間時，他不再停下手邊工作，每隔幾分鐘往我的方向看過來。我們坐在沙發上吃晚餐，因為並肩而坐談論艱難的話題通常比較簡單，所以我告訴他我想要什麼。我想要那個長得像他的小男孩。

他微微一笑，轉向我說，這也是他想要的。

❖

我想瑪妮一定會很疼愛那個小男孩。我想她一定會買很多禮物給他，安排各種旅行，教他如何煮菜。我想，比起我能給你的，她大概能給他更好的幫助。

不對。

我很確定，比起我能給你的，她肯定能給他更好的幫助。

我不得不承認我有點興奮。

因為，這一切結束後，少了你們兩個的我們，將密不可分。

44

妳躺在妳的嬰兒床裡，掛在天花板上的風鈴吸引了妳的注意力，那在麻繩上跳舞的灰白毛氈星星。她把這個房間佈置得很美，非常適合妳。乳白色的捲簾印著精緻的白鳥。架子上擺滿書本、玩具和各種鮮豔的動物圖片，就裱在光滑的白色相框裡。妳母親非常愛妳。

我從妳身上到處看得見妳母親的影子。臉蛋上噘起的粉紅小嘴，襯著妳的粉紅色點點連身衣。那雙淡藍色的眼眸。等著喝睡前奶的時候，那迫不及待開開合合的粉拳。

我只能從妳的長腿和妳健壯的大腿看見妳父親的影子。我記得看著他在人生道路上不斷推動自己，駛進一條條成功的康莊大道。你知道嗎？他是個幸運的男人。他有權有勢，家財萬貫，充滿自信的魅力。每個人都希望逗他笑，讓他開心。人見人愛實在是一個不可思議的優勢。可以的話，我也想擁有那樣的魅力。

難以置信我們共處的時光就快結束了。

我希望妳知道，在其他人見到妳之前，甚至是開始認識妳之前，我是第一個疼愛妳的人。我是第一個見到妳的人。在妳從胚胎到出世之間，在妳跨越混沌和永恆的界線時一直愛著妳。但在那之後，我未能有機會真正認識妳，未能把最初的愛轉變成更牢固的愛。我不是不想，真的。我為我們的未來計畫過一個藍圖。

妳快睡著了。對不起；我知道時間很晚了。

我會速戰速決。

我不怕發生任何事。要是出了差錯——我知道有這個可能——那我將落得與現在相同的處境。我仍會是孤單一人。

但是真的會有人起疑心嗎？懷疑發生在我生活周遭的另一件悲劇？我想不會。如我所說，我就是那種人的一員。我想瑪妮現在也是我們的一員了。

這個枕頭是一份禮物，曾經是屬於我妹妹的。我在她十三歲住院那年送給她的。我親手做的。很好笑，我知道。妳能想像我用縫紉機的樣子嗎？正面的蛋糕繡花簡直是個笑話。她很開心，但我們的爸媽氣炸了。他們不敢相信她病得那麼重，我還如此麻木不仁。我們看到他們氣成這樣自然是樂壞了。妳出生後，她把枕頭給了妳。當時，妳母親已經擁有這張搖椅，而她說這張椅子需要一些東西點綴，有人性的東西，受人喜歡的東西。

好了。

別動來動去，夠了。

是時候了。

真相

45

我把枕頭拿在手中——那粗糙的布料，那加了襯墊的枕心——篤定地把枕頭緩緩放低，就在這時，大門突然嘩地打開，力道猛得撞上牆壁。等大門再次自行闔上時，又是一陣撞擊聲，鎖鏈一邊晃動一邊叮噹作響。這一刻，整個房間彷彿自由落體般往下急墜。接著，是她上樓的腳步聲。我立刻知道有事不對勁，因為她的步伐又快又急，甚至沒有刻意閃避那些會發出嘎吱聲的老舊木頭，不擔心吵醒寶寶。

她出現在門邊，整個人凌亂不堪，頭髮披在前面，黏在皮膚上。她滿臉通紅，雙眼濕潤充血，神情瘋狂，有如飛舞中的蝴蝶眨著眼睛，淚水停在睫毛上。她大口喘氣，企圖讓自己鎮定下來，卻無法如願。她發出來的聲音很微弱，不過是一記嗚咽。

她衝向嬰兒床，外套上的幾滴雨水滲進我的毛衣，在我的皮膚散開。「珍！」她在尖叫。「妳在做什——奧黛麗？」她趴在嬰兒床的欄杆上。「親愛的？」她雨衣的皮帶已經解開，懸在小腿邊，水不停滴在地毯上。她伸出雙手把女兒抱進懷裡，就在這時，她的口袋掉出某樣東西，滾到床墊上。我向前一步，想看個仔細，結果頓時一陣驚訝，強烈得從胸口奔湧而上。

那是一支手機。

還有這個房間。

還有我的縮影，顯示在手機螢幕上。我走向嬰兒床，扶住床欄杆穩住腳步，螢幕上的我也配合我的舉動，跟著往前走。

「這是什麼？」

但我其實不必多問，因為我已經在掃視房間尋找與手機配對的攝影鏡頭，最後我找到了：另外一支手機就放在架子上，旁邊有許多玩偶和成堆的書本。

那份震驚彷彿有了自己的靈魂，好像在體內翻攪的病毒，如胃酸湧上來。

「我聽見了，珍。」她說。「我聽見妳說的話了。我在藥局登入手機查看。我想知道她好不好。我一路上都在聽。要是我不夠快的話……」她用力閉上雙眼，緊咬著嘴唇。「妳正說到查爾斯，說到他死的那晚，然後……」她打了個哆嗦，奧黛麗發出咯咯的笑聲回應，她踢著雙腿，大腿肉抖啊抖的。

「這不是妳想的——」但沒有隻字片語可以結束這句話，做過的事已經無法挽回。

「別說了。」她斷聲說。「又一個謊言？這就是妳想要的嗎？我實在是太——」

「瑪妮，我——」

「我全都聽見了，珍。他死的那天妳提早下班。知道妳在這裡，在這個房間聽見妳的聲音本來讓我好安心。後來——妳是怎麼說的？——妳有鑰匙。起初我想都沒想過去質疑；我總是把妳想成好人，從來不曾懷疑妳。這二十年來，一次都沒有。」

「我能解釋，我——」

「珍。」她說。

我聽到自己的名字從她的喉頭發出來的聲音，彷彿狗吠一般，不禁打了個冷顫。當下我知道已經沒有辦法掩蓋了：不會再有更多謊言。

「我要妳放下枕頭。」她說。

枕頭仍拿在我的手中，柔軟靠著我的大腿。我讓枕頭掉落在地。

她走出嬰兒房。外面天色好暗，只有街燈照在人行道上的光影，房間少了她們陰森可怕。我感覺到內心湧上一股排山倒海的悲傷，然而現在看來，悲傷要整個淹滿為時尚早。我跟上她。

她站在樓梯頂端，低頭看著樓梯，外套的袖子在顫抖，微弱得幾乎無法察覺。我知道她也感覺到了：那股難以解釋的恐懼。

我們手握線繩，支配彼此生活的形狀。這種生活方式很嚇人，但失去了更令人害怕。即使在那一刻，我仍懷抱希望。

奧黛麗高興地發出咕的一聲——像在咯咯笑——小粉拳抓住一把紅色捲髮，用力拉了一下，瑪妮轉身面向我。她的臉頰紅潤，佈滿睫毛膏的痕跡。她的雙眼紅腫，嘴角和四周的皮膚糊成一塊兒。

我對她的五官知之甚詳。然而不知怎地，她看起來陌生得嚇人，多出了一些以前沒有的表情。

「出去。」最後她說。「給我滾。」

後記

四年後

46

珍坐在車裡——這幾年她學會了開車——她在剛剛把車子停在學校操場和火車鐵軌之間。她已經醒來好幾個鐘頭——將近凌晨四點就醒了——現在時間還早。從擋風玻璃往前看，太陽正從街道盡頭的辦公大樓之間緩緩升起。她斜躺在椅子上，從後座拉了毛毯蓋住大腿。一輛火車呼嘯而過，在鐵軌上嘎嘎作響：一天中最早的前幾班列車。空蕩蕩的窗戶跟著模糊了視線。

珍記得搭火車旅行的感覺——她以前經常搭火車——現在她住在郊區覺得輕鬆多了，距離終點站前三站的一座小鎮，不太需要進城。她買了一間公寓——她妹妹肯定很欣慰——建商把一棟莊園宅邸重新翻修，劃分成七間公寓，裝潢以輕柔的灰白色調。她喜歡新舊混合的感覺：完美對稱的壁爐、亮白的廚具、扣式的塑膠地板。她希望牆後藏著一些故事，被水泥和新漆覆蓋而噤聲的秘密。

她個人的秘密如今可謂銷聲匿跡了。當初就在一切分崩離析之際，她曾經有一度覺得害怕，但她保持鎮定。她告訴警方她沒說過這種話——「自白？絕對沒有！」——可惜嬰兒監視器的應用程式沒有設計錄音的功能，只能讓家長即時監看和監聽。但即使有那項功能，也只會證明一件事。

她一直以來都是出色的說謊高手。

瑪妮堅持了幾個月，求警方不要放棄，要他們進一步展開正式調查，但他們說沒有證據，是兩個女人各執一詞的局面。但他們再次把珍請來警局——大概只是為了滿足瑪妮的控訴——警方幾乎是帶著歉意，重新把問題問過一遍。訪談結束後，他們談起喪偶和心碎，以及心智是多麼強大的武器。珍點點頭。她不必擺出難過的表情，因為她的悲傷是真心的。

裝了茶的保溫瓶放在腳踏墊上，她拿起來喝了一口。茶仍是溫的。她看著一個身穿羊毛大衣的男子開車經過，打方向燈，然後在校門口停下來。他降下車窗，伸出一個小吊飾，鐵門便打開。在那之後，大街開始變得熙熙攘攘。通勤族在前往車站的路上齊步走過。老師們把車停妥，從副駕駛座扛起成堆的作業，急忙走進溫暖的教室。今天是學期的第一天，大家個個精神飽滿。

珍總是習慣尋找紅棕色的頭髮，那紅中帶黃的波浪捲髮，隨興地披在胸前。珍從不刻意尋找俐落的黑色短髮，卻總是處處可見，但髮色總是不夠黑，也從來不見那個刺青。孩童開始在家長的陪同下紛至沓來，在校門口匆匆與彼此揮手道別。她在人群中掃視，但這些孩子的年紀稍微大了些。珍彎起腿，在座位上往下沉，注意到有些路過的人離她的車子太近：例如坐在摩托車上的孩子，或一手抱嬰兒一手拿袋子的家長。

珍仰頭一看，她就在那裡：瑪妮正從校門的一邊慢慢走向學校。她穿著黑色的九分寬褲和純白的運動鞋，邊走邊抓緊藍色外套的衣領。她走起路來一如往常：果斷、自信、無所畏懼。她在說話，珍突然一陣嫉妒，她對那雙嘴唇的說話方式是如此熟悉，那上下起伏的臉頰，那熱烈擺動的下顎。

奧黛麗穿著紅色粗呢外套和閃亮的黑色皮鞋走在瑪妮旁邊。珍心想，奧黛麗那頭紅棕色的頭髮應該剛剛剪過；俐落修剪到她下巴的位置。她拿著一個紅色小書包在手裡晃啊晃，頭上戴著一頂紅帽。

珍也有那頂帽子。幾個星期前，她跟隨瑪妮和奧黛麗來到商店街上的制服專賣店。瑪妮拿了一袋又一袋的制服走出來，奧黛麗則是戴著那頂帽子在前面興奮地邊走邊跳。於是珍也走進店裡買了那頂帽子，編了一套她女兒去年把帽子弄丟的故事。她想在手中感受布料的粗糙觸感。

校門前，瑪妮彎下腰，對奧黛麗說了些話。她們抬頭一看，老師正在微笑，一邊歡迎新生一邊安撫家長。瑪妮很緊張。珍注意到她噘起的嘴唇，雙手扠在腰間。她想站在她摯友的身邊，因為她知道像這樣的時刻瑪妮需要她。

奧黛麗看起來完全不緊張。老師催促瑪妮快走——伸手示意請她離開——好讓奧黛麗願意進校，瑪妮只好不情願地走開。她轉身揮了幾次手，才終於來到盡頭的街角消失了。

就是在這個時候，奧黛麗才開始看起來有些不知所措。她環顧四周。

珍不記得自己上小學的開學第一天。她相當確定二十年後的奧黛麗也不會記得這一天。但，即使她記得，大概也不會想起自己抬起頭，看見一個女人坐在一輛紅色的車子裡注視著她。她不會記得這個女人曾經微笑揮手。

不會記得她總是在微笑，總是在對她揮手。

Storytella **113**

閨蜜的七個謊言

Seven Lies

閨蜜的七個謊言/ 伊莉莎白.凱伊作 ; 周倩如譯. -- 初版. -- 臺北市
: 春天出版國際文化有限公司, 2021.06
面 ;　公分. -- (storytella ; 113)
譯自 : Seven Lies
ISBN 978-957-741-344-4(平裝)

873.57　　110006604

ISBN 978-957-741-344-4
Printed in Taiwan

作　者　伊莉莎白・凱伊
譯　者　周倩如
總編輯　莊宜勳
主　編　鍾靈

出版者　春天出版國際文化有限公司
地　址　台北市大安區忠孝東路四段303號4樓之1
電　話　02-7733-4070
傳　真　02-7733-4069
E－mail　frank.spring@msa.hinet.net
網　址　http://www.bookspring.com.tw
部落格　http://blog.pixnet.net/bookspring
郵政帳號　19705538
戶　名　春天出版國際文化有限公司
法律顧問　蕭顯忠律師事務所
出版日期　二〇二一年六月初版

定　價　399元

總經銷　楨德圖書事業有限公司
地　址　新北市新店區中興路二段196號8樓
電　話　02-8919-3186
傳　真　02-8914-5524
香港總代理　一代匯集
地　址　九龍旺角塘尾道64號 龍駒企業大廈10 B&D室
電　話　852-2783-8102
傳　真　852-2396-0050